KB036862

별을 안거든 울지나 말 걸

아아, 누님. 저는 일개 참 사람이 되려 할 뿐이외다. 저는 문학가 문사라는 칭호를 원치 않아요. 다만 참사람이 되기 위하여 글을 봅니다. 그리고 느끼는 바를 견딜 수 없었습니다. 그리고 나와 같은 느낌과 깨달음이 우리 인생을 위하여 조금이라도 보탬이 될까 하였습니다.

베스트셀러 한국문학선 31

나도향 · 유진오 단편선

펴낸날 | 2002년 9월 15일 초판 1쇄

지은이 | 나도향 · 유진오
펴낸이 | 이태권
펴낸곳 | 소담출판사
서울시 성북구 성북동 178-2 (우)136-020
전화 | 745-8566 팩스 | 747-3238
E-mail | sodam@dreamsodam.co.kr
등록번호 | 제2-42호(1979년 11월 14일)
기 획 | 박지근 이장선
편 집 | 김효진 가정실 구경진 마현숙
미 술 | 김미란 김정희
본부장 | 홍순형
영 업 | 박종천 박성건 이도림
관 리 | 유지윤 안찬숙 장명자

ISBN 89-7381-496-6 03810
● 책 가격은 뒤표지에 있습니다.

www.dreamsodam.co.kr

베스트셀러한국문학선 31

나도향 · 유진오 단편선

소담출판사

책을 펴내며

문학작품이란 한 시대의 삶의 모습이자 당대인의 정신 기록이다. 가장 대표적인 것이 산문과 서사장르라 할 수 있는 바, 이번에 새로운 기획과 편집으로 엮은 〈베스트셀러 한국문학선〉은 오늘의 우리가 읽어야 할 한국의 주요 작품들을 골라 한데 모아 본 것이다.

〈베스트셀러 한국문학선〉은 그 분량이나 작품 수준에서나 한국 소설의 어제와 오늘을 함께 아우르고 내일의 우리 소설이 가야 할 길을 모색해 보는 뜻깊은 여행이 될 것이다. 또한 이 전집은 지난 한 세기 동안의 우리 소설의 아름다움은 물론 그 사회적 의미를 함께 생각하게 하는, 이른바 읽는 재미와 생각할 수 있는 기회를 함께 제공하는 진정한 독서 체험이 될 것이다.

이 전집에는 개화기에서 현대에 이르기까지의 다양한 주제와 형태의 작품들이 수록되어 있으며, 작품의 문학적 · 시대적 가치는 물론 새로이 읽혀져야 할 작품들의 소개에도 또한 유의하였다. 〈베스트셀러 한국문학선〉이 우리 독자들에게 사고력을 키워주고 정서를 풍부하게 해 줄 뿐만 아니라 우리가 살고 있는 사회, 우리가 참여하지 않으면 안 될 역사에 대한 새로운 자질과 안목을 갖추는 데 유익한 길잡이가 되기를 바란다.

서 종 택

일러두기

1. 선정된 작품은 1920년대부터 현대에 이르기까지 한국 근 · 현대 소설사의 대표적 작품들로서 현행 고등학교 검인정 문학 8종 교과서에 실린 작품 외 개별 작가의 대표적 작품을 중심으로 엮었다.
2. 표기는 원문의 효과를 고려하여 발표 당시의 표기를 중시했으나, 방언은 살리되 의미 전달을 위해 되도록 현대표기법을 따랐다.
3. 띄어쓰기는 개정된 한글맞춤법에 따랐다.
4. 외래어는 외래어 표기법을 따랐다.
5. 대화나 인용은 " "로, 생각이나 독백 및 강조하는 말은 ' '로 표시하였다.
6. 본 도서는 대입수능시험은 물론 중 · 고교생의 문학적 소양 및 교양의 함양을 위해 참고서식 발췌 수록이 아닌 모든 작품의 전문을 수록하였음을 밝혀둔다.

차례

나도향

/ 별을 안거든 울지나 말 걸 / 젊은이의 시절 /

사람의 본능이여! 아침에 방에 드러누워서 장난으로 자기 누이에게 영빈과의 사랑을 냉소하였으나 지금은 다만 자기 누이의 불행을 위하여 눈물을 흘리고 가슴을 쓰리게 하지 아니치 못하였다. 나의 가장 사랑하는 누이가 영빈이란 가(假)예술가 부랑자 악마 같은 놈에게 애인이란 소리를 들었던가 하는 생각을 할 때 그는 기어코 원수를 갚아야 하겠다 하였다. 그는 부리나케 전차가 간 곳으로 향해 갔다. 그는 주먹을 쥐고 무엇이라 중얼중얼하였다. 또 다시 정처 없이 갔다.

〈「젊은이의 시절」 중에서〉

별을 안거든 울지나 말 걸

거안 위에 피곤한 손을 한가히 쉬이시는
만하 누님에게 한 구절 애닯은 울음의
노래를 드려 볼까 하나이다.

1

저는 이 글을 쓰기 전에 우선 누님 누님 누님 하고 눈물이 날 만치 감격에 떨리는 목소리로 누님을 불러 보고 싶습니다.

그것도 한낱 꿈일까요? 꿈이나 같으면 오히려 허무로 돌려보내 일 얼마간의 위로가 있겠지만 그러나 그러나 그것도 꿈이 아닌가 하나이다. 시간을 타고 뒷걸음질친 또렷하고 분명한 현실이었나이다. 저의 일생의 짧은 경로의 한 마디를 꾸미고 스러진 또 다시 있기 어려운 과거이었나이다.

그러나 꿈도 슬픈 꿈을 꾸고 나면 못 견딜 울음이 복받쳐 올라오는데, 더구나 그 저의 작은 가슴에 쓰리고 아픈 전상(前像)을 주고 푸른 비애로 물들여 주고 빼지 못할 애달픈 인상을 박아 준 그 몽롱한 과거를 지금 다시 돌아다볼 때 어찌 눈물이 아니 나고 어째 가슴이 못 견디게 쓰리지 않을 수가 있을까요?

그러나 멀리 멀리 간 과거는 어쨌든 가버렸습니다. 저의 일생을 꽃다운 역사, 행복스러운 역사로 꾸미기를 간절히 바라는 바가 아닌 게 아니지마는 지나갔는지라 어찌할까요. 다시 뒷걸음질을 칠 수도 없고 다만 우연히 났다 우연히 사라지는 우리 인생의 사람들이 말하는 운명이라 덮어버리고 다만 때 없이 생각되는 기억의 안타까움으로 녹는 듯한 감정이나 맛볼까 할 뿐이외다.

2

그날도 그 전날과 같이 고개를 숙이고 무엇을 생각하였는지 몽롱한 의식 속에 C동 R의 집에 갔었나이다. R은 여전히 나를 보더니 반갑게 맞으면서 그의 파리한 바른손을 내밀어 악수를 하여 주었나이다. 저는 그의 집에 들어가 마루 끝에 앉으며,

"오늘도 또 자네의 집 단골 나그네가 되어 볼까?" 하고 구두끈을 끄르고 방안으로 들어가 모자를 벗어 아무 데나 홱 내던지며 방바닥에

가 펄썩 주저앉았다가 그의 외투 주머니에 손을 넣어 담배 한 개를 꺼내어 피워 물었나이다.

바닷가에서는 거의 거의 그쳐 가는 가늘은 눈이 사르락사르락 힘없이 떨어지고 있었나이다.

그때 R의 얼굴은 어째 그전과 같이 즐겁고 사념 없는 빛이 보이지 않고 제가 주는 농담에 다만 입 가장자리로 힘없이 도는 쓸쓸한 미소를 줄 뿐이었나이다. 저는 그것을 보고 아주 마음이 공연히 힘이 없어지며 다만 멍멍히 담배 연기만 뿜고 있었나이다.

R은 무엇을 생각하였는지 멀거니 앉았다가,

"DH." 하고 갑자기 부르지요. 그래 나는,

"왜 그러나?" 하였더니,

"오늘 KC에 갈까?" 하기에 본래 돌아다니기 좋아하는 저는 아주 시원하게,

"가지." 하고 대답을 하였더니 R은 아주 만족한 듯이 웃음을 웃으며,

"그러면 가세." 하고 어디 갈 것인지 편지 한 장을 써 가지고 곧 KC를 향하여 떠났나이다.

KC가 여기서부터 60리, R의 말을 들으면 험한 산로(山路)를 넘어가지 않으면 안 된다 하지요. 그리고 벌써 11시나 되었으니 거기를 가자면 어두워서나 들어갈 곳인데 거기다가 오다가 스러지는 함박눈이 태산 같이 쌓였나이다.

어쨌든 우리는 떠났나이다. 어린아이들같이 기꺼운 마음으로 뛰어

갈 듯이 떠났나이다.

우리가 수구문(水口門)에서 전차를 타고 왕십리 정류장에 가서 내릴 때에는 검은 구름이 흩어지기를 시작하고 눈이 부신 햇발이 구름 사이를 통하여 새로 덮인 흰 눈을 반짝반짝 무지개 빛으로 물들였었나이다. 저는 그 눈을 밟을 때마다 처녀의 붉은 입술 사이에서 때 없이 지저귀는 어린 꾀꼬리의 그 소리같이 연하고도 애처롭게 얼크러지는 듯한 눈 소리를 들으며 무슨 법열권내(法悅圈內)에 들어간 듯이 다만 R의 손만 붙잡고 멀리 보이는 구부러 넓은 시골길만 내려다보며 천천히 걸어갔을 뿐이외다.

그러나 R의 기색은 그리 좋지 못하였나이다. 무슨 푸른 비애의 기억이 그를 싸고 돌아가는 것 같이 그의 앞을 내다보는 두 눈에는 검은 그림자가 덮여 있는 듯하였나이다. 그리고 때때 내가 주는 말에 대답도 하지 않고 보이지 않게 가벼운 한숨을 쉬며 그의 괴로운 듯한 가슴을 내려앉혔나이다.

때때 거리거리 서울로 향하여 떠들어 온 시골 나무 장수의 소몰이 소리가 한적한 시골의 가만한 공기를 울려 부질없이 뜨겁게 돌아가는 저의 핏속으로 쓸쓸하게 기어 들어올 뿐이었나이다.

넓고 넓은 벌판에는 보이는 것이 눈뿐이요, 여기저기 군데군데 서 있는 수척한 나무가 보일 뿐이었나이다. 저는 이것을 볼 때마다 저 — 북쪽 나라를 생각하였으며 정처 없는 방랑의 생활을 생각하였나이다.

그리고 지금 우리 두 사람이 방랑의 길을 떠난다고 가정까지 하여

보았나이다. R은 다만 나의 유쾌하게 뛰어가는 것을 보고 쓸쓸한 웃음을 웃을 뿐이었나이다.

우리가 SC강을 건널 때에는 참으로 유쾌하였지요. 회오리바람만이 귀퉁이에서 저 귀퉁이로 저 귀퉁이에서 이 귀퉁이로 휙휙 불어갈 때에 발이 빠지는 눈 위로 더벅더벅 걸어갈 제 은싸라기 같은 눈가루가 이리로 사르락 저리로 사르락 바람에 날려 가는 것은 참으로 껴안을 듯이 깜찍하게 귀여웠나이다. 우리는 그 눈 덮인 모래톱으로 두 손을 마주잡고 하나, 둘을 부르며 달음질을 하였나이다. 그리고 또 다시 SP강에 다다랐을 때에는 보기에도 무서워 보이는 푸른 물결이 음녀(淫女)의 남치맛자락이 바람에 날려 그의 구김살이 울멍줄멍하는 것 같이 움실움실 출렁출렁하고 있습니다.

우리는 나룻배를 타고 그 강을 건너 주막거리에서 점심을 먹을 때에 R이 나에게 말하기를,

"술 한 잔 먹으려나?" 하기에 나는 하도 이상하여, "술!" 하고 아무 소리도 못하였습니다. 여태까지 술을 먹을 줄 모르는 R이 자진하여 술을 먹자는 것은 한 가지 이상한 일이었나이다.

KC를 무엇하러 가는지도 모르고 가는 저는 또한 R이 술 먹자는 것을 또 다시 그 이유까지 물어볼 필요가 없었나이다.

그는 처음으로 술을 먹었나이다.

우리는 또 다시 걸어나갔나이다. 마액(魔液)은 그 쓸쓸스러운 R을 무한히 흥분시켰나이다. 그는 팔을 내저으며 목소리를 크게 하여 말하기를 시작하였나이다. 그는 나의 손을 힘있게 쥐며,

"DH." 하고 부르더니 무슨 감격한 듯한 어조로,

"날더러 형님이라고 하게." 하고 조금 있다가 다시,

"나는 DH를 얼마간 이해하고 또한 어디까지 인정하는데." 하였나이다.

아, 얼마나 고마운 소리일까요? 저는 손아래 동생은 있어도 손위의 형님을 가질 운명에서 나지를 못하였나이다. 손목 잡고 뒷동산 수풀 사이나, 등에 업고 앞세워 물가로 데리고 다녀 줄 사람이 없었나이다. 무릎에 얼굴을 비벼 가며 어리광 부려 말할 사람이 없었나이다. 다만 어린 마음 외로운 감정을 그렁저렁한 눈물 가운데 맛볼 뿐이었나이다.

그리고 할아버지나 할머니의 머리를 쓰다듬어 주시는 부드러운 사랑을 맛보지 못하였나이다. 그리고 아버지 어머니는 본래 젊으시니까. 그리고 어려서부터 오늘까지 지낸 과거를 생각하여 보면 웬일인지 한 귀퉁이 가슴속에 메인 듯해요.

그런데 '형님' 이라 부르고 '아우' 라고 부르라는 소리를 듣는 저는 그 얼마나 기꺼웠을까요, 그 얼마나 반가웠을까요, 그리고 나를 이해하고 나를 얼마간일지라도 인정하여 준다는 말을 들은 나는 그 얼마나 감사하였을까요?

그러나 그 감사하고 반갑고 기꺼운 말소리에 나는 얼핏 '네.' 하지를 아니하였나이다.

그 '네' 하지 않은 것이 잘못일는지 잘못 아닐는지 알 수 없으나 어찌하였든 저는 '네' 소리를 하지 못하였습니다. 그러면 그것이 나를 이해하고 나를 인정하여 주는 그 R의 마음을 더 슬프게 하였을는지 더 무슨 만족을 주었을는지 알 수 없으나 나는 거기에 이렇게 대답을 하였나이다.

"좋은 말이요. 우리 두 사람이 어떠한 공통선상에서 서로 인정하고 서로 이해함을 서로 받고 주면 그만큼 더 행복스러운 일이 없지. 그러하나 형이라 부르거나 아우라 부르지 않고라도 될 수 있는 일이 아닐까? 도리어 형이라 아우라는 형식을 만들 것이 없지 아니하냐?" 고 말을 하였더니 그는 무엇을 깨달은 듯이,

"딴은 그것도 그렇지." 하고 나의 손을 더 힘있게 쥐었나이다.

3

금빛 나는 종소리가 파랗게 개인 공중을 울리고 어디로 사라져버리는지? 그렇지 않으면 온 우주에 가득 찬 에테르를 울리며 멀리멀리 자꾸자꾸 끝없이 가는지, 어떻든 그 예배당 종소리가 우두커니 장안을 내려다보는 인왕산 아래 붉은 벽돌집에서 날 때 저와 R은 C 예배당으로 들어갔나이다.

그때에 누님도 거기에 앉아 계시었지요. 그리고 그 MP양도…….

처음 보지 않는 MP양이지마는 보면 볼수록 그에게서 볼 수 있는 것이 자꾸자꾸 변하여 갔나이다. 지난번과 이번이 또 다르지요. 지난번 볼 때에는 적잖은 불안을 가지고 그 여성을 보았습니다. 그리고 얼마간의 낙망을 가지고 보았을는지도 모르지요. 그러나 이번의 그를 볼

때에는 웬일인지 그에게서 보이지 않게 새어나오는 무슨 매력이 나의 온 감정을 몽롱한 안개 속으로 헤매는 듯하게 하였나이다.

그리고 그의 육체의 미도 지난번 볼 때에는 어째 흙 냄새가 나는 듯이 누런 감정을 나에게 주더니 오늘에는 불그레하게 황금색이 나는 빛을 나에게 던져주더이다. 그리고 그 황금색이 농후한 액체가 평평한 곳으로 퍼지는 듯이 점점 보이지 않게 변하여 동색(銅色)의 붉은 빛으로 변하고 나중에는 어여쁜 처녀의 분홍 저고리 빛으로 변하기까지 하였나이다.

그리고 그가 고개를 돌릴 듯 돌릴 듯할 때마다 나의 전신의 혈액은 타오르는 듯하고 천국에 햇발 같은 행복의 빛이 나의 온몸 위에 내리붓는 듯하였나이다.

그리고 한 시간밖에 안 되는 예배 시간이 나의 마음을 공연히 못살게 굴었나이다.

어쨌든 예배는 끝이 났지요. 그리고 나와 R은 바깥으로 나왔지요, 그때 누님은 나를 기다렸지요. 그리고 저와 누님은 무슨 이야기든가 그 이야기를 할 때 아아, 왜 MP양이 누님을 쫓아오다가 저를 보고 부끄러워 고개를 돌리며 저편으로 줄달음질 쳐 달아났을까요? ―그 그렇지 않다는 그 MP양이 ― 누님, 그 MP양이 고개를 돌리고 줄달음질을 하거나 부끄러워 얼굴빛이 타오르는 저녁놀 빛 같거나 그것이 나에게 무엇이 되겠습니까?

그러나 왜 나를 보고 그리하였을까요? 아마 다른 남성을 보고는 그리 안 했을 터이지요? 그리고 그 줄달음질하여 저쪽으로 돌아가서는 그의 마음이 어떠하였을까요? 더욱 부끄럽지나 아니하였을까요? 그렇지 않으면 후회하는 마음이 나지나 아니하였을까요?

어떻든 그것이 나에게 준 MP의 첫째 인상이었나이다. 그리하고 환희와 번뇌의 분기점에 나를 세워놓은 첫째 동기였나이다.

저는 언제든지 이 시간과 공간을 떠날 날이 있겠지요. 그러나 그 깊이 박힌 인상은 두렵건대 그 시간과 공간에 영원한 흔적을 남겨줄는지요?

4

사랑하는 누님, 왜 나의 원고는 도적질해 갖다가 그 MP양을 보게 하였어요? 그 MP양이 그 글을 보고 얼마나 웃었을까요?

아아, 그러나 그 누님의 나의 원고를 도적질해다가 그 MP양을 보게 한 것이 나의 마음을 얼마나 즐겁게 하였을까요?

누님의 도적질한 것은 그것을 죄를 정할까요, 상을 주어야 할까요? 저는 꿇어 엎드려 절을 하겠습니다. 그리고 천국의 문을 열어드릴 터입니다.

그런데 그 원고 ○○○이라 한 끝에 서투른 필적이 새로 생겼어요. 그리고 지울 수도 없는 잉크로 나의 글씨를 흉내를 낸 것인지 그렇지 않으면 그의 필적을 자랑하려 한 것인지? 그렇지만 그런 것은 아니겠지. 그렇지요, 그렇지는 않지요. 그러나 나의 원고를 더럽힌 그에게는 뭐라 말을 하여야 좋을까요?

그러나 그러나 그 필적은 그의 가슴에 무엇인지를 전해주는 듯하였나이다. 사람의 입으로나 붓으로는 조금도 흉내낼 수 없는 그 무엇을 전하였더이다. 다만 취몽중에 헤매는 젊은이의 가슴을 못살게 구는 그 무엇을.

5

고맙습니다. 누님은 그 MP양과는 또 다시 더 어떻게 할 수 없는 형제와 같다 하였지요? 그리고 서로서로 형님 아우하고 지낸다지요. 저는 다만 감사할 뿐이외다. 그리고 영원한 무엇을 바랄 뿐이외다. 그러나 저에게는 그 누님과 MP 사이를 얽어놓은 형제라 하는 형식의 줄이 나를 공연히 못살게구나이다. 그리고 모든 불안과 낙망 사이에서 헤매게 하나이다.

누님의 동생이면 나의 누이지요. 아니 나의 누님이지요 — 그 MP양은 나보다 한 살이 더하니까 — 그러면 나도 그 MP양을 누님이라 불러야 할 것이지요.

아아, 그것이 될 일일까요. 누님이라 부르기가 어려운 일이 아니지마는 나의 입으로 그를 누님이라고 부른다 하면 그 부르는 그날로부터는 그의 전신에서 분홍빛 나는 무슨 타는 듯한 빛을 무슨 날카로운 칼로 잘라버리는 듯이 사라져버릴 터이지. 아니 사라져 없어지지는 않더라도 제가 이 눈을 감아야지요. 아아, 두려운 누님이란 말, 나는 이 두려운 소리를 입에 올리기도 두려워요.

6

오늘 저는 PC에 보낼 원고를 쓰고 있었습니다. 머리가 아프고 신흥이 나지가 않아서 펴놓은 종이를 척척 접어 내던져버리고 기지개를 한 번 켜고 대님을 한 번 갈아매고 모자를 집어쓰고 바깥으로 나갔습니다. 시계는 벌써 7시를 10분이 지나고 있었나이다.

저의 가는 곳은 말할 것도 없이 R의 집이지요. 그리고 내가 책을 볼 때에나 글씨를 쓸 때에나 길을 걷거나 천장을 바라보고 누워 있을 때나 눈을 감고 명상할 때에나 나의 눈앞을 떠나지 않는 그 MP양을 오늘 R의 집에를 가면서도 또 보았습니다.

저는 언제든지 MP양을 생각합니다. 허무한 환영과 노래하며 춤추며 이야기하며 나중에는 두렵건대 손을 잡고 이 세상의 모든 유열(愉悅)을 극도로 맛보았습니다. 그러나 그것이 한낱 공상인 것을 깨달을 때에는 저도 공연히 심중이 나고 모든 것이 귀찮고 모든 것이 비관의 종자가 될 뿐이었나이다. 그리고 아아, 과연 다만 일 찰나 사이라도 그 MP의 머릿속에서 나의 환영을 찾아낸다 하면 그 얼마나 나의 행복일까 하였나이다.

그리고 그 MP는 나를 조금도 생각지 않은 것만 같아서 공연히 마음이 애달펐나이다.

그날 R은 집에 있지 않았습니다. 저의 마음은 눈물이 날 듯이 공연히 센티멘털로 변하여졌나이다. 그래서 정처 없이 방황하기로 정하고 우선 L의 집으로 가 보았습니다.

제가 그 처녀와 같이 조금도 거짓 없음을 부러워하는 L은 나를 보더니 그 검은 얼굴에 반가워 죽을 듯한 웃음을 띠고 손목을 잡아 자기 방으로 끌어들이더니, 어저께도 왔었는데 "왜 그 동안에 그렇게 오지를 않았나?" 하지요. 그래 나는 그 얼마나 고독히 지내는 그 L을 보고 이때껏 계속해 왔던 감상이 가슴 한복판으로 모여드는 듯하더니 공연히 눈물이 날 듯…… 하지요. 그래 억지로 그것을 참고 멀거니 앉아 있었더니 그 L은 또 날더러 독창을 하라지요. 다른 때 같으면 귀가 아프다고 야단을 쳐도 자꾸자꾸 할 저이지마는 오늘은 목구멍에서 무엇이 잡아당기는지 그 목소리가 조금도 나오지 아니하였나이다. 그래 공연히 앙탈을 하고 일어나기 싫어하는 그 L을 옷을 입혀 끌고 바깥으로 나갔습니다. 저녁 안개는 달빛을 가리고 붉은 전등불만이 어둠 속에 진주를 꿰뚫어 놓은 듯이 종로 큰 거리에 나란히 켜 있을 뿐이었나이다.

두 사람이 나오기는 나왔으나 어디로 갈 곳이 없었나이다. 주머니에 돈이 없으니 하루 저녁을 유쾌히 놀 수도 없고, 또 갈 만한 친구의 집도 없고 마음만 점점 더 귀찮고 쓸쓸한 생각을 하였나이다.

우리 두 사람은 결국 때 없이 웃는 이의 집으로 가기로 하였나이다. 우리는 한 집에를 갔으나 우리를 기다리지 않는 그는 있지 않았나이다. 그래 하는 수 없이 설영(雪影)의 집으로 가기를 정하고 천변으로 내려섰나이다. 골목 안의 전깃불은 누구를 기다리는 것같이 빙그레 웃으며 켜 있었지요. 우리는 그 집에 들어가 "설영이." 하고 불렀나이

다. 안방에서 영리한 목소리로,

"누구요?" 하는 설영의 목소리가 났습니다. 우리 두 사람은 "있고나." 하였습니다. 그리고 공연히 마음이 반가웠나이다. 그리고 설영이는 마루 끝까지 나와, "아이그, 어서오세요. 왜 그렇게 한 번도 아니 오셔요." 하지요.

아, 누님 그 소리가 진정이거나 거짓이거나 관성으로 인하여 우연히 나온 말이거나 아무것이거나 나는 그것을 생각하려고 하지는 않습니다. 다만 감상에 쫓겨 정처 없이 방황하려는 이 불쌍한 사람을 향하여 그의 성대를 수고롭게 하여 발하여 주는 그의 환영의 말이 얼마나 나의 피곤한 심령을 위로해 주었을까요.

그는 날더러 '오라버니' 라 해주기를 맹세하여 주었습니다. 그리고 영원히 오라버니가 되어 달라 하였습니다.

누님, 과연 내가 남에게 오라버니라는 존경을 받을 만한 자격의 소유자가 될 수 있을까요. 물론 그것도 나의 원치 않는 형식입니다. 그러나 나는 그 설영을 친누이동생같이 사랑하렵니다. 그리고 영원히 영원히 나의 누이동생을 만들려 하나이다. 그리고 다만 독신인 설영이도 진정한 오라비 같은 어떠한 남성의 남매 같은 애정을 원하겠지요. 그러나 그러나 무상인 세상에 그것을 과연 허락할 참 신이 어느 곳에 계실는지요? 생각하면 안타까울 뿐이외다.

그날 L은 설영을 공연히 못살게 놀려먹었나이다. 물론 사념 없는 어린애 같은 유희지요. 그때 L은 설영을 잡으려고 달려들었습니다. 설영은 소리를 지르며 간지러운 웃음을 웃으면서 내 앞으로 달려들

며,

"오라버니! 오라버니!" 하고 그 L을 피하였나이다. 나는 그때 그 설영이 비록 희롱에서 나왔다 하더라도 L에게 쫓겨 나에게 구호함을 청할 때에 아아, 과연 내가 이와 같은 여성의 구호를 청함을 받을 만한 자격의 소유자일까 하였나이다. 그리고 모든 여성은 다 나를 보려고 하지도 않는 생각을 하고 혼자 이 설영이가 나에게 구호함을 청한다는 것은 그 설영을 껴안을 듯이 귀여운 생각이 났나이다. 그러나 나타났다 사라지는 환영의 그림자일까? 팔팔팔 날리는 봄날의 아지랑이일까? 영원이란 무엇일는지요.

7

날이 매우 따뜻해졌습니다. 내일쯤 한 번 가서 뵈려 하나이다. 하오에 기다려 주십시오. 그리고 W군은 어저께 동경으로 떠나갔다는 말을 들었습니다. 만나보지 못한 것이 매우 섭섭하외다. 그리고 S군 Y군도 그리로 향하여 수일 후에 떠나간다는 말을 들었습니다. 아아, 저는 외로운 몸이 홀로 서울에 남아 있게 되겠지요. 정다운 친구들은 모두 다 저 갈 곳으로 가버리고…….

8

왜 어저께 저는 누님에게 갔을까요? 거기에 간 것이 나에게 좋은 기회였을까요? 그렇지 않으면 좋지 못한 기회였을까요.

어떻든 어저께 나는 처음으로 그 MP와 말을 하게 되었습니다. 그리고 가까이 서로 보고 앉아 간질간질한 시선으로 그를 보게 되었습니다. 그리고 나의 눈에서 방산(放散)하는 시선의 몇 줄기 위로 나의 쉴새없이 뛰는 영의 사자를 태워 보내었나이다.

그는 그때 그 예배당 앞에서 나를 보고 고개를 돌리고 줄달음질하던 때와는 아주 달랐습니다. 그의 마음속으로는 나의 전신의 귀퉁이로부터 귀퉁이까지 호의의 비평을 하였을는지 악의의 비평 — 그렇지는 않겠지?—을 하였는지 어떻든 부단의 관찰로 비평을 하였겠지요. 그러나 그의 눈과 안면은 아주 침착하였나이다. 그리고 그에게서 가장 아름다운 목소리는 아주 나의 마음을 취하게 할 듯이 부드럽고 연하며 은빛이 났나이다.

그리고 나의 글을 너무 칭상(稱賞)하는 것이 조금 나를 부끄럽게 하였으며 또는 선생님이라는 경어가 아주 나를 괴롭게 하였나이다.

누님, 만일 그가 날더러 선생이라 그러지 않고 오라비라고 하였더라면? 그 찰나의 나의 모든 것은 다 절망이 되어 버렸을 터이지요. 그 선생이라는 말을 듣기 싫어하는 제가 도리어 그 선생이라는 말을 듣는 것이 행복인 것을 깨달을 날이 있을 줄은 이제 처음으로 알게 되었나이다.

어떻든 저는 그 MP와 만날 기회를 얻었습니다. 그리고 서로 말소리를 바꾸게 되었습니다. 아마 이것이 저와 그 MP 사이에 처음 바꾸는 말소리가 되었겠지요? 그리고 우주의 생명 중에 또 다시 없는 그 어떠한 마디이었겠지요.

그러나 저는 불안을 깨닫습니다. 마음이 못 견딜 만치 불안합니다. 다만 한번 있는 그 기회의 순간이 좋은 순간이었을까요. 기쁜 순간이었을까요. 무한한 희망과 영원한 행복을 저에게 열어주는 그 열쇠 소리가 한 번 째각, 하는 그 순간이었을까요. 그렇지 아니하면 끝없는 의혹과 오뇌 속에서 만일의 요행만 한 줄기 믿음으로 몽롱한 가운데 살아 있다 그대로 사라져 없어졌다면 도리어 행복일 걸 하는 회한의 탄식을 나에게 부어줄 그 순간이었을까요?

어찌하였든 저는 한옆으로 요행을 꿈꾸며 한옆으로 부질없는 낙망에 헤매나이다.

9

오늘은 아침 9시에 겨우 잠을 깨었나이다. 그것도 어제 저녁에 공연히 돌아다니느라고 늦게 잔 덕택으로 아침에 일어나지 못하는 행복을 얻었더니 그나마 행복이 되어 그리하였는지 R이 찾아와서 못살게 굴지요. 못살게 구는 데 쪼들려 겨우 잠을 깨 세수를 하였나이다.

이상한 일이었나이다. 제가 R의 집을 가기는 하여도 R이 저의 집에 찾아오는 일이 없는 그가 오늘 식전 아침에 저를 찾아온 것은 참으로 뜻밖이고 이상합니다. 그는 매우 갑갑한 모양이었나이다. 그리고 요사이 며칠 동안 그의 얼굴은 그리 좋지 못하였으며 언제든지 무슨 실망의 빛이 있었나이다.

오늘도 그는 침묵 속에 있었나이다. 그리고 먼 산만 바라보고 있었나이다.

그는 어디로 산보를 가자 하였나이다. 저는 아침도 먹지 않고 그와 함께 정처 없이 나섰나이다.

우리는 전차를 타고 H와 P의 집에 가 보았으나 H는 아침 먹고 막 어딘지 가고 없다 하고 P는 집에 일이 있어서 가지를 못하겠다 하지요. 그래 하는 수 없이 우리 단 두 사람이 또 다시 HC를 향하여 떠났나이다.

천기는 청명, 가는 바람은 살살, 아주 좋은 봄날이었나이다. 우리는 전차에서 내렸나이다. 오포가 탕하였나이다. 멀리멀리 흐르는 HC강은 옛적과 같이 고요히 흐르고 있었나이다. 아무 소리도 없고 아무 향기도 없고 아무 웃는 것도 없고, 다만 푸른 물 속에 취색(翠色)의 산 그림자를 비추고 있어 다만 "아아 아름답다." 하는 우리 두 사람의 못 견디어 나오는 탄성뿐이 고요한 침묵을 가늘게 울릴 뿐이었나이다. 우리는 언덕으로 내려가 한가히 매어 있는 주인 없는 배 위에 앉아 아무 소리 없이 물 위만 바라보았나이다. 푸른 물 위에는 때때 은사(銀絲)의 맴도는 듯한 파연(波漣)이 가늘게 떨 뿐이었나이다. 그리고 사르렁사르렁하는 은사의 풀렸다 감겼다 하는 소리가 들리는 듯하였나이다.

우리는 한참이나 앉아 있었나이다.

우리는 문득 저쪽을 바라보았나이다. 그리고 나의 가슴은 공연히 덜렁덜렁 하고 전신에 식은땀이 흐르는 듯하였나이다. 저기 저쪽에는 그 비단결 같은 물 위에 한가히 떠 있어 물 속으로 녹아들 듯이 가만히 있는 그 요트 위에는 참으로 뜻밖이었어요, 그 MP가 어떠한 다른 동무하고 나란히 앉아 있었나이다.

그러나 그 MP는 나를 보고도 모르는 체하는지 보지 못하고 모르는 체하는지 다만 제 볼 것 제 들을 것만 보고 들을 뿐이었나이다.

저는 그 MP에게로 달려가고 싶었습니다. 아, 그러나 만일 그가 나를 보고도 못 본 체한다면 불과 몇십 간 되지 않는 거기에 있는 그가 어째 나를 보지 못하였을까? 못 보았을 리가 있나? 라고만 생각하는 저는 그에게로 가기가 두렵고 공연히 무엇인지 보이지 않는 무엇이 원망스러웠을 뿐이었나이다.

그런데 웬일일까요—MP를 나 혼자만 아는 줄 아는 저는 R의 기색에 놀라지 아니치 못하였나이다.

R은 나의 손을 잡아다니며,

"MP가 왔네." 하였습니다. 그 소리를 듣는 저는 R이 어떻게 MP를 아는가 하였나이다. 그리고 무엇인지 번개와 같이 무슨 공포를 깨달은 것이 있었나이다.

R은 대담하게 MP에게로 갔습니다. 저도 그를 따라갔습니다. R은 모자를 벗고 그에게 예를 하였나이다. 아아 그러나 누님, 정성을 다하지 않고 몽롱한 의심과 적지 않은 불안으로 주는 저의 예에는 그의 입 가장자리에 불그레한 미소가 떠돌았으며 따뜻한 눈동자의 금빛 광채이었나이다. 그리고 "아이고 어떻게 이렇게 오셨어요?" 하는 그의 전신을 녹이는 듯한 독특한 어조가 저를 그 순간에 환희와 정화 속으로

스며들게 하였나이다.

우리 두 사람은 그를 작별하고 바로 시내로 들어왔나이다. 웬일인지 저의 마음은 한없이 기뻤나이다. 그리고 전신의 혈액은 더욱더 펄펄 끓기를 시작하였나이다. 그러나 R의 얼굴은 그전보다 더 비애롭고 실망의 빛이 떠돌았나이다. 쓸쓸한 미소와 쓸쓸한 어조가 도는 저의 동정의 마음을 일으킬 만치 처참한 듯하였나이다. 저는 R에게,

"어떻게 MP를 알든가?" 하였습니다. 그는 무슨 옛날의 환상을 보는 듯한 표정으로,

"그전부터 알어." 하였나이다. 이 소리를 듣는 저는 그러면 이성 사이에 만나면 생기는 사랑의 가락[絡]이 그 MP와 이 R 사이에 매여지지나 아니하였나 하고 여태껏 기껍던 것이 점점 무슨 실망의 감상으로 변하여 버렸나이다. 그리고 차차 의혹 속에 방황하게 되었나이다.

그리하다가도 그 R의 실망하는 빛과 MP의 냉담한 답례가 저에게 눈물 날 만치 R을 동정하는 생각을 나게 하면서도 또 한옆으로는 무슨 승자의 자랑을 마음 한 귀퉁이에서 만족히 여겼으며 불행한 R을 옆에 세우고 다행히 환희를 맛보았습니다.

그날 저는 R의 집에서 자기로 정하였나이다. 밤 11시가 지나도록 별로 서로 말을 한 일이 없는 R과 두 사람 사이에는 공연히 마음이 괴로운 간격을 깨닫게 되었나이다. 그리고 그의 푸른 비애와 회색 실망의 빛이 그의 얼굴로 가끔가끔 농후하게 지나갈 때마다 저는 공연히 불안하였나이다.

저는 R에게 그 기색이 좋지 못한 이유를 묻기를 두려워하였나이

다. 그리고 만일 그 비애의 빛과 실망의 빛이 그 MP로 인한 것이 아니고 다른 것으로 인한 것이라 하면 저는 그때 그 R의 그 비애와 실망과 또 같은 비애 실망을 맛보았을 것이지요?

그러나 저는 형제와 같은 그 R의 비애 실망을 그 MP로 인하여서라고 인정하지 아니하면 제 마음이 불안하여 못 견디겠으므로.

그날 저녁 R은 자리에 누워서도 한잠을 자지 못하는 모양이었나이다. 다만 눈만 멀뚱멀뚱하고 천장만 바라보고 있었나이다. 그리고 머리를 짚고 눈을 감고 무엇인지 명상하듯이 가만히 있었을 뿐이었나이다. 그의 엷은 눈썹은 가늘게 떨리고 있었습니다.

저도 웬일인지 잠이 오지 않았습니다. 그래 머리맡 서가에 놓여 있는 『On the Eve』를 집어들고 한참이나 보다가 잠이 깜빡 들었습니다.

10

저는 어리석은 사람이 되어 버렸나이다. 꿈을 믿고 길에서 장님을 만나면 두 다리에 풀이 다하도록 실망을 하게 되었나이다.

그리고 꽃의 화판을 '하나 둘.' 하며 'MP가 나를 사랑하느냐 사랑하지 않느냐?' 하며 차례차례 따져보게 되었습니다. 그리고 만일 '사랑한다.' 하는 곳에서 맨 나중 꽃 잎사귀가 떨어지면 성공한 것처럼 춤을 출 듯이 만족하였으며 그렇지 않고 사랑하지 않는다는 곳에 와서 그 맨 나중 꽃 잎사귀가 떨어지면 공연히 낙망하는 생각이 나며 비로소 그 헛된 것을 조소합니다. 그러나 어느 틈에 또 다시 그 꽃 잎사

귀를 따보고 싶어 못 견디게 되나이다. 저는 요행을 바라는 동시에 말할 수 없는 미신자가 되었습니다. 오늘은 제가 누님을 만나뵈러 가지 않으려 하였으나 W 군이 Piece를 찾아 달라고 해서 누님에게로 갔었습니다.

누님이 나오기를 기다리고 있는 동안에 나는 다만 침착하고 고요한 마음으로 정문 앞 플랫폼을 왔다갔다하였나이다. 그러다가 문 열리는 소리가 나더니 나오는 사람은 누님이 아니고 그 MP 였습니다. MP는 나를 보더니 생긋 웃으며 고개를 숙여 예를 해주었나이다. 그리고 그곳에 서 있었나이다. 그 뒤를 따라 나온 이가 누님이었지요.

저의 마음은 이상하게 기뻤나이다. 그리고 아주 무슨 희망을 잃은 듯하였나이다. 길거리로 걸어다니면서도 혹시나 MP를 만나 인사를 주고받을 만한 순간의 기회를 기대하는 저는 누님에게로 갈 때마다 그 MP를 만날 수가 있을까 하는 기대를 가지고 다녔나이다. 오늘도 그 기대를 조금일지라도 아니 가지고 간 것이 아니었건마는 그 MP가 있지 않을 줄 안 저는 아주 단념을 하고 갔었습니다. 그래 그 MP를 만난 것은 아주 의외였지요.

누님 그 MP가 무엇 하러 누님보다도 먼저 저를 보러 나왔을까요, 어린 아우를 만나려는 누님의 마음이었을까요, 반가운 정인을 만나려는 애인의 마음이었을까요, 무엇이었을까요?

그는 저와 오랫동안 말을 하였나이다. 그리고 동청(冬靑)이 푸른 잔디 사이를 누님과 저 세 사람이 산보하였지요? 저희가 ㄱ 좁은 길로 지나올 때 저는 그 MP에게,

"R을 어떻게 아셨든가요?" 하고 물어 보았습니다. 그 MP는 조금 얼굴이 불그레한 중에도 미소를 띠며,

"네, 그전에 한 두어 번 만나본 일이 있었어요." 하고 대답을 하였지요. 그 소리를 듣는 저는 곧,

"R은 참 좋은 사람이야요." 하였지요. 그러니까 그 MP는 곧 다른 말로 옮겨버렸나이다.

그렇게 한 지 10분쯤 되어 누님과 우리 두 사람은 무슨 조용히 할 말이나 있는 것처럼 주저주저하였나이다. 그러니까 그 MP는 곧 영리하게 그것을 알아차리고 안으로 들어가 버렸지요.

아아, 그때 저의 마음은 아주 섭섭하였습니다. 우리가 우리의 필요한 이야기를 하지 못한다 하더라도 그 MP는 떠나기가 싫었나이다. 그러나 그의 검은 치맛자락의 그림자는 보이지 않게 사라져 버렸었나이다. 그때 누님은 절더러 이야기를 하여 주었지요. 그 MP를 R이 사랑하려다가 그 MP가 배척을 하였다는 것을 — 그리고 그 MP가 저의 그 누님이 도적하여 간 원고를 보고 도외(度外)의 찬성을 하더라는 것과 그러나 그가 한 가지 불만으로 생각하는 것은 신앙이 적더라는 것을 저는 누님과 작별을 하고 문 밖으로 나오며 뛰어갈 듯이 걸음을 속히 하여 걸어가며,

"내가 행복한 자냐 불행한 자냐?" 하고 혼자 소리를 질러 보았습니다. 그러다가는 그 신앙이 적다고 하는 데 대하여는 적지 않은 불쾌와 또 한옆으로는 희미한 실망을 깨달았습니다.

그래 집에 돌아와 아랫목에 누워서 여러 가지로 그 MP와 저 사이

를 무지개 빛 나는 아름답고 거룩한 것으로만 얽어놓아 보다가도 그 신앙이란 말을 생각하고는 곧 의혹 속에 헤매었나이다. 그러다가는 그의 집에서 본 『On the Eve』를 읽던 것이 생각되어 그 여주인공 에레나의 일기가 생각났습니다.

그의 애인 인사로프와 그의 아버지가 그와 결혼시키려는 크르나도오스키를 비교하여 인사로프에게는 신앙이 있을지라도 크르나도오스키에게는 신앙이 없었다. 자기를 믿는 것만으로는 신앙이 있다고 말할 수 없으니까…….

누님, 저는 이 글을 볼 때 공연히 실망하였습니다. 에레나는 신앙 있는 사람을 사랑하였습니다. 그리고 신앙 없는 사람을 사랑치 않았습니다. 그러면 MP도 언제든지 신앙 있는 사람을 사랑할 테지요. 그러면 그 MP가 저에게 신앙이 없다고 한 말은 저를 동생이나 친우로 여길는지는 알 수 없으나 애인으로 생각지는 못하겠다는 것이지요.

누님, 그러면 저는 실망할까요, 낙담할까요? 신앙이란 무엇일까요. 물론 누구에게든지 신앙이 없는 사람이 없습니다. 누구는 예수를 믿고 석가를 믿고 우상을 믿고 여러 가지를 믿습니다.

그리고 또 자기를 믿는 사람이 있기도 합니다. 그리고 누님, 저도 무엇인지 신앙하는 것이 있겠지요? 신앙이 없는 사람이 이 세상에서 생명을 가지고 살아 있다는 것은 거짓말이니까 — 누구든지 각각 자기가 신앙하는 것이 있기 때문에 이 세상에 살아 있으니까 저도 또한 이 세상에 살아 있는 사람이라 어떠한 신앙이든지 가지고 있겠지요.

저 어떠한 종교를 어리석게 믿는 사람들은 각각 자기의 신앙만이

참 신앙으로 생각합니다. 그리고 남의 신앙을 조소합니다. 그러나 한 번 더 크게 눈을 뜨고 고개를 돌려 사면을 둘러보는 자는 각각 이것과 저것을 대조할 수가 있을 것이지요? 그리고 각각 장처(長處)와 결점을 찾아낼 수가 있을 것이지요. 이불을 뒤집어쓰고는 물론 그 이불 속뿐이 세상인 줄 알 터이지요. 그러하나 그 이불 속만이 세상이 아니고 그 속에만 진리가 있는 것이 아닌 줄 아나 그 이불을 벗어버린 자는 그 이불 쓴 사람을 불쌍히 여겼을 터이지요. 그러면 이 세상에는 그 이불을 벗은 사람이 여럿이 있었습니다. 그리하여 그 이불을 뒤집어 쓴 사람들을 아주 불쌍히 여겼습니다.

그러면 저도 그 이불을 벗은 사람의 하나가 되려 합니다. 다만 어떠한 이름 아래서든지 그 온 우주에 가득 차서 영원부터 영원까지 변치 않는 진리를 믿는 사람이 되려 하나이다. 그리하여 다만 그것을 구할 뿐이요, 그것을 체험하려 할 뿐이외다.

물론 사람은 약한 것이지요. 심신이 다 강하지는 못하지요. 제가 어떠한 때 본의 아닌 일을 할 때가 있다 하더라도 그것은 다만 약한 까닭이겠지요. 그리고 그것을 깨닫는 때는 그것을 고치겠지요. 그리고 누님, 한 가지 끊어 말하여 둘 것은 『Quo Vadis』에 있는 비니큐스와 같이 리지아의 신앙과 같은 신앙으로 인하여서 저도 그 비니큐스는 되지 않겠지요.

아아 그러나 누님, 제가 어찌하여 이와 같은 말을 쓸까요? 자기의 생명까지 희생하는 것은 사랑이 있을 뿐이지요. 사람이 사랑으로 나고 사랑으로 죽고 사랑으로 살기만 하면 그 사람의 생은 참 생이 되겠지요. 그러하나 저희는 사랑을 생각할 때마다 마음이 두근거립니다. 처음은 이성(異性)에게 사랑을 구하는 자가 누가 주저하지 않은 자가 있고 누가 가슴이 떨리지 않는 자가 있을까요. 그러면 사랑이란 죄악일까요? 죄지은 자와 똑같은 떨림과 불안을 깨닫는 것이 어찌함일까요.

그렇습니다. 우리 인생에게는 두 가지 큰 문제가 있습니다. 그것은 열정과 이지입니다. 이 세상의 역사는 이 두 가지의 싸움입니다. 그리고 모든 불행의 근원은 이 열정과 이지가 서로 용납하지 않는 곳에 있는 것입니다.

그리운 이성을 보고 자기 마음을 피력치 못하고 혼자 의심하고 오뇌하는 것도 이지로 인함이지요. 저는 어떻게 하면 이 이지를 몰각한 열정만의 인물이 되려 하나, 그 이지를 몰각한 열정만의 인물이 되겠다는 것까지도 이지의 부르짖음이지요. 시간이 없어서 두어 마디로 대강만 쓰고 요다음 언제든지 기회 있으면 열정과 이지에 대하여 좀 써보내려 하나이다. 조용한 저녁 날에 술주정꾼같이 저는 정처 없이 헤매나이다. 안갯빛 저의 가슴에서는 눈물이 때없이 솟나이다. 아아 누님, 누님은 다만 참 사람이 되어 주시요. 저도 또한 그렇게 되려 하나이다.

오늘 저는 또 다시 R의 집에를 갔었나이다. 그 R은 있지 않았습니다. 그러나 얼마 있지 않으면 곧 들어오리라는 그 집 사람의 말을 듣고 저는 그의 방에서 기다리게 되었나이다. 그러나 R이 저와 형제같이 친하지가 않으면 그와 같이 주인 없는 방안에 들어가 앉아 있지를 못하였을 테지요. 그래 그와 친하다 하는 무엇이 저를 그의 방으로 들어가게 하였습니다.

저는 그의 방에 들어가 그의 책상 앞에 앉았나이다. 그때 문득 저의 눈에 보이는 것은 그가 써 놓은 편지였나이다. 그리고 그 편지 피봉에는 MP라 쓰여 있었습니다. 저의 마음은 공연히 시기하는 마음이 나며 또한 그 편지를 기어이 보고 싶은 생각이 났었습니다. 마침 다행한 것은 그 편지를 봉하지 않은 것이었나이다.

저는 그것을 보았습니다.

그 속에는 이러한 말이 쓰여 있었습니다.

'……DH는 미숙한 문사(文士)요, 그리고 일개 Bourgeois에 지나지 못하는 사람이요……' 라고.

아아, 누님 저는 손이 떨렸었나이다. 그리고 그 편지를 다시 그 자리에 놓고 그대로 바깥으로 뛰어나왔습니다. 그리고 길거리를 걸어오며 눈물이 날 만치 모든 것이 원망스럽고 또 한옆으로는 분한 생각이 나서 못 견뎠나이다.

그리고 사랑하는 R이 그와 같은 말을 써 보낼 줄 참으로 알지 못하였나이다. 누님 그렇지요. 저는 글쓰는 데 미숙하겠지요. 저는 거기에 조금이라도 이의를 말하려 하지 않나이다. 그러나 그 말을 무엇 하러 MP에게 할 것일까요.

아아 누님, 저는 일개 참사람이 되려 할 뿐이외다.

저는 문학가 문사라는 칭호를 원치 않아요. 다만 참 사람이 되기 위하여 글을 봅니다. 그리고 느끼는 바를 견딜 수 없었습니다. 그리고 나와 같은 느낌과 깨달음이 우리 인생을 위하여 조금이라도 보탬이 될까 하였습니다.

그러나 저 일개인의 성공은 얻기가 어려울 터이지요. 제가 느끼고 깨닫는 것은 길고 긴 우주의 생명과 함께 많고 많은 사람들이 깨닫는 것에 다만 몇 천만억 분의 일이 될락말락 할 테지요. 그리고 그 저의 생명이 그치는 날에는 그것보다 조금 더해질 뿐이지요. 그리고 그것보다 더 큰 무엇을 원할지라도 유한한 저의 육체와 정신은 그것을 용서치 않을 터이지요.

그러면 제가 Bourgeois나 Proletaria나 무엇 어떠한 부름을 듣든지 언제든지 참 사람이 되려 할 뿐이외다.

아마 이 세상의 모든 진리를 혼자 깨달을 줄 아는 사람일지라도 이 참 사람이 되려는 데서 더 벗어나지는 못하였을 테지요.

그러나 저는 오늘부터 친애하는 친우 하나를 잃어버리게 되었나이다. 아무리 아무리 제가 너그러운 마음으로써 그전과 같이 R을 대하려 하나 그는 나를 모함한 자이지요. 어찌 그전과 같은 정의(情誼)를 계속할 수가 있을까요. 그러나 저의 마음은 괴롭습니다. 그리고 그 KC를 가면서 저에게 형제와 같이 지내자던 것을 생각하고, 또는 그동안 지내오던 정분을 생각하고, 그것이 다만 한순간에 깨어지는 것을 생각할 때 저의 마음은 아주 안타까웠나이다. 그러다가도 그 R의 손을 잡고 기꺼워하고 싶었습니다.

12

집에서 나올 때 동생 L이 울며 쫓아나오면서,

"형님 형님, 나하고 가." 하며 부르짖었나이다. 그리고 두 팔을 벌리고 저를 바라보고 있었습니다. 그러나 발이 떨어지지 않지만 하는 수 없이 어머니에게 L은 맡기고 또 다시 R을 찾아갔나이다.

어제 저녁 늦도록 잠을 자지 못한 저는 오늘 또 다시 새벽에 일찍 일어났으므로 몸이 조금 피곤하였나이다.

저는 R의 집으로 가면서 몇 번이나 가지 않으리라 하여 보았습니다. 날마다 가는 R의 집에를 일주일이나 가지 않은 저는 오늘도 또 가 볼 마음이 그리 많지는 않았습니다. R을 생각하면 할수록 분하고 답답한 저는 언제든지 그 마음을 누르려 하였으나 그리 속마음이 편치는 못하였습니다.

제가 R의 집에 들어갈 때에는 아주 마음이 유쾌치 못하였습니다. R은 저를 보고 힘없이 저의 손을 잡고 인사를 해주었습니다. 그리고 "어서 오게." 하는 소리가 아주 반갑지 못하였습니다. 저는 그 R을 보기 전에는 반갑게 인사를 하리라 한 것이 지금 그를 만나보니까 공연히 그와 함께 있는 것이 싫은 생각이 나서 그대로 바깥으로 나오고 싶었습니다.

저는 그대로 서서,

"여러 날 만나지 못하여서 조금 보고나 갈까 하고……."
하며 그를 쳐다보았습니다. 그는 다만 고개를 끄덕 하며,

"응……." 할 뿐이었나이다. 저는 갑자기 뛰어나오고 싶었습니다. 그래,

"내일 또 봅시다." 하고 그대로 뛰어나왔습니다. 그 R은 아무 말도 없이 자기 방으로 들어가 버렸습니다.

아아, 누님, 우리 두 사람 사이는 어째 이리 멀어졌을까요, 무슨 간격이 생겼을까요? 그리고 무슨 줄이 끊어졌을까요? 저는 그것을 알 수가 없습니다.

제가 종로를 걸어올 때였습니다. 저쪽에서 뜻밖에 그 MP가 걸어왔습니다. 그때 저는 그 MP와 만나 인사를 하리라 하였습니다. 그러나 그 MP는 어떠한 양복 입은 이와 함께 저를 보았는지 저의 곁으로 그대로 지나가 버렸나이다. 저는 다만 지나가는 그만 바라보고 있다가 손을 단단히 쥐고, "에 그만두어라." 하였습니다.

저는 말할 수 없는 번뇌 가운데 '에, 설영에게나 가리라.' 하였나이다. 그리고 천변으로 그의 집을 찾아갔습니다. 그때 제 마음에도 설영이가 있지 않으리라는 생각은 없이 으레 만나려니 하였나이다. 그러나 설영을 부르는 저의 목소리에 그 영리하고 귀여운 우리 누이동생의 목소리는 나지 않고 그의 어머니가 "없소." 하고 냉대하듯 보통 손님과 같이 대답을 하였습니다. 그 소리를 듣는 저는 공연히 섭섭한 생각이 나며 또는 설영이가 저를 한낱 지나가는 손처럼 생각하는 듯하고 또한 어떠한 정인(情人)이나 찾아가지 않았나 할 때 오라비 노릇을 하려는 저도 공연히 질투스러운 마음이 나며, '다 그만두어라' 하는 생각이 나고 공연히 감상의 마음이 났습니다.

저는 그대로 집으로 갔습니다. 집 문간에서 놀던 L은 반겨 맞으면서 두 팔을 벌리고 저에게 턱 안기며 몸을 비비꼬고 그의 가는 손으로 간지럽고 차디차게 저의 뺨을 문질러 주었나이다. 그때 저는 모든 감상의 감정은 가슴 한복판으로 모아드는 듯하더니 눈물이 날 듯하였나이다. 그때 그 L은 "형님 임마!" 하였나이다. 그래 저는 그에게 입을 맞추려 하니까 그는 무엇이 만족치 못한지,

"아니 아니 귀 붙잡고." 하며 그의 손으로 저의 두 귀를 붙잡고 입을 맞추어 주려다가 또 다시,

"형님도 내 귀 붙잡어." 하였나이다. 저는 그 L의 귀를 붙잡고 입을 맞추었나이다. 그러나 그때 L은 저를 쳐다보며,

"형님 우네." 하였나이다. 아아 누님, 저의 눈에는 눈물이 나왔습니다. 그리고 그 L을 껴안고 울고 싶었습니다.

젊은이의 시절

아침 이슬이 겨우 풀 끝에서 사라지려 하는 봄날 아침이었다. 부드러운 공기는 온 우주의 향기를 다 모아다가 은하(銀河) 같은 맑은 물에 씻어 그윽하고도 달콤한 냄새를 가는 바람에 실어다 주는 듯하였다. 꽃다운 풀냄새는 사면에서 난다.

작은 여신의 젖가슴 같은 부드러운 풀포기 위에 다리를 뻗고 사람의 혼을 최음제의 마약으로 마비시키는 듯한 봄날의 보이지 않는 기운에 취하여 멀거니 앉아 있는 조철하는 그의 핏기 있고 타는 듯한 청년다운 얼굴은 보이지 않고 어디인지 찾아낼 수 없는 우수의 빛이 보인다.

그는 때때로 가슴이 꺼지는 듯한 한숨을 쉬었다. 그는 몸을 일으켜 천천한 걸음으로 시내가 흐르는 구부러진 나무 밑으로 갔다. 흐르는 맑은 물이 재미있게 속살대며 흘러간다. 푸른 하늘에 높다랗게 떠나가는 흰 구름이 맑은 시내 속에 비쳐 어룽어룽한다.

꾀꼬리 한 마리는 그 나무 위에서 울었다. 흰 나비 한 마리가 그 옆 할미꽃 위에 앉아 그의 날개를 한가히 좁혔다 폈다 한다. 철하는 속으로 무슨 비애가 뭉치인 감상의 노래를 불렀다.

사면의 모든 것은 기꺼움과 즐거움이었다. 교묘하게 조성된 미술이었다. 음악이었다.

그러나 그의 입 속으로 부르는 노랫소리나 그의 눈초리에 나타나는 표정은 이 모든 기꺼움과 즐거움과 아름다운 포위 속에서 다만 눈물이 날 듯한 우수와 전신이 사라지는 듯한 감상뿐이었다.

그는 속마음으로 부르짖었다.

하나님이여! 하나님은 나에게 가슴을 뭉클하게 하고 말할 수 없이 갑갑하게 하며 아침날에 광채 나는 처녀의 살빛 같은 햇볕을 대할 때나 종알거리며 경쾌하고 활발하게 흐르는 시내를 만날 때나 너울너울 춤추는 나비를 볼 때나 웃는 꽃이나 깜박이는 별이나 하늘을 흐르는 은하를 볼 때, 아아, 나의 사지를 흐르는 끓는 핏속에 오뇌의 요정을 던지셨나이까? 감상의 마액을 흘리셨나이까?

아아, 악마여, 너는 나의 심장의 붉고 또 타는 것을 보았는가? 나의 심장은 밤중에 요정과 꿀 같은 사랑의 뜨거운 입을 맞추고 피는 아침의 붉은 월계(月桂)보다 붉고 나의 온몸을 돌아가는 피는 마왕의 계단에 올리려고 잡는 어린 양의 애처로운 피보다도 정(精)하다. 또 정하다. 아아, 너는 그것을 빼어 가려느냐? 너는 그것을 너의 끓이지 않는 불꽃 속에 던지려느냐?

이 젊은 청년은 어렸을 때부터 저녁 해가 뉘엿뉘엿 서산으로 넘으려할 때 붉은 석양에 연기 끼인 공기를 울리며 그의 대문 앞을 지나 멀리 가는 저녁 두부장수의 슬피 부르짖는 "두부 사려!" 하는 소리나 집터를 다지는 노동자들의 "얼렬러 상사디야." 소리를 들을 때나 한적한 여름날에 처녀 혼자 지키는 집에 꽹과리 두드리며 동냥하는 중의 소리를 들을 때나 더구나 아자(我子)의 영원히 떠남을 탄식하며 눈물지어 우는 어머니의 울음을 조각달이 서산으로 시름없이 넘어가는 새벽 아침에 들을 때나, 아아, 하늘 위에 한없이 떠나가는 흰구름이여, 나의 가슴속에 감춘 영혼과 그의 지배를 받는 이 나의 육체를 끝없는 저 천애(天涯)로 둥실둥실 실어다 주어라! 나는 형적도 없고 보이지도 않는 그 소리 속에 섞이고 또 섞여 내가 나도 아니요, 소리가 소리도 아니요, 내가 소리도 아니요, 소리가 나도 아니게 화(化)하고 녹아서 괴로움 많고 거짓 많고 부질없는 것이 많은 이 세상을 꿈꾸는 듯 취한 듯한 가운데 영원히 흐르기를 바란다 하였다.

그는 어렸을 때부터 자연의 미묘한 소리에 한없는 감화를 받았다. 그는 홀로 저녁 종소리를 듣고 눈물을 씻었으며 동요를 부르며 지나가는 어린 계집아이를 안아 주었다.

그는 가끔 음악회에도 가고 음악에 대한 서적도 많이 보았다. 더구나 예술의 뭉치인 가극이나 익극을 구경할 때에 그 무대에 나타나는 여우(女優)의 리듬 맞는 경쾌하고 사랑스럽고 또 말할 수 없는 정욕을 주는 거동을 볼 때나 여신같이 차린 처녀의 애연한 소리나 황자(皇子)

같은 배우의 추력을 가진 목소리가 모든 것과 잘 조화되어 다만 그에게 주는 것은 말하기 어려운 환상뿐이었다. 넘칠 듯한 이상(理想)뿐이었다. 인생의 비애뿐이었다.

그는 지금 나무 밑에 서서 주먹을 단단히 쥐고 공중을 치며,

"음악가가 되었으면! 세상에 가장 크고 극치의 예술은 음악이다. 나는 음악가가 될 터이다." 그는 한참 있다가 다시 "아니, 아니 '음악가가 될 터이야.'가 아니다. 내가 나를 음악가라 이름짓는 것은 못난이 짓이다. 아직 세상을 초탈치 못한 까닭이다. 그렇다, 다만 내 속에 음악을 놓고 내가 음악 속에 들 뿐이다."

그의 표정에는 이 세상 모든 것을 조소하는 웃음이 넘치는 듯하다. 그는 한참 가만히 있었다. 그러하다가 그는 갑자기 눈에 희미한 눈물 방울을 괴었다. 그리고 다시 주먹을 쥐고,

"아, 가정이란 다 무엇이냐? 깨뜨려 버려야지. 가정이란 사랑의 형식이다. 사랑 없는 가정은 생명 없는 시체이다. 아아, 이 세상에는 목숨 없는 송장 같은 가정이 얼마나 될까. 불쌍한 아버지와 애처로운 어머니는 왜 나를 낳으셨소? 참 진리와 인생의 극치를 바라보고 가려는 나를 왜 못 가게 하세요? 어머니 아버지가 나를 낳아 기를 때에 얼마나 애끓이는 생각을 하셨어요? 어머니는 나를 업고 어떠한 날 새벽 우리 집에 도적이 들어오니까 담을 넘어 도망을 하시려다가 맨발바닥에 긴 못을…… 밟으시어 아아, 어머니, 나는 지금 그것을 생각만 하여도 가슴을 찌르는 듯합니다. 그러하나 어머니, 어머니의 그와 같은 자비와 애정은 헛된 것이 되었습니다. 나는 차마 못하는 눈물을 흘리

고서라도 가정을 뒤로 두고 나 갈 곳으로 갈까 합니다."

이렇게 흥분하여 있을 때에 누구인지 뒤에서,

"그러면 같이 갑시다……." 하는 고운 여성의 목소리가 들린다. 그는 돌아다보고 눈물 괸 두 눈에 웃음을 띠었다. 두 눈에 괸 눈물은 더 또렷하게 광채가 났다. 눈물은 그의 뺨으로 흘러 떨어졌다.

"아아, 누님, 아아, 영빈 씨." 하고 그는 손을 내밀었다. 누님은 그의 동생의 눈물을 보고 아주 조소하듯 "시인은 눈물이 많도다……." 하고 "하하." 하고 웃는데, 누님하고 같이 온 영빈이란 청년을 껄껄하고 어디인지 아주 불유쾌한 표정을 나타내며,

"눈물은 위안의 할아버지지요, 허허허."

철하는 눈물을 씻고 아주 어린아이같이 한 번 빙긋 웃고,

"오 인제 오셔요, 네? 나는 한참 기다렸어요. 그러나 그것은 어찌 되었어요?"

이 말 대답을 영빈이가 가로맡아서 대답하였다.

"다 틀렸어요. 실업가의 아드님은 부모에게 정신 유전을 받는 것같이 직업이나 학업도 유전적으로 해야 한다고 당당한 다윈의 학설을 주장하시니까요. 저는 더 말할 것 없습니다는…… 제삼자가 되어서…… 매씨(妹氏)께서도 퍽 말씀을 하셨으나 무엇 당초에……."

철하는 이 소리를 듣고 과도의 실망으로부터 나오는 침착으로 도리어 기막힌 웃음을 띠고,

"아아, 제2세 진화론자의 학설은 꽤 범위가 넓구나……."

그러하나 그의 누이 경애는 상냥하고도 부드러운 표정을 하고 그에

게 가까이 가서,

"무엇 그렇게까지 슬퍼할 것은 없을 듯하다. 아주머니도 네가 날마다 울고 지내는 것을 보시고 아버지께 자주자주 여쭙기는 하나 본래 분주하니까 여태껏 자세히는 못 여쭈어 보신 모양인데 무엇 아무렇기로 너 하나 음악 공부 못 시키겠니. 아버지가 안 시키면 아주머니라도 시키시겠다고 하셨는데—아무 염려 마라 응! 너의 뒤에는 부드러운 햇솜 같은 여성의 후원자가 둘이나 있으니까 무얼. 아버지도 한때 망령으로 그러시는 것이지 사회에 예술이 얼마나 유익한 것인지 아주 모르시지도 않는 것이고…… 자, 너무 그러지 말고 천천히 집으로 들어가자. 그리고 오늘 저녁에는 중앙 극장에 오페라 구경이나 가자. 이것은 무엇이냐, 사내가 눈물을 자꾸 흘리며…… 실연했니? 하하하, 자, 어서 가자, 어서."

아지랑이 같은 부드러운 경애의 마음이여, 천사의 날개에서 일어나는 바람결 같이 가벼운 그의 음조. 공중으로 떠오르는 듯한 철하의 가슴속에 있는 모든 열정의 뭉친 의식을 그의 누님의 그 마음과 음조는 모두 다 녹여 버렸다. 그 녹은 것은 눈물이 되어 쏟아져나왔다.

"누님, 저의 마음은 자꾸만 외로워져요. 아버지 어머니 다 믿을 수 없어요. 나는 누구를 믿을까요? 나는 누님밖에 믿을 사람이 없습니다. 나의 가슴에 보이지 않게 뭉친 것은 누님만 알아주십니다."

그의 애원하는 정은 그의 가슴에 북받쳐 올라와 눈물지으면서 그의 누이의 손을 쥐었다. 그러나 여성의 손을 잡는 감정적에 그는 아무리 자기의 누님이라 할지라도 알지 못하게 가슴을 지나가는 발랄한 맛을 보았다. 그는 얼른 손을 놓았다.

저녁해가 질 만하여 그들은 넓고 넓은 들 언덕을 걸어간다. 경애는 파라솔을 접어 풀밭을 짚으면서 구두 끝으로 앞치맛자락을 톡톡 차면서 걸어가고 영빈은 무슨 책인지 금자(金字)로 쓴 커다란 책을 들고 그 옆을 따라가며 철하는 두 사람보다 조금 앞서서 두 사람을 가지 못하게 막는 듯이 걸어간다. 동리에 저녁 안개는 공중에 퍼져 그 맑던 공기를 희미하게 하고 땅에 난 선명하게 푸른 풀을 횟빛으로 물들인다. 경애는 다시 말을 내어 영빈에게, "저는 예술이란 것을 알지 못합니다마는 예술가들은 다 저 모양입니까?" 하며 자기 오라비동생을 가리킨다. 영빈은 기침을 두어 번 하고,

"그렇지요, 예술을 맛보려 하는 사람은, 더구나 예술의 맛을 본 사람은 처녀가 사랑을 맛보려는 것이나 맛을 안 것과 같습니다."

하고 유심히 경애의 얼굴을 들여다본다. 그 들여다보는 곳에는 무슨 의미가 있는 듯하였다. 경애는 그 뚫어지게 들여다보는 영빈의 눈을 피하여 다시 철하를 바라보며,

'참으로 그러한가?' 하는 듯하였다. 그리고 '나는 너를 다시 동정하겠다. 지금까지 다만 자매의 정으로 동정하여 왔지마는 지금부터는 참으로 너의 괴로운 가슴을 동정하리라.' 하였다. 왜 그런고 하니 그는 사랑으로 인하여 마음의 견디기 어려운 괴로움을 당하여 본 까닭이었다.

사랑은 이 세상 모든 것에서 떠나고 뛰어넘은 것이고, 벗어난 것이다. 문학가가 신의 부르는 영(靈)의 곡을 받아 써놓는 것이나, 음악가,

미술가, 배우들이 그 예술 속에 화하여 이 세상 모든 것으로부터 떠나는 것과 같은 경우를 생각하고 시기를 생각하는 것은 참사랑이 아니다.

경애는 영빈을 사랑한다. 영빈은 경애를 사랑한다고 한다. 경애는 사랑이요, 사랑은 경애요, 영빈은 사랑이요, 사랑은 영빈이다. 사랑과 영빈과 경애는 한 몸이다. 세 사람은 어떤 요릿집에서 저녁을 먹고 철하는 두 사람에게 작별을 하고 어디론지 혼자 가버렸다.

두 주일이 지나갔다. 철하는 날마다 자기 방에 앉아 울었다. 그는 다만 나의 희망의 머리카락만한 것은 자기의 누님으로 생각하였다. 자기의 누님은 예술이란 것을 이해하고, 자기의 마음을 알아주고, 자기를 위하여 준다 하였다. 아아, 하늘의 선녀여, 바닷가의 정(精)이여, 그대는 나를 위하여 나를 쌀 것이다. 숭엄하고 순결한 것이라야 숭엄하고도 순결한 것을 싸나니 그대는 나를 싸 줄 것이다. 예술이란 숭엄하고도 순결하니까.

그는 저녁마다 꿈을 꾸었다. 꿈마다 천사와 만난 그는 천사에게 아름다운 음악을 들려 받았다. 그 음악 소리는 그의 모든 것을 여름날 지평선 위로 떠오르는 흰 구름같이 희고, 그 뒤에는 봄날의 아지랑이같이 희고, 그 뒤에는 한 줄기의 외로운 바이올린의 가는 선으로 떨려 오르는 세장(細長)하고 유원한 음악 소리로 화하였다. 그는 음악 소리를 타고 한없는 곳으로 영원히 흐르는 듯하였다. 조그마한 근심도 없고 다만 아름다움과 말하기 어려운 즐거움뿐으로…….

그가 그 음악 소리를 타고 흐를 때에 우리가 땅 위에서 무엇을 타며 달아나는 것과 같이 규칙 없는 박절(拍節)로서 흐르는 것이 아니라 간단없고 한결같아서 그의 기꺼움은 있다 없다 하는 웃음으로 나타나지 않고, 그의 자는 얼굴에는 빛나는 미소로 찼었으며 빛나는 달빛이 창으로 새어들어 그의 얼굴을 한층 더 빛나게 하였다.

그가 한참 흘러가다가 멈칫하고 쉴 때에는 잠을 깨었다. 괴로움과 원망함이 다시 생겼다. 그가 창을 열고 달빛이 가득 찬 마당을 볼 때 차디찬 무엇이 그 피를 식혀 버리는 듯하였다. 그는 또 다시 울었다. 그의 울음은 결코 황혼에 쇠북 소리를 듣는 듯한 얼없이 가슴 서늘한 설움에서 나오는 것이 아니라 파란 물 위에서 은빛 물결이 뛸 때 강 언덕 마을 집에서 일어나는 젊은 과부의 창자를 끊는 듯한 울음소리 같은 슬픔으로 나오는 울음이었다. 그는 머리를 팔에 대고 느껴가며 울었다.

그는 속마음으로 천사여, 하고 불렀다. 또 마녀여, 하고 불렀다.

너희들은 무엇들을 하는가? 달이 은빛을 내리쏘는 것이나, 별들이 속달대는 것이나, 모래가 반짝거리는 것이나, 나뭇잎에 이슬이 달빛을 반사하여 번쩍거리는 것이나, 나의 전신의 피를 식히는 듯 선뜩하게 하는 것이나, 나의 가슴속을 괴롭게 하는 것이 천사여 너나, 마녀여 너나 누구의 술법으로써 나를 괴롭게 하는 것이라 하면, 혹은 지나간 세상에서 나에게 실연을 당한 자가 천사가 되고 마녀가 되어 나를 괴롭게 하는 것이면 누구든지 그 중에 힘센 자는 나를 가져가라. 천사나 마녀나 그리고 너의 가장 지독한 복수의 방법을 취하라. 그렇지 않고 눌이 다 세력이 같거든 나를 둘에 쪼개 가라. 아니 아니, 잠깐 가만히 있거라. 나는 조그마한 희망이 있다. 나의 누님이 셋이다.

그는 다시 잤다.

그 이튿날, 경애는 일어나 세수를 하고 근심이 있는 듯이 자기 오라비아우에게로 왔다. 그가 드러누워 있는 아우의 자리로 가까이 와,

"어서 일어나거라. 무슨 잠을 여태 자니?"

"가만히 계세요. 남은 지금 재미있는 꿈을 꾸는데."

"무슨 꿈을?" 하고 경애는 조금 말을 그쳤다가 "그런데 영빈 씨가 웬일이냐. 그 후, 한 번도 만나보지 못하고 또 편지 한 장 없으니……. 어디가 편치 않은지도 몰라. 벌써 두 주일이나 되었지? 그러나 무엇 다른 일은 없겠지. 너 오늘 좀 가 보렴, 아침 먹고……."

철하는 빙그레 웃으며 고개를 돌려 벽을 향하여 드러누우며,

"싫어요. 나는 그런 심부름만 한답디까? 영빈 씨인지 무엇인지 무엇을 아는 체 그까짓 게 예술가가 무엇이야. 어떻게 열이 나는지 지금 생각하여도 분하거든. 남은 한참 누님 오기만 기다리고 있는데 — 무슨 좋은 소식이나 올까 하고 묻지 않는 말을 꺼내어, '다 틀렸어요. 실업가의 아드님은…….' 어찌하고 어찌하고 알지도 못하고 떠드는 것은 참 불티를 저지르고 싶거든, 망할 자식."

감정적인 철하는 생각나는 대로 말을 다하고 다시 돌아누웠다. 그의 누님은 얼굴이 빨갰다 파랬다 한다. 아무리 자기의 동생일지라도 자기 정인(情人)에게 치욕을 주는 것은 그대로 견디기 어려웠다. 그리하나 무엇이라 말을 할 수도 없고 억지로 분함을 참으면서,

"어디 너 얼마나 그러나 보자. 내 말 듣지 않고 무엇이 될 줄 아나?

그만 두어라." 일어서 나아간다. 철하는 돌아누운 채 속으로 혼자 웃으면서 일부러 부르지도 아니하였다. 그러나 경애는 철하가 다시 부르려니 하였다. 그것이 여성의 약하고도 아름다운 점이었다.

철하는 아침을 먹고 대문을 나섰다. 정한 곳 없이 걸어갔다. 그는 어떤 네거리에 왔다. 거기에는 전차를 기다리는 사람이 많이 서 있었다. 그 어떤 여자 하나가 거기 서서 전차를 기다리고 있는 것을 보았다. 그 여자는 자기 누이보다 더 예쁘지는 못하나 어딘지 자기의 누이가 갖지 못한 미점(美點) 있는 여자라 하겠다. 그는 한참 보다가 다시 두어 걸음 나아가 또 다시 돌아다보았다. 그는 그 옆에 영빈이가 서 있는 것을 보았다. 영빈은 그 여자와 무슨 이야기를 하고 서 있었다.

철하는 다만 반가움을 못 이겨,

"야! 영빈 씨, 오래간만이십니다그려. 왜 그렇게 한 번도 아니 오세요? 저의 누님은 매우……."

"네…… 네…… 어디로 가십니까?"

영빈은 아주 냉담하였다. 철하를 아주 싫어하는 듯하였다. 그리고 전차가 얼른 왔으면 하는 듯이 저편 전차가 오는 곳을 바라본다. 철하는 그래도 여전하게 반가이,

"네, 아무래도 좋지요. 참 오래간만입니다. 마침 좀 만나뵈려 하였더니 잘 되었습니다. 바쁘지 않으시거든 우리 집까지 좀 가시지요."

그전 같으면 가자기 전에 먼저 나설 영빈이가 오늘은 아주 냉정하게,

"아녜요, 오늘은 좀 일이 있어요. 일간 한 번 들르지요."

그때 전차가 달려온다. 영빈은 그 여자와 함께 전차를 타며 모자를 벗는 둥 마는 둥 하더니 "또 뵙겠습니다." 한다. 철하는 기막힌 듯이 가만히 서 있었다. 전차는 떠났다. 멀리 달아나는 전차만 멀거니 바라보는 철하는 분한 생각이 갑자기 나서 "에! 분해……."

사람의 본능이여! 아침에 방에 드러누워서 장난으로 자기 누이에게 영빈과의 사랑을 냉소하였으나 지금은 다만 자기 누이의 불행을 위하여 눈물을 흘리고 가슴을 쓰리게 하지 아니치 못하였다. 나의 가장 사랑하는 누이가 영빈이란 가(假) 예술가 부랑자 악마 같은 놈에게 애인이란 소리를 들었던가 하는 생각을 할 때 그는 기어코 원수를 갚아야 하겠다 하였다. 그는 부리나케 전차가 간 곳으로 향해 갔다. 그는 주먹을 쥐고 무엇이라 중얼중얼하였다. 또 다시 정처 없이 갔다.

그는 하루 종일 집에 돌아가지 않고 돌아다녔다. 만난 사람도 별로 없다. 저녁이 거의 되었다. 전등은 켜졌다. 철하는 영빈에게 꼭 원수를 갚으리라 하고 그의 집 대문으로 들어섰다.

"이리 오너라……." 하고 불렀다. 하인이 나와 보다가 아무 말도 아니하고 들어가더니 영빈이 나오며,

"아! 아까는 대단히 실례하였습니다. 이리로 들어오시지요." 하고 그전과 같이 반갑게 맞아 준다. 철하는 그리하면 내가 공연히 영빈을 의심하였다 하는 생각이 들며 하루종일 벼르던 분한 생각이 반이나 사라진다.

철하는 방문에 버티고 방안을 들여다보며,

"아녜요. 잠깐 다녀오라고 하셔서 왔어요."

"아까 매씨(妹氏)도 다녀가셨습니다."

영빈은 무슨 하지 못할 말을 억지로 하는 듯하였다. 그의 얼굴에는 무슨 죄악의 그림자가 보이는 듯하였다. 철하의 분한 마음은 자기 누이가 다녀갔다는 말에 다 날아가 버렸다. 그러나 그의 머릿속에는 아무도 없는 영빈의 방에 자기 누이인 여성이 다녀갔다는 말을 들을 때에 여자를 입맞추는 것, 음란한 행동의 환영이 보이고 또 사랑의 귀여움도 생각하였다. 그는 미소를 띠며,

"네, 그래요? 그러면 제가 오히려 늦었습니다그려. 그러면 가보겠습니다."

"왜 그렇게 들어오지도 않으시고 가세요."

"아네요. 괜찮습니다. 얼핏 가 보아야지요."

철하는 대문까지 나와 다시 무엇을 생각한 듯이 영빈에게 "아까 그 여자가 누구입니까?" 하였다. 영빈은 주저주저하다가 "네…… 네……, 저의 사촌 누이예요."

"네, 그러세요. 그러면 내일 한 번 우리 집에 놀러오시지요. 안녕히 주무십쇼."

철하는 휘적휘적 걸어 자기 집으로 돌아갔다. 철하가 안 마루 끝에서 구두끈을 끄를 때에 경애가 자기 아우가 돌아옴을 보고 반기며 나오면서도 어쩐 까닭인지 그전에 없던 부끄러움을 띠고,

"어디 갔다 인제야 오니?"

"공연히 돌아다녔죠."

철하는 자기 누이의 부끄러워함을 알지 못하였다. 철하는 도리어

자기 누이에게,

"누님은 오늘 어디 갔다 오셨어요?" 하고 물었다. 경애는 주저주저하며 황망히,

"응, 우리 동무 집에 잠깐……."

"또요?"

"없어." 이 말을 듣는 철하의 가슴은 선뜩하였다. 그리고 자기 누이를 한 번 쳐다보며,

"정말 없어요?"

"왜 그러니?"

"왜든지요." 철하의 눈에서는 눈물이 날 듯하다. 알지 못하는 원망의 마음과 가슴을 뻗대는 듯한 슬픔은 철하를 못 견디게 하였다. 아 — 왜 나의 또 다시없는 사랑하는 누이가 나를 속이나? 사랑이라는 것이 형제의 의리까지 없이 한다 하면? 아 — 나는 사랑을 하지 않을 테야. 우리 누이는 평생에 처음으로 나를 속였다. 나는 이제 믿을 사람은 하나도 없다. 영빈에게 갔다 왔다고 하면 어때서 나를 속일까? 무슨 죄악이 숨어 있나? 비밀이 감추어 있나?

경애는 가까스로 참지 못하는 듯이,

"그이 집에." 하고 얼굴이 발개진다.

"그이 집이 누구의 집예요? 그이가 누구예요?"

"영빈 씨 말이야."

"네 — 영빈이요. 그러면 왜 아까는 속이셨어요? 에 — 나는 인제는 믿을 사람이 하나도 없어요." 그는 갑자기 눈물이 쏟아졌다. 그는 아

무 소리 없이 자기 방으로 뛰어들어갔다. '이 세상에는 한 사람도 믿을 사람이 없어…….' 그는 엎드려서 느껴 가며 울었다. 전깃불은 고요히 온 방안을 비추었다.

경애는 자기의 잘못으로 인하여 가뜩이나 울기 잘하는 철하가 우는 것을 보고 얼마큼 불쌍하고 또 사랑의 참 정이 북받쳐 올라왔다. 그는 철하의 방문을 열었다. 철하는 눈물을 흘리고 이불도 덮지 않고 드러누워 있었다. 만일 영빈이가 이렇게 하고 있는 것을 보았다면 경애의 마음은 껴안고 입이라도 맞추었을 것이지만 그렇게 할 수 없는 철하에게는 가만히 전깃불을 반사하는 철하의 아랫눈썹에 괸 눈물을 그의 수건으로 씻어주었다. 철하는 잠이 들었었다. 가끔가끔 긴 한숨을 쉬며 부드러운 입김을 토하였다.

경애는 '왜 내가 한 번도 거짓말을 하여 보지 못한 나의 오라비에게 거짓말을 하였을까? 아— 육체의 쾌락은 모든 것의 죄악이다. 아무리 사랑하는 자에게 안김을 받은 것일지라도 죄악이다. 그 죄는 나로 하여금 가장 사랑하는 나의 아우를 속이게 하였다.'

그는 자기 아우의 파리하여 가는 얼굴을 들여다보며 자꾸자꾸 울었다. 그러하나 그는 감히 그날 지낸 것을 자기 아우에게 이야기할 용기는 없었다. 그는 붓과 종이를 들어 그날 하루의 지낸 쾌업(快業)을 쓰려 하였다. 그는 썼다.

철하는 자다가 일어났다. 희망 없는 사람이다. 도와주는 사람은 없다. 하나님을 믿을까? 의지할까, 도와주심을 빌까? 그러나 만일 신이 실제가 아니라 하면? 그렇다. 하나님도 믿을 수 없고 의지할 수 없었다. 그의 가슴속에는 신앙이 없었다. 그의 가슴에는 하나님의 위안이 없었다. 하나님의 위안은 있는 사람에게 있고 없는 사람에게는 없다. 또 있는 것을 없이 할 필요도 없고 없는 것을 일부러 있게 할 것도 없다 하였다.

그는 밤새도록 울었다. 오늘 저녁에는 엊저녁같이 아름다운 꿈을 꾸지 못하였다. 그는 새벽에 그의 누이가 써 놓은 글을 읽었다. 그러나 그는 그리 괴이하게 읽지 않았다.

영빈은 경애를 그의 침상에서 맞은 것이었다. 뭉친 사랑은 파열을 당하였다. 익고 또 익어 농익은 앵두같이 엷어지고 또 엷어진 사랑의 참지 못하는 껍질은 터졌다. 그러나 터진 그때부터 그 사랑은 귀여운 사랑이 아니었다. 사랑이 터진 후로부터 경애는 알 수 없는 무슨 괴로움을 깨달았다. 순간적인 쾌락이 언제든지 계속하겠지, 하고 영원한 희망을 갖고 있는 그는 그 순간이 지난 후부터 무슨 비애와 부끄러움이 그의 가슴에 닥쳐왔다. 그리고 가장 사랑하는 자기 오라비를 속이게 되었다. 그리고 그 이튿날 하루 종일 눈물을 흘리게 되었다. 그는 하나님이여, 어찌하여 나를 약한 자로 세상에 오게 하셨나이까? 운명의 신이여 어찌하여 나를 이브의 후예로 나게 하셨나이까? 부드럽고 연한 살과 정욕을 품은 붉은 입술과 최음의 정을 감춘 두 눈과 끓는 피가 모두 부끄러움과 강한 자의 미끼를 위하여 만들어지지 않지는 못할 것입니까 하고 혼자 가슴이 답답하였다.

철하는 경애의 고백문 같은 것을 읽고 아무 말도 없이 다만 사랑의 결과는 찢어졌구나, 그러하나 아무것도 부끄러울 것이 없지 아니한

가. 부정(不貞)이란 치욕만 없으면 그만이지 영구한 사랑만 있으면 그만이지 영빈과 누님이 영원한 한 사람이면 그만이지. 그러나 여자는 약하다. 그 순간의 쾌락을 부끄러워서 나를 속였다.

아침이 되었다. 해는 아침 안개 속으로 금색의 붉은 볕을 내리쏟는다. 하인들은 들락날락 부엌에서는 도마에 칼 맞는 소리가 난다. 아름다운 아침이었다. 분주한 아침이었다.

경애는 일어나며 철하의 방으로 갔다. 창 틈으로 자고 있는 철하를 들여다보았다. 철하는 곤하게 자고 있었다. 경애는 멀거니 공중만 바라보며 아무 소리도 없이 서 있었다.

철하는 겨우 눈을 뜨고 하품을 하였다. 창 밖에 섰던 경애는 깜짝 놀래어 저리로 뛰어갔다. 철하는 창을 열고 경애를 바라보며 "왜 거기 가 계세요? 들어오시지 않고." 그는 조금도 다른 기색이 없이 평상시와 같았다. 경애는 오히려 부끄러워 바로 철하를 보지 못하였다.

"무얼 그러세요, 거기 앉으시지."

"뭐 어떠니?" 하며 어색한 말씨로 "나는 네가 너무 울기만 하니까 대단히 염려가 되더라."

"염려되신다는 것은 고맙지만 어쩔 수 없는 일이지요. 그러나 아버지는 또 무어라셔요?"

"무얼 무어라셔, 언제든지 그렇지."

"그러세요." 하고 그는 한참 생각하듯이 고개를 숙이고 있다가 갑자기 들고,

"누님, 나는 그러면 맨 나중 수단을 쓰는 수밖에 없습니다. 내가 부

모를 버리는 것이 잘못이지요. 나는 나의 하고 싶은 것을 하지 못하고 이렇게 쓸데없는 시일을 보낼 수가 없어요. 집에 있어야 울음뿐입니다."

"그러면 어떻게 한단 말이냐?"

"저는 갈 터입니다. 정처 없이 가요."

"에라, 또 미친 소리 하는구나. 가면 어디로 가니?"

"날더러 미쳤다고요! 흥!"

"그런 소리 말고 조금만 더 참아 보아라. 나하고 아주머니하고 어떻게 하든지 하여 볼 테니 마음을 안정하고 조금만 더 참으렴. 또 네가 정처 없이 간다니 가면 어디로 가니? 가다니 거지밖에 더 되니? 너만 어렵다. 네가 무엇이 있니? 돈이 있니? 학식이 있니?"

"네, 저는 거지가 되렵니다. 거지가 더 자유스러워요. 더 행복스러워요. 지금 저는 거지 아닌 듯싶으십니까? 아버지의 밥을 얻어먹고 있는 거지입니다. 그러나 마음은 항상 괴로워요. 차라리 찬밥 한 덩이를 빌어먹더라도 마음 편하고 자유로운 거지가 더 좋습니다."

그의 가슴에서는 한때 북받치는 결심의 피가 끓었다. 나는 가정을 떠날 터이다. 차디찬 가정을 그러하고 또 되는 대로 가는 대로 흐를 것이다. 적적하게 빈 외로운 절 기둥 밑에 이슬을 맞으며 자고 한 뭉치 밥을 빌어 찬물에 말아먹고 아아, 그리운 방랑의 생활, 길가에 핀 한 송이 백합꽃이 아무렇지 않고도 그같이 고우며, 열 섬의 쌀을 참새 하나가 한꺼번에 다 못 먹는다. 불쌍한 자들아! 어리석은 자들아! 오늘 근심은 오늘에 하고 내일 근심은 내일에 하라.

아아, 어두운 동굴 속에도 나의 자리가 있고 해골이 쌓인 곳에도 나의 동무가 있다. 오막살이 초가집에서도 하늘의 천사에게 향연을 베풀며 망망한 대양에 반짝거리는 어선의 등불 밑에도 달콤한 정화(情話)가 있지 아니한가. 한 방울의 물로 그 대양 됨을 알지 못하나니 사람이 무엇으로 크다고 하며, 무엇으로 자기인 체하나뇨? 재산은 들고 가려느냐, 땅은 사서 메고 가려느냐. 죽어지면 개미가 엉기는 몸뚱이에 기름을 바르는 여자들아, 분 바르고 기름칠하면 땅 속에서 썩지 않고 다시 산다더냐? 떠나라! 거짓에서 떠나고 사랑 없는 곳에서 떠나라! 너의 갈 곳은 이 세상 어디든지 있고 너의 몸을 묻을 한 뼘의 작은 터가 어느 산모퉁이든지 있나니라. 아! 갈 것이다. 심령의 오로라여, 나를 이끌라, 진리의 밝은 별이여, 그대는 어디든지 있도다. 아! 갈지라. 나는 갈지로다.

그는 이렇게 결심하였다. 그러나 그는 눈물을 아니 흘리지 못하였다. 육체인 그는 감정의 그는 울지 아니치 못하였다.

"누님, 저는 갈 터입니다. 삼각산 높은 봉에 쉬어 넘는 구름과 같이 가요. 붉은 해가 서산을 넘어가기만 하고 오지 않는 것 같이 가요. 산 넘고 물 건너 걷기도 하고, 배도 타고 얼음 나라도 가고 수풀 사이로 흐르는 시냇가에도 가고 인도에도 가고, 애굽에도 가고, 예루살렘에도 가고, 이탈리아에도 가고, 어디든지 갈 터입니다."

이때 하인이 편지 한 장을 갖다가 경애 앞에 놓았다. 그는 반가워 뜯어보았다.

"경애여, 그대의 오라비는 나를 욕보였다. 진실한 사랑을 의심하며, 나에게 치욕을 주었다. 나는 다시 그대의 남매를 보지 않을 터이다. 그대의 오라비는 나를 의심하여 '그 여자가 누구입니까?' 하던 그 여자는 참으로 나의 정인이다. 너의 연한 살과 부드러운 입술과 너의 육체의 아무것으로라도 흉내내기 어려운 사랑의 애정인 그의 두 눈의 광채를 보라. 타는 가슴에 불이 붙는 것의 상징인 그의 뺨을 보라. 그는 참으로 산 자이다. 그러나 너는 죽은 자이다. 죽은 자는 죽은 자라야 사랑한다. 그만. 영빈."

경애는 땅에 엎드려 울었다. 그는 편지를 북북 찢으며,

"예술가? 예술이 다 무엇이냐? 죽음을 저주하는 주문이냐, 마녀의 독창이냐? 보기에도 부끄러운 음화(淫畵)냐? 다 무엇이냐? 사랑 같은 예술이 어찌 그 모양이냐? 아, 분해. 너도 예술을 다 그만두어라. 예술가는 다 악마다. 다 그만두어라."

그는 자꾸자꾸 느껴 운다. 그는 자꾸자꾸 분한 마음이 나며 또한 옆으로 자기 누이가 그리하는 것을 보매 실망되는 생각이 나서 마음은 자꾸 괴로워진다.

"누님, 무엇을 그러세요?"

"무엇이 무엇이냐? 나는 예술가에게 더러움을 당하였다. 속았다. 다 그만두어라. 예술가는 다 독사다, 악마다, 여호와를 속인 배암과 같다. 다 그만두어."

철하의 마음은 갑갑할 뿐이었다. 쉴새없이 흐르는 그의 더운 피가 갑자기 꽉 막히는 듯하였다. 자기의 누님이 가장 미덥고 가장 사랑하는 누님이 가짜 예술가에게 독사에게 악마에게, 아, 그 곱고 정한 몸

을 순간에 더럽혔다. 아니 아니, 그 순간이 아니다. 더럽힌 것이 그 순간이 아니다. 형식을 벗어난 사랑의 결과를 나는 책망하지 않는다. 그러나 영빈의 머릿속에는 벌써부터 나의 누이를 더럽히고 있다. 보이지 않는 그의 머릿속에서는 몇만 번 나의 누님을 침상에서 맞았다. 그 머릿속에 있던 음욕의 환영은 몇천 번인지 모른다. 아아, 악마, 독사, 너는 옛적에 에덴에서 이브를 꼬이던 배암이다. 거침없고 흠 없던 이브는 그 배암으로 인하여 모든 세상의 괴로움을 깨달은 것과 같이 너는 나의 누님에게 모든 고통을 주었다. 거리낌없는 나에게 거짓말을 하게 되었다. 인생의 모든 것을 저주하게 되었다.

철하의 가슴은 갑자기 무엇이 터지는 듯하였다. 모였던 눈물이 터지는 듯하였다. 막혔던 피는 다시 높은 속도로 돌았다. 그의 천칭(天秤) 중심 같은 신경은 그의 뜨거운 피의 몰려가는 자극을 받아 한없이 흥분하였다. 그는 갑자기,

"누님!" 하고 부르짖으며,

"누님은 예술을 욕보였습니다. 예술이란 것이 어떠한 뭉치로나 부분의 한 개로 있는 것이 아니에요. 생이 있을 때까지는 예술이 없어지지 않아요. 아아, 누님은 생의 모든 것을 욕보였습니다. 누님은 누님 자기를 욕하고 가장 사랑하는 아우를 욕하고…… 아아, 나는 참으로 그 말을 그대로 듣고 있을 수 없어요. 나의 목을 누르는 듯한 누님의 말을 그대로 듣고 있을 수 없어요. 아아, 내가 독사, 악마라면 누님은 나보다 무엇 무엇이라 할 수 있는 요녀입니다. 사람의 육체를 앙상한 이빨로 뜯어먹는 요녀예요. 무덤 위에 방황하는 야차입니다. 아아, 나

의 가슴은 터지는 듯해요. 가슴에 뛰는 심장은 악마의 칼로 찌르는 듯해요. 아아, 어찌하면 좋을까요. 누님…… 네……."

경애는 자기 오라버니의 갑갑하여 어찌할 줄 모르는 것을 보고 그가 엎어져서 가슴을 문지르며 우는 것을 보고 또 자기에게 원망하듯 하는 소리에 말하기 어려운 비애가 뭉친 것을 보고 어디까지 여성인 그는 인자 가득 찬 무엇이라 말할 수 없는 원망과 슬픔과 사랑과 어줿이 뒤섞인 마음이 생겨 그의 오라비를 눈물 괸 눈으로 바라보았다. 물끄러미 아무 말 없이 쳐다보는 그의 눈에는 사랑의 빛이 찼다. 그의 눈물이 하얀 뺨을 흘러 떨어질 때마다 그는 침을 삼키며 한숨에 북받친다. 그는 메어 가는 목소리로,

"철하야, 다 그만두자. 지나간 일은 잊어버리자. 나는 전과 같이 너를 사랑할 터이다. 나는 또 다시 너를 속이지 않을 터이다. 아아 그러하나 나는 분해, 참으로 분해……."

"모두 다 한때의 감정이지요. 그러나 누님, 분해하는 누님을 보는 나는 더 분해요. 저는 누님보다 더 분해요 ……에…… 나는 그대로 참지는 못하겠어요. 참지 못해요. 내가 죽어 없어지기 전에는 참지 못해요. 그 놈이 나의 누님의 원수라 함보다도 나의 원수입니다. 그 놈은 예술을 욕보였습니다."

철하는 자기 누이의 사랑스러운 항복을 받고는 갑자기 마음이 더욱 흥분되었다.

그리고 벌떡 일어났다.

"아네요. 가만히 있을 수 없어요."

그의 누이는 그의 옷자락을 잡으며,

"어디를 가니?"

"놓으세요. 그 놈을 그대로 두지 못해요. 독사 같고 악마 같은 놈을 그대로 둘 수는 없어요. 나의 손에 주정(酒精)이 타는 듯한 날카로운 칼은 없지마는 그 놈의 가슴을 이 손으로라도 깨뜨려 버릴 터입니다. 놓으세요. 자, 놓으세요."

경애의 손은 떨리며 나지막한 소리로 애원하는 정이 뭉친 듯하게 그를 쳐다보며,

"얘, 왜 이러니? 그렇게 감정적으로 하면 안 된다. 자, 참아라, 참아……."

"그러면 누님은 나보다도 나의 생명보다도 영빈의 그 악마의 생명을 더 아끼십니까? 안 됩니다. 안 돼요."

경애의 마음은 어디까지 사랑스러웠다. 그의 마음에는 오히려 지나간 흔적이 남아 있었다. 부질없는 지나간 때의 단꿈의 기억은 오히려 영빈을 호의로 의심하게 되었다. 자기의 불행을 조금 더 무슨 희망과 서광이 보이는 듯이 인정하게 되었다. 아무렇기로 영빈 씨가 그리하였으랴. 그것은 무슨 잘못된 일이 아닌가 하였다. 그리고 어떠한 때에는 자기 오라비에게 대한 사랑이 영빈의 그것과 대조하여 미치지 못하는 점이 있었다. 철하는 아주 냉담하게,

"저는 일어섰습니다. 누님을 위하여 일어섰으며 예술을 위하여 일어섰습니다. 저는 다시 앉을 수는 없어요."

"얘, 너는 너를 위하여 한다 하면서 그러면 어찌 나의 애원을 들어

주지 않니! 자 앉아라 앉아. 너무너무 그리 급히 무슨 일을 하다가는 무슨 오해가 생기기 쉬우니라, 응!"

"앉을 수 없어요. 만일 누님이 영빈이를 위하여 나에게 한 번 일어선 마음을 꺾으려 하면 아, 네, 알았습니다. 영빈에게는 가지 않겠습니다. 영빈을 위하여 가지 않는 것이 아니라 나의 누님을 위하여……."

"아아, 정말 고맙다. 그러면 여기 앉아라."

"그렇다고 앉지는 못해요. 나는 일어선 사람입니다. 혈기 있는 청년이에요. 나는 누님을 위하여 나의 몸을 바칠 터입니다. 자, 놓으세요. 저는 저 가고 싶은 곳으로 갈 터입니다. 자, 놓으세요."

경애는 어찌할 줄 몰랐다. 그는 철하의 옷자락을 어리광도 같고 원망하는 것도 같이 잡아당기며 거기 매달려 한참 엎드려 소리를 내어 울었다. 그 꼴을 보는 철하의 마음은 괴로웠다. 눈물은 한없이 흘렀다.

"누님, 그러면 어떻게 해요? 갈 수도 없고 있을 수도 없고 어떻게 하란 말씀이요!"

"나는 어떻게 해야 좋을지 모르겠다. 그러나 나는 너를 놓아줄 수는 없어, 놓을 수는 없어."

철하는 그대로 사라져 버렸으면 하였다. 그러나 자기 누님의 눈물과 한숨을 보면 볼수록 자기의 마음은 약해졌다. 철하의 결심은 식어 버리기 시작하였다. 철하는 아주 단념한 듯이,

"그러면 놓으세요. 저는 다 그만두겠습니다. 안 갈 터입니다……."

그가 다시 자기 책상 앞에 가서 "아하." 하고 한숨을 쉬고 팔을 모으고 고개를 대고 엎드리려 할 때 하인이 창을 열고 "아가씨, 마님이 좀 들어오시라고요." 하고 의심스럽고 호기의 웃음을 띠고 쳐다본다. 경애는 눈물을 씻고 아무 소리 없이 나간다. 그가 몸을 슬쩍 돌릴 때에 그의 희고 고운 옷자락이 바람에 슬쩍 날려 그의 부드러운 육체의 윤곽이 선명하게 철하의 눈에 보였다. 아아, 정욕! 그는 고개를 다시 내려 엎드려 책상 위에 엎드렸다. 그는 자꾸 울었다. 방안은 고요하다. 그때는 철하의 머릿속에는 아무 의식도 없었다. 그는 깜빡 잠이 들었다.

그는 고개를 땅에 대고 엎드려 있었다. 사면은 다만 지평선밖에 보이지 않는 넓고 넓은 사막이었다. 아무것도 보이지 않았다. 저쪽 우묵히 들어간 곳에는 도적에게 해를 당한 행려(行旅)의 죽음이 놓여 있다. 어디서인지도 모르게 괴수의 울음소리가 들린다. 멀리 두어 개 종려나무가 부채 같은 잎사귀를 흔들흔들 한다. 적적하고 고요하고 두려운 생각을 내는 적막한 것이었다.

그의 눈물은 엎드려 있는 팔 밑으로 새어 시내같이 흘렀다. 그는 목이 마르고 가슴이 답답하였다. 두려움이 생겼다. 조금도 눈을 떠 다른 곳을 못 보았다. 지나가는 바람 소리가 날 때 그의 머리끝은 으쓱하여지고 귀신의 날개 치는 소리가 아닌가 하였다. 그러나 그의 울음은 그치지 않았다. 그의 울음은 극도의 무서움까지라도 그치게 하지 못하였다. 그는 자꾸 울었다.

그때 하늘 구름 사이로 황금빛이 나타났다. 온 사막은 기꺼움의 광

채로 가득 찼었다. 도적에게 맞아 죽은 주검까지 전신에 환희의 광채가 났다. 그 구름 위에는 이천 년 전 갈보리 산 위에서 십자가에 돌아간 예수의 인자한 얼굴이 나타났다. 웃지도 않는 얼굴에는 측은해 하는 빛과 사랑의 빛이 찼다. 그는 곧바로 철하가 엎드려 있는 공중 위에 가까이 왔다. 그는 한참 철하를 바라보더니 그의 오른손을 들었다. 그의 못 박힌 자국으로부터는 붉은 피가 하얀 구름을 빨갛게 적시며 철하의 머리털 위에 떨어졌다. 그리고 다시 하얀 모래 위에 빨갛게 물들인다. 그때 모든 천사는 예수를 찬송하는 노래를 불렀다. 구름과 예수와 천사들은 다 사라졌다.

철하는 고개를 들어 쳐다보았다. 그러나 아무 위안을 주지 못하였다. 모래 위의 피는 다 사라졌다. 마음은 여전히 괴롭고 두려웠다. 그는 다시 엎드렸다.

어느덧 공중에 달이 솟았다. 온 사막은 차고 푸른빛으로 덮였다. 지평선 위 공중에서는 별들이 깜빡거렸다. 아주 신비의 밤이었다.

어디서인지 장구와 피리 소리가 들렸다. 그 소리는 아주 향락적 음악을 아뢰었다. 그때 저쪽 어둠 속에서 아주 사람이 좋은 듯이 싱글싱글 웃는 마왕 하나가 피리와 장구의 곡조에 맞춰 덩실덩실 춤을 추며 이리로 가까이 왔다. 그의 몸에는 혈색의 옷을 입었다. 그가 밟는 발자국 밑 모래 위에는 파란 액체가 괴었다. 그는 달님과 별님에게 고개를 끄떡 인사를 하고 철하 앞에 와서 넘실넘실 춤을 추었다. 그는 유창하게 크게 웃었다. 아주 낙환(樂歡)의 마왕이었다.

"하…… 하……."
빙글빙글 웃는 달
나의 얼굴빛 밝히소서.

첫날 저녁 촛불 밑에
다홍치마 입고서
비스듬히 기대앉아
아무 소리 아니하고
신랑의 얼굴만
곁눈으로 흘겨보는
새색시의 얼굴 같은
달님의 얼굴빛을
나는 보기 원합니다.
쌍긋쌍긋 웃는 별님
홍등촌(紅燈村) 사창(紗窓) 열고
바깥 보고 혼자 서서
지나가는 손님 보고
치마꼬리 입에 물고
가는 허리 배배 꼬며
푸른 웃음 던지면서
부끄러워 창 탁 닫고
살짝 놀아 들어가는

빨간 사랑 감춘
웃는 아씨 그것같이
나에게도 그 웃음을
던져주기 비옵니다.
하하하 하하하하하.

하늘 위에 흐르는 물
은하수가 되었어라
인간에는 물이지만
하늘에는 술뿐이라
쉬지 않고 흐르는 술
인간에도 들어부어
눈물 없는 이 마왕과
원망 없는 이 마왕과
거짓 없는 이 마왕과
웃음뿐인 이 마왕과
즐거움만 아는 나와
사랑만 아는 나와
꿈 속에서 아찔하게
영원토록 살려 하는
이 마왕이 모든 친구
모두 마시게 하옵소서.

하하하 하하하하하.

마왕은 철하 귀에 입을 대고 "철하." 하고 아주 유혹하듯이 나지막한 목소리로 불렀다.

"철하, 일어나게. 근심은 무엇이고 눈물은 왜 흘리나. 나는 여태껏 그것을 몰라. 자, 일어나게. 내 그 눈물과 근심을 다 없게 할 것을 줄 테니."

철하는 가만히 눈을 들어 보았다. 그는 주저주저하였다.

"하하, 철하, 그대는 나를 알 테지. 어여쁜 처녀의 붉은 입술같이 언제든지 짜르르하게 타는 달콤한 '술의 마왕'을! 나의 동무가 돼라. 나와 사귀면 근심 모르는, 눈물 모르는, 어느 때든지 저 달님과 별님과 같이 될 것이다. 자, 나와 같이 '술의 노래'를 부르며 춤추고 놀아 보자. 하하하하 하하하하하."

철하는 그의 손을 잡고 일어섰다. 마왕은 자기 발자국에 괴는 파란빛의 액체를 철하에게 먹였다. 철하는 모든 근심, 모든 괴로움을 잊어버리게 되었다. 그리하여 마왕과 함께 춤을 덩실 추었다. 그리고 그 가슴에선 뜨거운 정욕만 자꾸 일어났다. 그의 입술은 점점 붉어지고 온 전신은 열정으로 타는 듯했다. 그는 부끄러움도 잊어버리고 옷을 벗었다.

그때에 누구인지 부드럽고 따뜻한 손으로 그의 손을 잡는 자가 있었다. 그의 가슴에 정욕은 더 높아졌다. 그는 돌아다보았다. 철하 뒤에는 눈썹을 푸르게 단장하고 가슴의 유방을 내어 보이며 입에는 말하기 어려운 정욕의 웃음을 띠고 푸른 달빛을 통하여 아지랑이 같은 홑옷 속으로 타는 듯한 육체의 말할 수 없는 부드러운 대리석 같은 살의 윤곽을 비치었다. 그의 벗은 발 밑에서는 금강석 같은 모래가 반짝이었다.

철하의 가슴속에 붉은 심장은 가장 높은 속도로 뛰었다. 그가 마왕에게 취한 거슴츠레한 눈으로 사랑의 이슬이 스미는 듯한 그의 입술을 바라볼 때 그는 알지 못하게 그 여자의 뭉클하고 부드러운 유방을 껴안았다. 그는 타는 듯한 입을 맞추었다. 초자연의 순간이었다. 그때 또 다시 유창한 마왕의 웃는 소리가 들렸다. "하하하 하하하하하."

철하는 꿈같이 몇 시간을 보냈다. 이때 멀리 새벽을 고하는 종소리가 들렸다. 마왕과 그 여자는 깜짝 놀라 손을 마주잡고 여명 속에 숨어 버렸다. 달은 서쪽 지평선 저쪽으로 넘어가며 얼굴이 노한 듯 불쾌하여 철하를 흘겨보는 듯하였다. 별들은 눈을 비비는 듯하였다. 철하는 혼자 남아 있다가 다시 엎드렸다. 마음은 시끄러웠다.

아아, 사랑스러운 새벽빛이 동편 지평선의 저쪽으로 새어 들어왔다. 하늘은 파르스름하게 개었다. 그는 어디서 오는 것인지 길고도 그윽한 정신을 취하게 하는 바이올린 소리를 들었다. 천애 저쪽으로부터 들려오는 음악 소리에 화하여 처녀의 조금도 상하지 않은 목소리가 들렸다. 그러나 그 소리가 어디서 오며 어디로 가는지 몰랐다. 그때 철하는 눈물을 흘려 멀리 저쪽 하늘 끝을 바라보았다.

그 음악 소리는 산을 넘고 물을 건너 한없이 왔다. 그 보이지 않는 음악 소리는 처음에는 아지랑이 같이 희미하게 보이게 변하고 또 그

다음에는 지평선 위로 떠오르는 흰 구름 같은 것으로 변하고 나중에는 육체를 가진 여신으로 변하였다. 그는 사막 위로 걸어 철하에게 가까이 왔다. 철하가 그 여신의 빛나는 눈을 볼 때 아아, 모든 근심으로 눈물은 사라졌다. 자기가 그 여신 같기도 하고 여신이 자기 같기도 하였다. 그러하나 그 여신의 눈에는 눈물이 있었다. 새로운 아침빛이 그것을 비치었다. 음악의 여신은 아무 말도 없었다. 그는 다만 철하의 손을 잡고 물끄러미 쳐다볼 뿐이었다. 그 여신은 감정적인 여신이었다. 그의 눈에서는 눈물이 자꾸자꾸 흘렀다. 그 눈물은 철하의 손등에 떨어졌다. 그 여신은 철하를 껴안고 어머니가 어린 자식을 어루만지는 듯하였다. 철하는 그 여신을 단단히 쥐었다. 그러나 그 여신은 돌아가려 하였다. 철하는 놓지 않았다. 그때 여신의 몸은 구름같이 변하고 아지랑이같이 변하고, 보이지 않는 소리로 변하였다. 그리고 저쪽 지평선으로 넘어갔다. 철하는 여신의 사라진 손만 쥐고 있었다. 그는 다시 엎드려 울었다.

철하가 눈을 떴을 때에는 그 여신을 잡았던 손에 자기 누이의 고운 손이 잡혀 있었다. 자기 누이는 자기 손을 잡고 그 위에 눈물을 뿌리고 있었다.

유진오

/ 여직공 / 행 로 / 나 비 / 봄 /

빼액 하고 점심 기적이 울렸다.
직공들은 손을 딱 떼고 식당으로 내몰렸다.
식당에도 먼저 들어가지 않으면 마당에서 점심을 먹게 된다.
어름어름하다가는 30분 동안의 점심시간을 잃어버리고
목이 메이게 찬밥덩이를 긁어 넣어야 된다.

〈「여직공」 중에서〉

여직공

민듯한 언덕 새빨간 진흙땅을 파헤치고 방적회사의 ××제사(製絲) 공장이 톱니 같은 지붕을 가지런히 연한 것은 벌써 다섯 해 전이다. 하얀 콘크리트 벽은 벌써 거무스름하게 걸었고 높은 양회 굴뚝의 아가리도 새까맣게 더러워진 지 벌써 오래다.

옥순이는 통근공이다. 이 공장에 들어온 지 벌써 3년째 된다. 새벽 4시 반이면 여름이나 겨울이나 한결같이 공장의 '뚜우' 소리에 눈이 번쩍 깨인다. 놀란 사람 모양으로 급히 일어나 머리를 만적거리고 얼굴에 물칠을 하고 밥을 데워 먹고 벤또까지 싸가지고 나면 어느덧 5시 반이다. 5시 반이면 공장에서는 다시 한번 '뚜우' 소리가 포학한 채찍같이 직공들을 공장으로 몰아넣는 것이다. 옥순이는 온다 간다는 인사 한마디 없이 문을 덜컥 닫고 나와 언덕길을 공장을 향해 내리닫는다. 멀리 건너다보면 기운차게 치솟은 양회 굴뚝에서는 벌써 시커먼 연기가 새벽 하늘로 무렁무렁 피어오르는 것이다.

첫여름 공장 안은 새벽부터 끓는 가마 속같이 더웠다. 이곳에서 만들어 내는 비단실은 조선 사람이 입는 것이 아니고 미국으로 실어 내가는 것이라 하여 광채가 나게 하느라고 특별히 공장 안의 온도를 높게 한다. 사시를 통해 120도의 온도를 유지해야 하는 이 공장은 따라서 삼복중이라도 절대로 바깥바람을 들이지 아니한다. 3백 명 젊은 여자의 땀내와 고치 삶는 냄새가 끈적끈적하게 공장 안에서 용두리쳤다. 지옥이다. 산 지옥이다.

옥순이는 시뻘겋게 삶아진 손끝으로 끓는 냄비의 고치로부터 실머리를 집어내어 연해 돌아가는 기계에다 대놓는다. 고치는 끓는 물 속에서 번데기와 함께 춤을 추고 있다. 일을 할 때면 아무 생각도 없었다. 윈 공장 안에서 덜거덕거리고 돌아가는 기계의 한 부분이나 다름없이 옥순이의 눈, 손가락, 온몸은 기계적으로 돌아간다.

곁에 있는 보배가, 감시(監視) 있는 쪽을 흘금 보면서 옥순에게 가는 소리로 속삭였다.

"옥순인 못 들었지? 삯전을 또 깎는대."

"무어?"

옥순이는 자다 깬 사람 모양으로 깜짝 놀라 돌이켜 물었다. 작년 봄 이후 회사에서는 경제공황인지 무엇인지를 트집 삼아 가지고 벌써 세 번이나 조금씩 조금씩 삯전을 깎아 내려왔다. 한 번 깎을 적에는 얼마 되지 않았지만 세 번이나 깎고 나니까 이제 와서는 처음의 2할이나 깎인 셈이 되었다. 하루 60전의 삯전을 더 깎아내리면 학교에 다니는 동생은 어떻게 뒤를 보아줄 것인가.

"그건 누가 그래?"

"모두들, 기숙사에 있는 애들은 모두들 그래."

"설마, 또 깎을라구."

"설마가 사람 죽인다나. 깎으면 깎었지 누가 무어래나."

"어디 근주보고 물어 보아야지."

두 사람은 더 이야기하고 싶었으나 꼬박꼬박 졸고 앉았던 김 감시가 기계 도는 소리보다도 크게 '어험' 하고 하품을 하는 통에 그만 말꼬리를 사리고 말았다.

뒤에는 다시 왈가닥거리고 돌아가는 기계 소리만이 남았다.

공장 안에는 언제나 그렇지만 침울한 기색이 싸고돌았다. 연거푸 삯전을 내린다, 게으른 사람, 말대답한 사람, 일 잘못한 사람을 사정없이 내쫓아 버린다 하는 통에 여직공들의 가슴은 일시도 졸이지 아니하는 때가 없었다. 금년 봄에는 해마다 가을 봄으로 하던 직공위안 운동회도 긴축 불경기를 핑계하고 열지 아니한 까닭에 그들은 1년에 두 번씩이나마 떠들고 놀 수 있던 기회조차 잃어버렸다.

'빼액' 하고 점심 기적이 울렸다. 직공들은 손을 딱 떼고 식당으로 내몰렸다. 식당에도 먼저 들어가지 않으면 마당에서 점심을 먹게 된다. 어름어름하다가는 30분 동안의 점심시간을 잃어비리고 목이 메이게 찬밥덩이를 긁어 넣어야 된다.

마침 공장 벽 밑 집 그늘에서 점심을 먹고 있는 근주를 만났다. 근주도 역시 통근공이나 일하는 집채가 다르므로 잘 만나지 못하는 것이었다.

"아이, 꼴이 왜 저래? 어디 앓았어?"

근주가 밥을 씹으면서 옥순이를 쳐다본다.

"아니, 왜 어떻긴?"

"무얼, 옥순이도 인제는 시집을 가야지, 그래서 그렇지."

먼저 시집을 가서 벌써 어린애까지 낳아 본 일이 있는 근주는 아직 시집 안 간 옥순이를 보기만 하면 놀린다.

옥순이는 잠깐 낯이 붉었다. 그러나 곧 천진스런 눈자위로 근주를 흘겨 놓고 이번에는 소리를 낮추어,

"저어 무슨 소문 못 들었어?"

"아니 아무 소문도, 왜 무슨 말 들었어?"

근주는 도리어 옥순이에게 물었다.

"아까 저 보배가 그러는데, 왜 기숙사에 있는 애 말이야. 회사에서는 또 삯전을 내린다니."

"못 들었는데, 무얼 소문이지. 삯전을 내리면 어디 내린다고 미리 말하든가, 별안간에 덜꺽 내리지 않아. 하지만 회사 녀석들은 내리려고는 하긴 할 테지, 내린 지가 한 서너너덧 달 되니까."

옥순이도 근주 옆에 앉아 부리나케 벤또 밥을 긁어 넣었다.

옥순이하고 근주는 친한 동무였다. 어렸을 때 한 이웃에서 살다가 한동안 못 만났다가 지난 가을에 근주도 이 공장에 들어오자 두 사람

사이는 다시 그전같이 친밀해졌다. 그러나 근주는 옥순이 보기에는 그전 근주와는 퍽으나 달랐다. 혼인한 탓도 있겠지만 나이에 맞지 않게 세상 일을 환하게 알고 있는 것 같았다. 가끔 회사의 높은 사람들을 개돼지 새끼같이 욕하기도 하였다. 소문에는 처음에 김 감시 녀석이 맥도 모르고 근주에게 수작을 걸다가 혼쭐이 났다고도 한다. 그러나 그런 모든 것이 옥순이에게는 도리어 무엇인지 근주에게는 가까이할 수 없다는 위험한 인상을 주었다. 그래도 두 사람은 친하기는 하였다. 근주는 가끔 재미있는 소식도 들려주고 요전에 삯전을 내렸을 때에는 끝끝내 실패는 하였지만 어떻게 그 반대를 해보자고 동무 몇 사람과 공론하던 것이 무엇인지 믿음직하게도 생각이 되는 것이었다.

밥을 먹다가 근주는 웃으면서,

"정말 옥순이 시집 안 가? 내 한 군데 일러줄까? 좋은 데."

"싫어, 난. 그 따위 시집은? 난 내대로 살지."

"에구 대단한데. 그런 걸 요샌 독신주의라고 하던가?"

근주는 까만 눈동자를 둥그렇게 떠 보였다.

"시집은 가 무얼 하나?"

옥순이는 핏기 없는 얼굴을 벤또통으로 숙였다. 옥순이도 또한 올해 열아홉 살의 프롤레타리아의 딸임에 틀림없었다.

"하지만 우리도 잘살 때가 있겠지."

하고 근주는 옥순이를 들여다보며,

"안 그래? 우리도 잘살 때가 있겠지, 어떤 연놈은 이 세상에 나올 때 금은보배로 장식하고 나왔나? 저희들은 판판히 놀며 호의호식하고 우리들은 왜 새벽부터 밤중까지 일해도 먹을 것도 넉넉히 안 주는 거야. 하지만 그것도 우리들한테 달렸지. 우리들이 일을 안 해봐 저희들이 어쩌나, 돈 더 안 주고는 못 배길 걸."

"그렇지 않아도 내쫓지 못해 하는데 일을 안 해?"

"내쫓을 템 내쫓으라지. 일은 누가 해주구."

"우리가 나가도 딴 사람이 대신 하지."

"글쎄 그러니까 그건 우리한테 달렸단 말야. 한 사람도 일을 안 한다면……."

옥순이는 또 근주가 항용하던 소리를 시작한 것이라고 짐작하자 입을 다물어 버렸다. 공연히 그런 소리는 듣기도 싫었다.

두 사람은 벤또를 싸 가지고 자리를 털고 일어섰다. 좀 빈 식당으로 들어가 냉수를 한 컵씩 마셨다. 직공들이 덩어리덩어리져서 이야기하는 동안에도 감독 전중이며 김 감시며 최 감시며, 그 외 회사 무슨 과장인가 하는 양복쟁이, 또 어떤 때는 배불뚝이 공장장까지 직공들 틈으로 슬슬 걸어 돌아다녔다. 어떤 자는 얼굴을 악마같이 찌푸리고, 어떤 자는 능청스레 싱글싱글 웃고, 하지만 찡그린 자나 웃는 자나 가까이 오는 것이 싫기는 일반이었다.

20분이면 작업 예비종을 친다. 말은 예비지만 실상은 이것이 오후 작업을 시작하는 시간이다. 여직공들은 다시 우리로 몰려 들어가는 돼지 떼 모양으로 톱니 같은 지붕 달린 공장 속으로 몰려 들어갔다.

옥순은 또 기계로 돌아가 눈, 손, 온몸을 정신없이 움직이고 있었다. 별안간 어깨를 툭툭거리는 사람이 있었다. 홱 돌아다보니 어느 틈엔가 김 감시가 와서 그 고양이 같은 얼굴을 야젓잖게 삐뜨러트리고 제딴은 웃고 서 있다.

"이따 파할 때 잠깐 감시과로 와."

'에쿠!' 하는 옥순이의 가슴에서 떨어지는 것이 있었다.

'이 자가 그전에도 애들을 어찌어찌 했다더니 이번엔 내한테로 오는 것일까.'

김 감시는 옥순이가 잠자코 있는 것을 보고 이번에는 얼굴을 엄숙하게 고쳐 가지고,

"내가 만나려는 것이 아니라 전중 감독이 만나려는 게야."

결과가 어찌 되든 이 당장에서 김 감시의 말을 거절할 수는 없었다. 더구나 오라는 것이 전중 감독인데야 더 할 말이 없다. 사람을 들이고 내보내고 하는 전권이 전중이 손에 있는 것은 옥순이도 물론 잘 알고 있었다.

"네, 가지요."

옥순이는 억지로 목소리를 짜내었다.

"응, 꼭 이따 여섯 시에."

구두 소리를 뚜벅거리며 제 자리로 가는 김 감시의 뒷모양을 바라보며 옥순이의 가슴은 새가슴같이 두근두근하였다.

밤일을 폐지한 후로 6시면은 이 제4공장은 일을 쉰다. 야업은 직공들의 건강을 해한다는 아름나운 구실 밑에 실상은 회사에서 생산액을 제한하기 위하여 벌써 작년 가을부터 폐지된 것이다.

6시가 뚜— 불었다. 점심시간을 30분 잡아도 아침부터 지금까지 열한시간 반의 무교대 노력은 이제야 끝이 난 것이다.

옥순은 일부러 맨 나중 공장을 나왔다. 나와서도 변소에를 갔다가 동무들이 헤어지기를 기다려 마당으로 나왔다. 사무소 문간에서 김 감시가 기다리고 있었다.

"옳지, 잘 왔어. 이리 들어오지."

하며 김 감시가 앞서서 문을 열고 집 속으로 들어갔다. 옥순이가 가슴을 두근거리며 안내를 받아 들어간 곳은 '제2응접실' 이었다.

같은 문간 안에 있으면서도 이곳은 직공 기숙사의 응접실과는 달라 마루에는 연둣빛 모직이 깔리고 푸근푸근한 걸상이 거만스레 테이블 가로 놓여 있다.

"잠깐만 기둘리지."

하고 김 감시는 옆에 방으로 통하는 문으로 사라졌다. 문을 여는 통에 옥순은 이곳 공장장의 껄껄 웃음을 들은 듯하였다.

잠깐 있다가 공장감독이 표독한 눈초리에 웃음을 띠고 김 감시를 뒤에 세우고 들어왔다.

"이로케 와소 기다료서 미안소."

"천만에요."

옥순이는 입 속으로 대답하면서 허리를 굽혔다. 감독은 이번에는 일본말로,

"자, 거기 앉지, 어이 대단히 더운데."

서쪽으로 향한 이 방은 저녁해를 담뿍 받아 공장 속에 별로 못지 않

게 푹푹 쪘다.

옥순이가 조그만 강아지같이 옹크려트리고 걸상에 앉자 감독은 무슨 계획을 품었음인지 옥순의 집안 사정을 꼬치꼬치 캐물은 후에, 이 공장에 들어온 후로 옥순이 직공 중 제일 부지런하게 일을 하고 또 규칙을 제일 잘 지키고 또 어쩌고어쩌고 했다고 김 감시를 통역으로 주워섬겼다. 옥순의 대답하는 말은 김 감시의 통역 없이도 감독은 잘 알아듣는다.

"하지만 견디기가 말 아니지 응? 아버지는 그렇게 병신이시니 돈 한 푼 벌지 못할 테고."

옥순은 대답하는 대신 고개만을 숙였다. 벌써 4년 전에 아버지는 ××주식회사 건축장에서 떨어져 다리를 하나 분지른 후로 오늘까지 어머니와 옥순의 손만 바라보고 누워 있는 것이다.

"우리 회사로서는."

하며 감독은 옥순의 약점을 잡았다는 듯이,

"언제나 옥순이 같은 처지에 있는 사람에게 동정을 마지아니하는 것이야. 허지만 원체 그런 사람들이 많으니까 일일이 어떻게 하지는 못하는 것이고 또 누구한테만 보조를 한다면 불평도 날 것이고 하니까 아직까지는 아모것도 못 보아주고 있는 것이야. 허지만 옥순이 사정을 차차 들으니까 회사로서는 가만히 있기가 하도 딱해서 오늘 부른 것이아."

감독은 김 감시의 통역이 끝나기를 기다려 주머니에서 '금일봉' 이라고 쓴 봉투를 꺼내었다.

"이것은 약소하지만 갖다가 아버지를 드리고 그리고 인제부터는 무슨 일이든지 있거든 염려 말고 나를 찾아와 이야기해. 힘 자라는 데까지 보아줄 터이니."

옥이는 웬 영문을 알 수 없었다. 자기의 생활이 가난한 것은 사실이지만 이 공장 안에는 자기보다도 더 궁한 살림을 하는 사람이 얼마든지 있는 것을 옥순이는 알고 있다. 그러면 왜 자기에게만 이렇게 특별히 호의를 보여 주는 것일까, 이 놈들이 자기에게 무슨 욕심을 두고 무슨 흉계를 꾸미는 것이나 아닐까. 그러나 그렇다면 전중이가 저 혼자서 슬쩍 불러다가 어름어름할 것이지 이렇게 김 감시까지 옆에 세워 놓고 돈을 줄 리가 없다.

하여튼 이 자리에서 이 돈을 거절해 버릴 수는 없는 처지였다. 옥순은 물론 여러 번 사양하였지만 내종에는 전중이의 목소리에는 노한 기운조차 울리게 되었다.

"아니, 옥순이는 회사에서 일껏 보여 주는 호의를 안 받을 작정이야!"

"아니, 천만에요, 네, 네, 참 고맙습니다. 고맙습니다."

옥순이는 황당해 몇 번이나 허리를 굽혔다.

감독은 웬일인지 돈을 준 후에는 그 표독한 눈초리에 살기를 뻗치고 옥순이를 노려보았다. 옥순이의 몸은 고양이 앞에 쥐 모양으로 바지직바지직 오그라졌다.

다시 또 몇 번이나 절을 하고 자리를 일어서려니까 감독은 거의 명

령적으로,

"옥순이! 오늘 이 이야기 동무들한테 절대로 이야기해서는 안 돼!"

옥순은 또 고개를 끄덕끄덕하였다.

응접실을 나오려고 문을 열려 할 때에 다시 또 등뒤로부터 '잠깐만.' 하는 감독의 소리가 들렸다. 옥순은 돌려다보았다. 감독은 도로 와 앉으라고 걸상을 가리켰다.

"또 좀 물어 볼 말이 있는데 옥순이는 저어 근주하고 친하지?"

"별로 친하지는 않아도 어려서부터 알아요."

"아까 점심시간에도……."

하다가 감독은 말을 멈추고

"근주 집에 더러 놀러가 보았나?"

"아니오, 안 가봤에요."

"왜?"

"밤엔 집에서 못 나가게 해요."

"정말?"

"네."

"정말 안 가보았지?"

"네."

"그러면 말이야, 인제부터는 근주하고도 더 친하게 지내고 놀러오라거든 놀러가 보기도 하고 그래. 응, 알았지?"

"네."

"하지만 이 말은 또 아모한테도, 근주한테도 이야기해서는 안 돼!"

"네."

"자, 그럼 내일 저녁에라도 근주 집에 놀러가 보고 모레는 점심 먹고 나서 이리로 또 좀 오란 말이야."

"네."

옥순이가 공장문을 나섰을 때에는 긴 여름해도 다 가고 온 세상은 어둑어둑한 저녁에 폭 싸이고 말았었다. 언덕 밑에는 그 딸들을 이 공장으로 들여보내고 거기다 목을 매고 있는 가난한 사람들의 게딱지같은 초가집이 가느다란 저녁 연기를 올리고 있었다. 멀리 맞은편 산꼭대기에는 옥순네의 초가집이 있는 것이다. 그 근처에도 벌써 저녁의 등불이 드문드문 깜박이고 있었다.

옥순이는 눈물이 핑 돌았다. 까닭을 모를 눈물이 핑 돌았다. 자기가 오늘 맡은 일이 무엇인가는 지금의 옥순에게는 알 길이 없었으나 하여튼 모든 것은 가난한 사람의 설움임에 틀림없었다. 옥순이는 옷깃 안편에 달린 주머니에 손을 넣어 금일봉의 봉투를 만져 보았다. 빠작빠작하는 소리가 난다. 옥순이는 손을 오그려 봉투를 꼬깃꼬깃 구겼다.

이튿날 점심때이다. 옥순이와 근주는 또 어제 모양으로 공장 그늘에서 벤또를 먹고 있었다.

"어저께 김 감시가 불러 갔지?"

어떻게 알았는지 근주는 옥순이가 불려 갔던 일을 벌써 알고 있었다.

"어떻게 알아, 그건?"

"다 안다, 나. 왜 불려 갔어? 또 무슨 잔소리야?"

무엇이라 대답하면 좋을는지 알 수 없었다. 그러나 우선 거짓말을 하는 수밖에 없다.

"저, 무어 내가 뽑은 실이 마디가 많고 윤택도 나지 않는다고 야단이라눔."

"체, 빌어먹을 놈들. 저희들더러 해보래. 그럼 또 삯전 깎였군."

"아니 삯전은 안 깎였어도."

"이제 그렇게 하나씩 불려 가긴가. 그전에는 한목 불러 놓고 야단을 치더니."

"누가 아나, 빌어먹을 놈들. 왜 남을 불러다 놓고 이러니저러니 떠드는 게야. 아이, 언제나 속시원한 세상이 온담. 그 놈들을 모조리 때려……"

옥순이는 그 놈들을 함부로 욕했다. 그것은 근주 앞에서 하는 거짓이 아니라 참으로 그 놈들이 미웠던 것이다.

"왜, 인제 야단을 만나고 나니까 그 놈들이 미운 줄 알겠남."

"글쎄 말야."

하다가 옥순은 어제 감독이 그 표독한 눈초리로 자기를 노리면서 부탁하던 일을 생각하였다. 등이 선뜩하게 소름이 끼쳤다.

"근주, 내 한 번 놀러갈까? 지금 어디 살어?"

"왕십리서 살림하지. 왜 인제 무슨 바람이 불었어? 그렇게 한 번 오래도 안 오더니."

근주는 말을 마치고 옥순의 눈을 들여다보았다. 옥순은 황당해 눈을 둘 곳이 없었다. 무엇이든지 잘 아는 근주는 벌써 자기의 비밀을 알고 있는 듯싶었다.

"아니 말야, 저녁엔 덥긴 하고 심심하기도 하고 하니까 말야."

근주는 잠깐 생각하더니,

"오늘 저녁에 놀러와 응, 꼭, 응?"

"집을 알아야지."

"파하고 같이 나가 응, 파하고 바로 가."

"그래도 집엘 댕겨 가야지."

"그럼 나도 같이 옥순이 집으로 댕겨서 가지."

옥순이와 근주가 이야기하는 모양을 마당 저편 사무소 유리창 속에서 감독의 빛나는 두 눈이 바라보고 있었다.

옥순이의 집에서는 난데없는 돈 10원이 생긴 통에 오래간만에 흰쌀을 팔아 오고 꾸미도 사다가 이밥에 찌개를 바글바글 끓이며 옥순이 돌아오기를 기다리고 있었다.

근주하고 같이 들어가자 옥순 어머니는 새까만 행주치마를 털며 나와,

"아이구, 이게 누구야. 얼마만이야. 그 동안 시집가서 애기까지 났대지."

옥순이 어머니는 진정으로 근주를 반겨 맞았다.

"참 오래간만이에요."

—근주의 앞에 부정한 돈으로 사온 흰밥과 간장찌개를 내놓는 것

은 퍽으나 부끄럽고 겁이 났다. 그러나 근주는 별로 그것을 이상하게 여기지 않는 낯으로 한 사발이나 담아 준 밥을 맛나게 다 먹었다.

자꾸 붙드는 옥순 어머니를 떼어내고 근주와 옥순이 집을 나온 것은 벌써 캄캄하게 어두운 후였다.

근주의 집은 왕십리 바로 전차가 다니는 큰길 밑 — 이곳에서는 길바닥이 지붕 처마보다도 높다 — 에 있었다. 누구 집 바깥채를 얻은 모양인데 안채와는 서로 등을 대고 앉아서 드나드는 문도 따로 판장을 잘라 내고 만든 것이었다.

누구인지 먼저 온 사람이 있는 모양이다. 이 더운데 문은 꼭 닫고 방 속에서 수군수군하고 있었다. 마루 앞에는 사내 구두도 놓이고 여자의 고무신도 두어 켤레 벗어버린 것이 있다.

"아이구, 누가 왔나베. 난 도루 갈 테야."

"아니야, 괜찮아, 아는 사람야."

하며 근주는 앞서서 문을 덜컥 열었다.

"왜 인제 와?"

라는 사내 목소리는 필연 근주의 남편일 것이다. 옥순은 부끄러웠으나 하는 수 없었다.

"저 옥순네 좀 들리고 왔어. 왜 그 옥순이네."

"옥순이가 왔어?"

놀란 듯이 또 반가운 듯이 뒤쳐 묻는 것은 확실히 시아게부[仕上部]에 있는 순례의 목소리다.

"어서 들어와."

하며 근주가 돌려다본다. 옥순이는 고개를 숙이고 근주를 따라 방으로 들어갔다. 몹시 더웠다. 이곳도 또 공장 속이나 거의 다름이 없었다.

"옥순이가 이게 웬일야?"

아까 말하던 것은 정말 순례였다.

"어서 앉지."

"아이, 더워서 문 좀 열어 놀까?"

"재미없을 걸. 문을 열어 노면 빌어먹을 놈의 큰길이 빤히 쳐다보니, 제에기."

방 안에는 옥순이보다 먼저 순례와 또 낯모르는 여자 하나가 와 있었다. 근주의 남편은 책이 한 여남은 권 꽂힌 조그만 책상 앞에 앉아 있다. 허푸수수한 머리, 핼쑥한 얼굴, 그러나 기름때에 새까맣게 더러운 셔츠 밑에는 노동에 굵어진 뼈가 내비쳤다.

근주가 눈짓을 하니까,

"처음 뵈옵니다. 나는 강훈이라고 합니다. 옥순 씨 말씀을 근주한테 많이 들었습니다."

그는 자기 아내를 근주라고 동무 부르듯 하였다. 옥순이는 자기 이야기를 많이 들었다는 통에 점점 더 부끄러웠다.

이번에는 그 낯모르는 여자가 입을 열었다.

"난 김경옥입니다. 인제 많이 사귀지요."

"네, 전 이옥순이에요."

잠깐 방 안에는 말이 없다. 그 경옥이라는 여자가 강훈을 보고 눈짓

을 하고 훈이 마주 눈짓을 하자 경옥이는,

"자, 그럼 계속하지."

하며 무릎 밑에서 조그만 얄팍한 책자를 꺼내었다. 그에 따라 다른 사람들도 제각각 같은 책자를 꺼냈다. 근주도 책상 서랍에서 또 한 권을 꺼내 가지고 와서,

"이야기는 나중에 하고, 자 우리 우선 이 책부터 같이 봐."

하며 옥순이 옆에 앉았다. 책 껍질에는 굵은 언문으로 '우리는 왜 가난한가' 라고 씌어 있다. 옥순은 모든 것이 웬 영문인지를 알 수 없었다. 그러나 하여튼 책을 보자니 보는 수밖에 없다. 근본이 옥순이는 공부가 몹시도 하고 싶은 터이다.

훈이가 책을 들고,

"옥순 씨 언문은 물론 아시지요?"

옥순이 대신 근주가 대답하였다.

"알고말고. 어렸을 때 나하고 함께 아버지한테 뱄는 걸."

책은 중간부터 읽기 시작하였다.

"……물건이 값이 나가는 것은 노동자가 그것을 만드느라고 힘을 들였기 때문이다. 물건을 만드는 재료도 근본은 노동자가 만든 것이고 기계도 노동자가 만든 것이고 물건을 사는 돈도 노동자가 광산에서 패댄 것이다……."

한 대문을 얕은 소리로 읽고는 훈이는 반드시 설명을 하였다. 경옥이도 설명을 보충하였다. 중간에 뛰어든 옥순이도 넉넉히 알아들을 만하였으나 그래도 가끔 근주, 순례는 의심하는 곳을 질문하고 훈이

는 그것에 대해 몇 번이든지 되풀이해 설명하였다.

옥순은 귀를 기울이고 들었다. 책장은 한 장 두 장 넘어가고 설명하는 사람의 말소리는 차차로 열을 띠어 갔다.

그때 바깥마루를 똑똑 두드리는 소리가 들렸다.

방안은 일시에 고요해졌다.

연해 똑똑 두드리는 소리가 났다.

"누구요?"

근주가 물었다.

"근주 씨 계시오?"

여자의 목소리다. 옥순이도 누군지는 모르겠으나 퍽도 귀에 익은 소리였다. 목소리를 듣고서 근주는,

"응, 보배로군. 들어와 들어와."

하며 문을 열었다. 들어온 것은 과연 보배였다. 보배는 방 안 사람에게 차례로 눈인사를 하고 끝으로 옥순이를 보자 의외라는 듯이 한참 들여다보았다. 옥순이도 보배를 여기서 만난 것은 정말 의외였다. 보배는 기숙사에 있으니 밤에 바깥에 나올 리가 없었으며 더구나 낮에는 옥순이하고 나란히 서서 종일 일을 하고 감시의 눈을 타 속살거리면서도 이런 곳에 다니는 티는 꿈에도 아니 보였던 것이다. 보배를 보고서 옥순이는 아까 근주가 자기가 감독하고 만난 것을 알던 그 내력을 짐작하였다. 그것은 틀림없이 보배가 전한 것이다.

옥순이는 공연히 겁이 나고 그곳에 가만히 앉았기가 무서웠다.

옥순이와 보배는 동시에 입을 열었다.

"보배, 이게 웬일야?"

"옥순이, 이게 웬일야?"

근주가 웃으면서,

"하하하하, 알고 보면 다 서로 알고 지낼 만하지."

"오늘은 어떻게 이렇게 일찍 나왔에요?"

하며 정옥이가 물었다. 보배는 손등으로 연해 땀을 씻으며,

"무어 참을 수가 있어야지. 여덟 시 치는 소리를 듣고도 한없이 기둘렀는데 생전 아홉 시를 쳐야지. 참다참다 못해 변소에 가는 체하고 그대로 내빼왔지요."

"그랬다가 찾으면."

"찾긴 무얼, 찾다 싫으면 고만이지. 설마 철망을 넘어 내뺀 줄이야 저희가 알라고요."

"아이고, 그렇지만 주의해야지요. 고얀히 그러다가 일은 되기도 전에 탄로가 나면 어떡하게요."

"그럼, 아까 계속을 또 읽어 주세요."

순례가 도로 책을 들며 훈이를 재촉하였다. 훈이는 또 읽기 시작하였다. 〈값있는 것 — 가치는 누가 만드는가〉 하는 대목은 한 페이지쯤 더 나아가 끝이 났다. 그 다음 과목은 〈이렇게 만들어 낸 가치는 누가 가져가는가〉 하는 과목이 있었으나 요 다음 화요일 — 그날도 화요일이었다 — 로 미루고 그날은 책을 덮었다.

훈이는,

"자, 그럼 이건 고만 덮고 인제부터 보배 순례 근주 세 분의 보고를 듣기로 합시다. 보배 씨 먼저 이야기하시죠!"

보배가 입을 열었다.

"기숙사 속에서는 참말로 어려워요. 감시하는 눈이 사방에서 빛나고 비밀은 조금도 지킬 수 없고 동무들의 생각은 얕고. 그렇지만 나는 밤에 잘 때를 이용했에요. 한번 뜻을 통하기만 하면 그제부터는 일은 쉬워요. 지금 제도 아래서는 점심때, 저녁때, 변소에 갔을 때를 타서 서로 소식은 얼마든지 전할 수 있으니까요. 지금 우리 방에 있는 사람 셋, 다음 방에 있는 사람 둘, 도합 다섯 명을 얻었에요. 지금 예상 같으면 앞으로 이 주일 안에 방방이 사람을 얻을 것 같아요."

"다음 순례 씨."

"시아게에 있는 사람은 통근이 비교적 많기 때문에 지금 보배 씨 말씀한 것보담은 일이 쉬웁니다. 지난 주일 동안에 새로 얻은 사람이 넷입니다."

"근주."

"새로 얻은 사람은 여기 온 옥순 씨, 그리고 나는 각 공장에 사건이 있는 대로 보도할 사람을 정해 놓았습니다. 우리 공장에는 제1공장에는 보배 씨, 제3공장에는 정숙이, 시아게에는 순례 씨, 이 네 사람은 각 공장에서 일어난 일을 하나도 빼지 않고 서로 전하고 그 중에도 중한 일은 여기 와서 이야기하기로 했에요."

옥순이는 근주의 입을 쳐다보며 혹시 또 자기 이야기가 나오지나 않을까 하고 근심하였으나 다행히 그 말은 안 나오고 훈이가 입을 열었다.

"여러분의 활동은 나무랄 곳 없이 훌륭합니다. 저번에도 말씀했지만 지금의 이 불경기는 하루 이틀에 끝날 것이 아니고 날이 갈수록 점점 더 심해 갈 것입니다. 따라서 회사에서는 멀지않아 반드시 또 삯전을 깎자고 할 것입니다. 우리에게는 삯전을 깎을 것이 아니라 도리어 더 내야 할 텐데! 그러니까 우리는 불가불 저의들과 자웅을 결단해야 되고 그러자면 우리는 결속해야 됩니다. 굳게굳게 단결만 굳으면 결코 패하지 아니합니다. 패한다 하여도 회사를 쫓겨나면 고만이나, 하지만 회사는 우리를 쫓아내고는 일을 못 합니다. 최후의 승리는 반드시 우리의 것이지요!"

훈이는 가만가만 말하였으나 그 마디는 뜨겁고 기운차게 들렸다.

근주의 집을 나와 꼬불꼬불한 골목을 휘돌아 논두렁길로 나서서 시원한 바람을 쐰 후에 비로소 옥순이는 두통이 그치고 그날 밤의 경험을 진정된 마음으로 생각해 볼 수 있었다. 옆에는 청수다리까지 동행하게 되는 보배가 역시 무엇을 생각하는 모양으로 잠자코 걸어오고 있다.

모든 것이 옳은 말이었다. 사실 비단실을 만드는 것은 자기네들이다. 또 그 비단실을 켜는 고치를 만든 것도 시골 여인네들이 농사 바라지 틈을 타서 봄부터 공을 들인 것이다. 그렇건만 자기네들은 그 비단실 값의 몇십 분의 일밖에는 손에 쥐지 못하고 나머지는 '회사'에서 몽땅 먹어 버리는 것이다.

그러면서도 회사는 그 삯전을 몇 번이나 깎았고 지금 또 깎으려 하는 것이다.

우리는 단결하여야 한다.

그 중에도 근주의 남편 강훈이의 꿋꿋한 태도와 김경옥이라는 여자의 아는 것 많은 것은 한층 더 믿음직하였다. 그것은 또 그렇다 해도 보배는 어쩌면 기숙사 철망을 넘어서까지 근주 집에를 다니는 것일까.

"어쩌면 그렇게 시치미를 딱 떼어?"

"무얼?"

"밤에는 이렇게 나단기면서."

"그럼 무어, 이걸 떠들어야 할까?"

"암만 그래도. 하지만 무섭지 않아? 이제 가서 어떻게 그 철망을 넘어?"

"무섭긴 무에 무서워, 이까짓 것쯤을. 아까 그이 이야기 못 들었어?"

"누구?"

"경옥 씨."

"그이는 ××소에를 벌써 다섯 번이나 갔다 왔대. 그게 ××회 간부로 있는 이야."

김경옥이라면 처음 듣는 이름이었으나 ××회라면 옥순이도 어디선가 들은 일은 있다. ××회에 다니는 여자라면 모두 왈패고 부랑녀고 싸움꾼이고 표독한 줄만 알았던 옥순이는 지금 또 다시 놀라지 않을 수 없다. 그렇게 얌전하고 아는 것이 많은 사람이 어찌해 ××회에를 다니고 ××소에를 들어가는 것인가.

"그럼 그 강훈 씨, 근주 남편 말야. 그이는 무엇 하는 사람인지 알어?"

"몰라."

"그이도 그렇다눔. 지금은 ××철공장에 단기지만."

"아이, 어쩌면……."

청수다리께서 보배와 갈려 산꼭대기 자기 집을 향해 밤중의 언덕을 올라가는 옥순이 머리는 생각에 무거웠다.

이튿날 새벽 네시 반. '뚜—' 에 잠이 번쩍 깨자 옥순이는 번개같이 어젯밤의 기억을 새롭게 해보았다. 그러나 그것은 사나운 꿈 같았다. 원컨대 꿈이 되어라.

밥을 먹다말고 보배 생각이 났다. 근주가 이야기하던 것이 생각이 났다. 근주 말대로 된다면 보배는 옥순이 있는 공장 안에서 일어나는 일은 하나도 빼놓지 않고 근주 들에게 이야기할 것이다. 그런다 하면…… 옥순이는 오늘 점심때에 감독이 오라고 하던 것을 생각하였다. 오, 그렇게 되면 모든 것은 탄로날 것이다. 그러면 자기는 무슨 낯으로 다시 근주 들을 볼 것인가.

옥순이는 밥을 먹는 둥 마는 둥하고 남보다 먼저 공장으로 들이 달렸다.

날은 벌써 환하게 밝았으나 텅 빈 공장은 쓸쓸하였다. 다짜고짜 사무소로 들이 달렸다. 사무소는 잠잠하고 문은 단단히 걸린 채 아직 열리지 아니하였다. 빨리 숙직실로 갔다.

"여보세요! 여보세요!"

널판지문을 쿵쿵 두드리며 불렀다.

"여보세요! 여보세요!"

한참 만에 게두덜거리고 나와서 문을 연 것은 마침 유카다를 헤늘어트린 감독이었다. 감독은 옥순을 보자 히히 웃고,

"오, 오꾸순이까 무스 일이야. 이리 도로 와."

"저, 이따 점심때 못 오겠어요."

"이리 도 — 로 와."

감독은 옥순이 하는 말을 못 들은 듯이 덮어놓고 들어오라고 손목을 잡아당겼다. 옥순은 놀라 손을 뿌리치고,

"이따 점심때 못 오겠어요."

"이리 도로와. 육구리 이야기해 응, 무스 일이야."

옥순이는 마음이 초급하였다. 이러고 있다가 누가 본다면 그것이 무슨 꼴인가.

"아니, 그럼 잠깐 이야기하지요. 점심때 사무소로 가는 것을 동무들이 보면 아조 재미없으니까요. 네, 그러니까 이따 공장이 파하고 나서 자세히 이야기하지요. 점심에는 못 가겠어요."

말을 마치고 옥순이는 걸음을 빨리 해 공장으로 갔다. 뒤에서 껄껄껄껄 웃는 감독의 소리가 들렸다. 그러나 공장에는 아직 아무도 오지 아니하였다. 우선 옥순이는 가슴을 쓸어내렸다.

보배는 6시 10분 전에 공장에 나왔다. 옥순이를 보더니 그전과는 훨

씬 다른, 서로 비밀을 모두 터논 사람과 같은 태도로 반갑게 인사하였다.

"옥순이, 엊저녁에 집에 올라가느라고 혼났지?"

"난 괜찮았어. 보밴 철망을 어떻게 넘어갔었어?"

"쉬이, 고양이 고양이."

김 감시가 그 고양이 같은 상을 찌푸리고 공장으로 들어왔다. 감시는 옥순이를 바라보고 잠깐 웃었으나 옥순이는 모르는 체하였다.

오정이 가까워 오니까 옥순이는 마음이 조마하였다. 혹시 그 놈의 전중이가 맥도 모르고 자기를 부르러 오면 어찌할 것인가.

점심시간이 되었다. 직공들은 또 식당으로 들이 몰렸다. 옥순이가 김 감시 나간 뒤를 빨리 따라 나가니까 김 감시는 사무소 편으로 구두를 뚜벅거리며 걸어가고 있었다. 옥순이는 빨리 사방을 돌려다본다. 마침 보배도 순례도 근주도 눈에 띄지 아니한다. 빨리 김 감시를 쫓아갔다.

"여보세요! 저 지금 못 가겠에요."

김 감시가 돌아서며,

"응?"

"글쎄, 급한 사정이 있에요. 있다가 파한 후에 이야기할 것이니 지금은 감독한테 못 간다고만 그래 주세요."

"왜?"

"글쎄 그렇게 말만 해주세요!"

옥순이는 또 사방을 둘러보고 빨리 돌아왔다. 그제야 안심되었다.

근주를 만나 별 보고 없느냐고 물어 보니까 오늘은 아무 보고도 없었다고 한다.

6시 '뚜 —' 를 불자 옥순이는 어떻게 부지할 수가 없이 마음이 불안하였다. 이제 와서는 자기가 감독한테 부탁 받은 일이 대강 어떤 것인가가 짐작이 된다. 그러나, 그러나 자기는 어찌 엊저녁의 그 동무들, 자기를 조금도 의심하지 아니하고 처음부터 모든 비밀을 터주던 그 동무들을 배반하고 감독 앞에 그들의 하던 일을 고자질할 것인가!

될 수 있으면 집으로 달아나고 싶은 마음이 태산 같았다. 그러나 공장집을 나오려니까 문간에는 감독이 눈을 흡뜨고 서서 기다렸다. 하는 수 없이 감독이 보는 앞에서 변소로 들어가 동무들이 다 파해 가기를 기다렸다.

거의 10분이나 지난 후 바깥이 좀 고요해진 후에 옥순이는 변소에서 나왔다. 그곳에는 여전히 감독이 기다리고 있다! 감독은 사무소 편으로 가라고 눈짓을 하였다.

"왜 점심때는 안 온 것이야!"

감독은 응접실 의자에 가 걸터앉으며 우선 성난 소리로 꾸짖었다.

역시 김 감시가 통역을 한다.

"이야기하지요."

"엊저녁에 근주 집에 갔었지?"

"네."

"누구 누구 거기 와 있었어? 근주, 근주 남편, 또?"

"경옥이라는 웬 낯모르는 여자도 와 있었에요."

"그 외에 왜, 또 이 공장 직공들도 있었는데 어디 이름을 말해 보아."

"공장 직공으로는 제가 있었지요."

"무엇이야! 그게 말이야!"

감독은 소리쳤다. 옥순이는 놀라 오그라졌다.

"네, 네, 저, 순례가 있었에요."

"순례? 무슨 공장에 있는?"

"시아게부에 있는 애예요"

"음……."

하고 감독은 소리를 부드럽게 하여,

"그 밖에 또 서너 사람 있었지?"

"세 사람은 안 돼요."

"그럼, 사람. 하나? 둘?"

"하나요."

"그건 누구야?"

"저……."

하고 옥순은 감독의 눈을 피해 창 밖을 내다보며 주저하지 않을 수 없었다. 보배라고 대답하면 그는 당장에 철망을 넘은 것이 탄로될 것이며, 그리 되면 이 공장을 떨려 나가게 될는지도 모르는 것이다. 그러나 감독의 눈초리는 무서웠다.

"저……, 노 하나는 보배예요."

"보배?"

"네."

하고 김 감시가 대답한다.

"제2공장에 있는 애로 기숙사에 있습니다."

"음……."

하며 감독은 눈을 깜작거렸다. 붉은빛 마수가 벌써 기숙사 속에까지 들어왔는가 하고 생각하는 것이다.

"그래, 이야기는 무슨 이야기를 했어?"

"책을 읽었에요."

"무슨 책을?"

"『우리는 왜 가난한가』 하는 책이에요."

"응, 그럴 게야, 응. 그리고 딴 이야기도 했지? 동맹파업하자는 이야기했지?"

"아니오, 천만에 그런 이야기는 안 했에요."

"안 했어! 다 아는데 안 했어!"

감독은 눈을 비껴 떴다.

"동맹파업 이야기는 정말 안 했에요."

"금방 하자고는 안 했어도 아모턴 하자고 했지?"

"단결을 굳게 하자고들은 그랬에요."

"위원은 누구누구야?"

"위원요?"

"일 맡아 보는 사람."

"네. 그건 근주, 순례, 보배, 정숙이……."

"정숙이?"

"네, 제3공장에 있는 애예요."

"그 애는 엊저녁에는 안 왔던가?"

"네."

이럭저럭 바깥은 어두워졌다. 응접실에는 침침한 전등이 들어왔다. 감독은 김 감시에게,

"이제 자네는 물러가게. 난 옥순이하고 좀더 이야기할 것이 있으니."

옥순이는 감독과 단둘이 이 텅 빈 사무소 안에 남는 것을 생각하고 겁이 났다. 거기 있어 달라는 것을 애원하는 눈으로 김 감시를 쳐다보았으나 김 감시는 도리어 조소하는 얼굴로 '히히히' 웃고,

"그럼 재미있는 이야기 많이 하시지요."

하고 나가 버렸다. 옥순이는 고개를 들 용기조차 없었다. 어떻게 하면 이 곤경을 모면할 수 있을 것인가?

감독은 '히히' 웃으면서 가까이 와서 옥순의 머리를 쓰다듬으며,

"고마부소. 내 마리 자리 드러서 좋소."

옥순은 고개를 빼었다.

감독은 다시 '히히' 웃으며 지전 한 장을 꺼내 옥순이의 허리춤에 끼워 주고 그의 손을 붙들며,

"근주 집이 자리 가서 누구누구 오노가 자리 보고, 무스 이야기 하노가 자리 듣고 왔소 응. 돈이 마니 수어."

옥순의 손목을 쥔 감독의 손에 차차로 힘이 들어 갔다. 옥순은 손을

뿌리치고 문 밖으로 나가려 하였으나 문은 이미 단단히 잠겼다. 감독은,

"우리 마리 무어든지 자리 들으면 돈이야 마니 주어, 히히히."

하며 한 발짝 두 발짝 옥순의 앞으로 가까이 왔다. 옥순은 눈앞에 닥친 위기를 직감하였다. 이 자는, 이 독사뱀 같은 자는 자기의 정신을 다 헐어 먹고 이제 옥순의 몸까지를 집어삼키려는 것이다.

"아이쿠!"

옥순이는 피할 수 없는 위험에 빠진 사람이 어찌할 줄을 모르고 혼자 토하는 그 절망적의 혼자말을 토하였다.

"고로께 노랄 것 무어야."

감독의 빼깡충이 손은 옥순이의 어깨를, 다음에 별안간 그의 허리를 꼼짝 못하게 안아버렸다.

"아이쿠!"

옥순이는 감독의 품안에서 푸드득거리며 눈을 텅 비게 뜨고 저항한다느니 보담은 한탄하였다. 파멸이다. 세상은 끝이다.

"응? 내 마리 자리 들어."

감독은 야비하게 웃으며 이리저리 피하는 옥순이의 입술을 기어코 쫓아다녔다.

옥순이는 온몸의 힘을 다하여 이 포학한 수컷에게 저항하였다. 두 몸은 기름이 바싹 마른 리놀륨 마룻바닥 위에 덜커덕 넘어졌다.

옥순이가 정신을 차렸을 때에는 그는 이미 처녀가 아니었다. 분하니 어쩌니 하는 마음을 떠나 턱없이 안타까웠다. 전등 밑 테이블 위에

감독은 땀 흐른 얼굴을 치켜들고 담배를 피우고 앉았다. 옥순이는 왈칵 울음통이 터졌다. 눈물이 비 오듯 하고 한없이 느껴진다.

"정신 났소."

하며 감독이 볼에 쏙 들어간 주름살을 지우고 묻는다. 대답 대신에 옥순이는 느끼는 소리를 높게 하였다.

"오스 옷이 잘 이브고."

그제야 옥순이는 자기의 땀에 전 광당포 옷이 흩어진 것을 알았다.

주워 입고 감독을 한평생에 잊히지 못하는 미움을 품은 눈으로 노렸다.

감독은 새새 웃고 앉았다.

"무어, 고로나. 인제 우리 두리 친하게 지내. 돈이 마니 주지."

설움 중에도 집으로 돌아가야 한다. 이 자 앞에서 피하기 위해서라도 우선 이곳을 떠나야 한다. 옥순이는 돌아서서 문을 향했다. 눈앞 마룻바닥에 지전이 떨어졌다. 발로 힘껏 비벼 버렸다. 감독에게 대한 분풀이를 지전에 하는 듯이. 문은 어느 틈에 열려 있다.

감독이 돈을 집어 가지고 쫓아오며,

"그러지 마루고 우리 친하게 지내."

옥순이는 홱 돌아서며 지전을 받아 다시 마룻바닥에 던졌다. 감독의 뺨으로 올라가려는 손을 억지로 참고 그 대신 처음으로 소리를 쳤다.

"예끼, 이 더러운 놈! 개 같은 놈! 도적놈!"

"헹."

하고 감독은 비웃고 돌아서서 돈을 집으며,

"집이 가 다시 생각이 해보아."

이튿날 옥순이는 병을 칭탁하고 공장을 쉬었다. 어젯밤 감독의 만행은 부끄러워 차마 어머니에게도 말할 수 없었다.

어머니가 애가 타서 들락거렸다. 아무리 말려도 듣지 않고 저번에 얻어 온 나머지로 기어코 약을 지어다가 먹으라고 하였다. 약을 먹을 일도 없지만 그 약을 지어 온 돈의 출처를 생각하면 자기의 얼굴에 침을 뱉고 싶었다.

밤에 의외에 근주가 찾아왔다. 옥순이를 보고,

"웬일야? 난 또 옥순이도 쫓겨났나 했지."

"응, 쫓겨나긴 왜?"

"오늘 안 왔기에 말이야. 이것 봐 오늘 나는 공장을 쫓겨났어."

"무어!"

"그러게 말야. 나만 쫓겨났어도 뭣한데 순례도 쫓겨났어."

"순례도!"

옥순이는 얼굴을 얻다가 둘 곳이 없었다. 모든 것은 자기의 고자질에서 나온 것임에 틀림없다!

"내 말 좀 들어. 오늘 이전같이 공장에 가지 않았겠어. 점심시간 바로 후에 부르기에 사무소로 가보니까 그 놈의 옴팡눈이 전중이 놈이 회사 사정으로 너는 더 쓸 수가 없으니까 지금 바로 나가라겠지. 하도 기가 맥혀 왜 나가라느냐고 질문을 하니까 그것은 물을 필요 없다. 회사 사정이 그리 되었다고 하면서 열흘 치 삯전을 주며 다시는 대꾸도 안 하는구먼. 하는 수 없이 그 자리는 물러나올 수밖에."

옥순이는 무엇이라 대답해야 옳을지 알 수 없었다 근주가 말을 계속한다.

"그래 나오며 어떻게 할까를 생각하면서 공장을 나와 문 밖에서 어름어름했더니 문지기 놈이 나와서 그 놈까지 어서 가라고 쫓는구먼. 그래도 일이 하도 꿈길 같애 거기서 비싯비싯 하노라니까 이것 좀 봐, 순례가 또 뒤미처 열흘 치 삯전 든 봉투를 들고 기운 없이 나오는구먼! 물어 보니까 순례도 쫓겨났다지."

"그래 어떡했어?"

"글쎄 내 말 좀 들어. 그래 그때 번쩍 생각난 것은 회사에서 우리들 모이는 것을 알았나 하는 의심이 나기에 문간에서 좀더 동정을 기다리니까 다시는 아무도 안 나오겠지. 파해 나올 때 다른 사람보고 우리 외에 또 누구 쫓겨난 사람 없느냐고 하니까 다른 애들은 우리들이 쫓겨난 것도 모르는구먼. 그래 난 또 옥순이도 쫓겨났나 그랬어."

옥순이는 낯이 확확 달았다.

"아니, 난……."

"하지만 우리는 몇 백 번 쫓겨나도 좋다. 응, 안 그래? 일을 시작한 이상 우리는 굶어 죽어도 좋아! 분한 것은 공장 안에 아직 뿌리를 깊이 박아 놓지 못한 것이야. 밤에 모이는 것도 겨우 세 번째밖에 못 모이고 그것이 분해."

근주는 신정으로 자기가 쫓겨난 그것보다도 공장 속의 조직이 중간에 끊어진 것을 분해하였다. 옥순이는 점점 더 자기의 몸을 어떻게 처리해야 옳을는지 알 수 없었다.

"그럼 몸도 아프고 한데 들어가 도로 눕지. 오늘 일은 결단코 이대로 내버려두지는 않을 게니까 그것만은 옥순이도 알어 두어. 아무렴! 이대로 가만 있지는 않을 걸! 놈들이 아무리 우리 일을 방해해도 우리는 일을 성공하고야 말 걸!"

근주는 인사를 남기고 언덕길을 내려갔다. 옥순이의 가슴에는 처음으로, 생전 처음으로 끓는 피가 뜨겁게 뛰었다. 근주여, 순례여, 동무들이여. 싸우라, 끝까지 싸우라, 이 고자쟁이 옥순이의 더러운 몸을 짓밟고 용감하게 앞으로 나가라!

그날 밤이 이슥한 후에 누가 문 밖에 와서 또 옥순이를 찾았다. 그것은 김 감시였다. 참외를 몇 개 사가지고 왔다.

"옥순이, 오늘 왜 어디 괴로운가. 공장에 안 왔으니."

무엇이라고 발악을 하고 싶었으나 김 감시는 감독같이 밉지 않았다.

"좀 몸이 아펐어요."

"이거 몇 개 아버지께도 드리고 옥순이도 먹어 보지."

"그런 것 난 싫어요."

"그러지 말고 이건 내가 사가지고 온 거야."

하며 김 감시는 문을 들어서서 마당에 드러누운 옥순 아버지에게 참외를 갖다 주고 도로 나와 옥순의 귀에다 대고,

"옥순이 지금 좀 나올 수 없나?"

옥순이는 대답 대신에 김 감시를 뚫어져라고 쳐다보았다.

"응? 잠깐만, 히히히. 감독이 좀 보재, 긴하게 할 말이 있다고. 그리고 어저껜 좀 잘못했다고."

"무어요!"

하고 옥순은 부지중에 소리쳤다. 김 감시는,

"싫으면 고만두게그려."

하고 퉁명스레 가버렸다.

봉투 속에서는 우선 1원짜리 지전이 댓 장 나오고 이어 종잇조각에 철필로 쓴 편지가 나왔다.

〈몸이 아프다니 대단히 근심이오. 보내는 돈은 약값에나 쓰고 내일은 꼭 공장에 출근하시오.

전중으로부터〉

'이 놈이 누구를 또 어쩌려고!'

하는 생각에 옥순이는 편지를 봉투째 박박 찢어 버렸다. 그러나 어머니는 돈이 나온 통에 여간 좋아하는 것이 아니다.

"얘, 그게 웬 돈이냐, 응? 이게 웬일이야, 누가 보냈니, 그걸?"

옥순은 아무 대답도 안 하고 찢어진 편지 조각을 또 찢고 또 찢었다. 입술을 깨물었으나 눈물이 저절로 핑 돌았다.

'이 놈이 나를 또 사려고 한다. 하지만 나는 이틀 전, 아니 어제의 내가 아니다!'

"몸이 몹시 괴로우냐. 얘, 왜 그래니?"

어머니의 눈은 옥순의 손에 쥐인 돈에 붙어 떨어지지 아니한다.

"아니, 관계찮어요. 걱정 마세요."

옥순은 돈을 구겨 뭉쳐 주머니에 넣었다. 영문을 모르는 어머니는 여전히,

"얘, 거 남의 돈을 받어도 관계찮으냐."

"갖다가 놈에게 도로 줄 테야요."

이튿날 옥순이는 새벽부터 공장에를 갔다. 감독이 공장으로 들어와 둘러보고 옥순이 있는 것을 보자 안심한 듯이 나갔다.

보배가 김 감시 조는 틈을 타서 그 동안에 근주와 순례가 쫓겨나간 이야기를 전했다.

"엊저녁에 근주하고도 이야기했지만 이번 일은 암만해도 수상해. 우리들 틈에 배반자가 있을 것 같지는 않지만……."

옥순은 가슴이 찌르르해 보배를 건너다보았으나 보배는 고치 끓는 냄비에서 눈을 떼지 아니하고 있다.

"글쎄 그것도 알 수는 없지. 엊저녁에 근주 만났으면 집을 어떡했대? 안 옮겼어?"

"옮기기는. 어디 집이 그렇게 마침대령으로 기다리고 있나."

저녁때 공장을 나오려니까 감독이 기다리고 있다가 또 눈짓을 하였다. 옥순은 여러 동무들 보는 앞에서 자기의 잘못을 말하고 그 놈 앞에 돈을 펼쳐 던질 생각이었으나 아직 거기까지 대담해지지는 못하였다.

응접실에 들어가 잠깐 있노라니까 감독이 옆문으로 들어오며,

"벵이 낫소? 기노도쿠 닷다네 저부대 밤에눈 자리 못핫소. 마니 마니 자리 못핫소."

감독은 교활스레 웃으며 지껄였다.

"아뇨, 잘못할 것 없지요. 한개 여직공한테 잘하고 잘못할 것 무엇이오."

"헤헤헤, 구거 고마니 두고 우리 친하게 지나믄 조오치유? 헤헤헤."

옥순이는 입을 깨물며 감독을 노렸다.

"구동안 근주 집이 요로본 가쓴나?"

"……."

"왜 대답이 오부소? 구조 노핫소?"

감독은 옥순을 얼르느라고 또 '헤헤' 웃으며 가까이 왔다. 옥순은 감독이 가까이 오는 대로 한 걸음 두 걸음 뒤로 물러섰다. 사지의 근육은 긴장해 언제 이 자식이 덤비든지 단번에 떠다박질러 버리려는 준비를 하고 있다.

"아니, 이제눈 고른 짓이 아니하두 되오. 응 근주 이야기만 하믄 됐소."

감독은 가까이 와서 옥순의 머리를 쓰다듬으려 하였다.

"이건 왜 이래?"

옥순은 감독의 손을 탁 치고 돌아서며,

"이 더러운 돈 도로 가져왔어. 이 따위 돈을 또 받을 줄 알고?"

1원짜리 지전 나섯 장을 획 꺼내 감독 눈앞에 내밀었나. 성미 급한 감독의 얼굴빛은 금시에 빨갛게 타올랐다. 성이 난 것이다.

“무오시! 칙쇼! 기사마 우라기루 쓰모리다나(네가 날 배반할 속셈이구나).”

“흠!”

하고 옥순은,

“인제 다시는 일이 없어! 이 따위 돈!”

“무오시! 기사마 구비깃데야루소(너 잘라 버릴 거야)!”

“맘대로!”

하고 옥순은 테이블 위에 지전을 던지고 빨리 응접실을 나왔다. 감독이 쫓아나오며,

“오구순! 오구순!”

하고 불렀으나 옥순은 죽을 힘을 다해 내어뛰었다. 공장문을 나와 감독이 쫓아나오지 않는 것을 안 뒤에 비로소 천천히 걸었다.

땀을 쭉 흘리고 집 앞 언덕을 기어올라 가노라니까 집 문 앞에 근주가 와서 기다리고 있었다.

“아이고, 왜 이렇게 늦었어. 난 벌써 와서 기다렸는데.”

순간 옥순은 감독과의 비밀을 이야기해 버릴까 하였으나 그만두었다. 지금 말해 버리면 결국 동료에게는 신임을 잃고 감독에게는 복수할 길이 끊기는 것이다.

“어디 좀 다녀오느라구.”

“저, 보배에게 전할 말이 있는데.”

“무슨 말이야.”

옥순이는 땀을 씻으며 근주에게 물었다.

"내일 밤에 모이기로 하지 않았어? 그걸 우리 집에서 또 모이기는 안 되었으니까……."

"집 거저 안 옮겼나?"

"어디 빈 방이 있어야지, 어쩌다 있는 건 돈을 사뭇 달래고…… 그래 말야, 내일 밤에는 그때 왔던 경옥 씨네서 모이기로 했으니 내일 공장에 가거든 보배하고 정숙이한테 이 말을 전해. 옥순이도 꼭 오지?"

"응."

근주를 보내 놓고 저녁을 먹고 마당에서 빨랫상 맡은 것 다리미질을 어머니와 함께 하고 있노라니까 의외에 기숙사에 있는 순임이라는 여자가 찾아왔다. 순임이라는 여자는 남편이 북해도로 광산 파러 간 동안에 강원도서 서울까지 달려와 어찌어찌해 이 공장으로 들어오게 되었으나 너무 새새거려 동무 사이에도 재미가 적고 더구나 지난 겨울부터는 전중하고 어떠어떠하다는 소문까지 난 여자였다. 하여튼 기숙에 있는 사람이 밤중에 나온 것은 괴상한 일이다.

"이게 웬일유? 어떻게 나왔에요?"

옥순은 의심을 하면서도 그래도 친절하게 물었다.

"여봐, 이리 좀 와."

하고 순임이는 옥순을 문 밖으로 불러내어,

"같이 공장에 좀 가. 지금 곧."

"왜?"

순임은 경솔한 매춘부같이 새새 웃으며,

"왜라니? 이거 왜 이래?"
하고 귀에다 입을 바싹 대고,
"감독이 오래."
옥순은 단번에 피가 얼굴로 몰렸다. 거의 반사적으로 외쳤다.
"일없어! 안 가."
"응? 왜?"
"제가 왜 나를 오래. 일없어 안 가!"
"정말?"
"정말이지! 그럼!"
옥순은 끝끝내 순임을 쫓아버렸다. 순임이 쫓겨간 후에도 가슴이 두근두근하였다.
이튿날 옥순은 용기를 내어 공장에를 가서 근주에게 맡은 부탁을 실행하였다. 점심 후에 감독이 잠깐 들러 갈 때 감독은 무섭게 옥순을 노려보았다.
저녁을 급히 먹고 근주가 일러주는 대로 경옥의 집을 찾아갔다. 경옥의 집은 바로 성 밑에 납작하게 붙었으나 찾기는 쉬웠다. 먼저 근주 내외, 순례 세 사람이 와 있었다.
"보배 온대?"
"온대."
"정숙이는?"
"그 애도 온대."
기숙사에서 오는 사람은 일상 9시가 지난 후에 기숙사를 빠져나오므로 9시 반, 10시나 되어야 회에 참여한다. 그래서 오늘도 그들 오기를 기다리지 아니하고 우선 책읽기부터 시작하였다.

오늘은 요전의 계속 〈이리 해 만들어 낸 가치는 누가 가져가는가?〉 하는 과였다.

과가 거의 다 끝나고 시간이 10시를 쳐도 보배와 정숙이는 오지 아니하였다.

그들은 내내 과가 다 끝나도록 오지 아니하였다.

"웬일일까? 무슨 일이 나지 않았을까?"

근주는 근심하기 시작하였다.

"혹시 철망이나 넘어오다가 들켰으면 어쩌나?"

정옥이가 총명스레 생긴 눈을 찌푸리며 역시 근심하였다. 근주의 남편 강훈이도 근심하였다.

"글쎄…… 자는 종 치고 불까지 다 끈 후에 나오면 위험이 덜하지만 일상 초저녁에 빠져나오더니."

그러나 누구보다도 제일 옥순이는 보배와 정숙이가 무사하기를 바라는 것이었다. 옥순은 전날 이 회석에 보배도 참례한다는 말을 감독에게 한 일이 있다. 그 자들이 이 회가 오늘 있을 줄 알고 혹시 초저녁부터 변소 근처 철망을 지키지나 않았을까, 지켰다 하면 보배들이 무사치 못할 것은 정해 논 이치다.

10시 반, 11시가 되어도 보배들은 오지 아니하였다. 그날 밤에는 근주와 순례가 쫓겨난 것, 옥순이가 연락원이 된 것의 보고만 하고 그것에 대한 대책은 드디어 의논하지 못하였다.

"하여튼."

하고 강훈은,

"회사측에서 우리의 조직이 진행하는 것을 안 것도 물론이요, 또 제 4차의 정리나 또는 임금인하를 계획하고 있는 것도 확실합니다. 그렇지 않고는 이렇게 기민하게 직공을 쫓아내지는 않을 것입니다."

이틀 후에 다시 모이기를 약속하고 그날 밤에는 그대로 헤어졌다.

이튿날 공장에는 보배와 정숙은 나타나지 아니하였다. 옥순의 옆에는 웬 낯모르는 여자가 와서 옥순은 기숙사 있는 동무들에게 놀라운 소식을 들었다.

하도 일이 궁금해 보배의 소식을 보배하고 한 방에 있는 또순이라는 계집애에게 물어 보았더니, 또순이는,

"아이구, 그걸 몰랐어? 엊저녁에 온통 기숙사 안이 발끈 뒤집혔었는데."

옥순이는 낭판이 떨어졌다.

"왜? 무슨 일야?"

"그게 여덟 시 반쯤 되었을까…… 보배가 오줌인가 똥인가 누러 간다고 나갔는데 잠깐 있더니 별안간 변소께서 사람 잡는 소리가 나며 감독이 소리를 벅벅 지르겠지. 웬 야단인가 하고 창으로 내다보니까 컴컴해 잘 보이지는 않어도 그게 보배겠지. 아이구 무서워, 그 전중이 녀석이 막 발길로 차고 주먹으로 때리고 유도로 메다꽂고 그냥 죽을 둥 살 둥 모르고 야단을 치는데, 보배는 치마는 철망에 걸쳐 반이나 찢어져 나가고 온통 피를 흘리고, 아이구 난 혼났어. 얼마를 때리더니

그 녀석이 보배 언니를 끌고 우리 방으로 와서 서방질하러 밤중에 철망을 넘나드는 년은 누구든지 이렇게 경을 친다고 호통을 뽑고, 그대로 끌고 숙직실로 갔는데 보배 언니는 그래도 가만 안 있고 연해 그 녀석한테 발악을 하는구먼. 말하는 대로 이빰 저빰 얻어맞으면서도 그래도 우리들한테도 너희들은 언제까지나 흉악한 이 놈들의 채축 밑에 가냘픈 ×를 빨리고 있으랴느냐고 야단을 치는구먼, 아이구 혼났어."

"그래, 방에 있는 사람들은 어떡했어."

"무얼 어떡해? 벌벌 떨면서 쥐죽은 듯이 오그리고 있었지, 그럼 어떡해?"

옥순이는 또순이가 이야기하는 동안 새빨갛게 벗겨논 살을 뾰족뾰족한 모래밭에 내굴리는 것같이 온몸과 마음이 괴로웠다. 아팠다. '모든 것은 자기가 고자질한 탓이다!' 라는 뼈에 사무치는 생각이 폭풍같이 머리를 휩쓸었다.

어떻게 할 것이냐!

'지금 이 길로 보배가 갇혀 있는 곳으로 뛰어가 자기의 잘못을 고백할 것이냐?'

'그 미운 감독놈의 멱살을 붙들고 자기도 한바탕 발악을 해볼 것이냐?'

'이 동무들 앞에, 모든 동무들 앞에 자기의 허물을 뉘우칠 것이냐?'

아니다! 그 중의 아무것도 아니다! 잘못을 뉘우치는 것은 좋다. 그러나 '뉘우치는 것' 이 어쨌단 말이냐, 천만 마디 뉘우침보다도 한 가지 일을 하는 것이 도리어 보배에게, 아니 모든 동무들에게 용서를 받는 길인 것이다.

옥순이는 순간에 비밀은 비밀대로 아무에게도 발설하지 아니하기로 결심하였다.

그러나 다음에는 정숙의 소식이 또 궁금하였다.

"정숙이는?"

하고 말이 나오는 것을 고쳐,

"그 외에는 아모도 경치지 않았니?"

"아……니."

그 날도 다 가고 6시 '뚜 —' 가 불었다.

공장문을 나오려는 데 또 그 놈의 감독이 와 서 있었다. 고개를 돌리고 빨리 지나오려니까,

"오꾸순!"

하고 감독이 독하게 불렀다. 여러 동무들의 고개가 일제히 감독에게로 돌아갔다.

"촛토 고이!"

옥순이는 그 자리에 섰다. 감독이 가까이 왔다. 눈에는 살기가 돈다.

"공까! 이리가 잇쏘다!"

이번에는 여러 눈이 옥순이에게로 쏠렸다. 감독은 옥순의 손목을 잡아끌었다.

"싫어요!"

옥순이는 고개를 흔들며 손을 뿌리쳤다. 감독은 이번에는 얼마쯤 소리를 누여,

"조금 하리 마리 있소니까 사무소로 와."

"글쎄 싫어요!"

이번에는 감독을 똑바로 쳐다보았다.

"혼토카(정말이냐)?"

"그럼 혼토지요. 난 안 가요."

동무들은 돌아가는 발을 멈추고 옥순이와 감독의 실랑이를 손에 땀을 쥐고 구경하였다. 무슨 일인지는 모르나 또 엊저녁 같은 야단이나 나지 않을까, 그러나 의외에 감독은 비웃는 소리로,

"요시 쟈 가엣테모 이이 모 아도 오미데 야랑카라."

그리고 이어 조선말로,

"집이 가도 좋아. 인제는 나도 이리 오부소."

옥순이는 전신에 땀이 쭉 흐르고 얼굴이 발갛다 못해 핼쑥하게 질려버렸다. 수없이 많은 눈이 의심하는 빛, 조소하는 빛, 놀리는 빛, 업신여기는 빛을 띠고 땀에 쪼르르한 자기의 몸 위로 쏠린 것을 느꼈다. 터져나오는 울음을 억지로 참았다.

집으로 왔으나 들어가지 아니하고 그 발로 뒷산으로 올라가 캄캄하게 어두울 때까지 솔폭 밑에서 한없이 한없이 흐느껴 울었다.

이튿날 오후이다. 옥순이는 사무소에서 호출이 나와 가니까 응접실 문에서 의외에 보배를 만났다.

"웬일야, 옥순이?"

보배는 의외에 쾌활한 소리로 물었다. 얼굴에는 걸커메인 자국이 있다.

"모르지, 부르니까."

"옥순이도 이건가?"

하며 보배는 손으로 목을 베는 흉내를 해보였다.

"왜?"

"어제 하루 숙직실에 갇혔다가 지금 부르기에 오니까 이거란 말이야."

보배는 또 한 번 목을 잘라 보이고,

"어서 댕겨 나와. 내, 짐 싸가지고 문 밖에서 기다릴게."

응접실 속에서 옥순이를 기다리는 운명은 정말 목을 베는 그것이었다. 감독은 옆에 앉고 사무실 양복쟁이가 누런 봉투를 주며,

"여자들이 밤에 모여 단기며 쓸데없는 공론을 하는 것은 재미없는 일이야. 보배는 철망까지 넘다가 들켰기에 그대로 내보냈지만 옥순이는 아직 이렇다 할 짓을 한 것이 없으니까 특별히 보름치 삯전을 주어 내보내는 것이니 그리 알고, 이 담부터는 아모쪼록 착한 사람이 되란 말이야, 알어듣지?"

옥순이는 입을 깨물고 아무 말도 하지 아니하고 봉투를 받았다. 쫓겨나는 것이 도리어 마음을 가볍게 하기도 하였다.

양복쟁이는 또 말을 이어,

"그런데 옥순이는 감독한테 돈 취해 쓴 일 있지? 10원……."

너무나 의외의 소리에 옥순이는 어리둥절하였다.

"보름 치 일곱이면 오륙 삼십 일륙은 륙, 합 구 원인데 거기서 취해 쓴 돈 십 원을 제하면 도리어 일 원이 부족이지만 감독의 말도 있고 해서 특별히 일 원 십 전을 주는 게야."

무엇이 어째! 옥순이는 활동사진의 플래시 모양으로 돈 십 원, 참외 또 오 원, 감독의 꼬임, 폭력, 만행……을 생각하였다.

"무어요?"

"아, 왜 자네 십 원 취해 주었대지?"

양복쟁이는 당황해 감독을 보고 말했다.

"네, 확실히 취해 주었습니다. 하도 집안이 궁하다기에 바로 이 방에서 취해 주었습니다."

"예끼, 이 더러운 놈들! 다 갖다 처먹었습니다."

옥순이는 생전 처음으로 윗사람에게 반항하였다. 봉투를 리놀륨 마룻바닥에 팽개를 치고 뒤도 안 돌아다보고 방을 나왔다.

문간에는 조그만 보퉁이를 들고 보배가 기다리고 있었다.

"이거지?"

보배는 또 목을 그어 보인다. 옥순이는 잠자코 고개를 끄덕이고 보배와 나란히 서서 걸었다.

보배는 기운 좋게 지껄인다.

"제에기 빌어먹을 놈들, 우리만 쫓아내면 아조 무사태평일 줄 알고. 흥, 경을 칠 놈들. 암만 쫓아내도 움 돋듯이 철망 넘는 년이 자꾸 쏟아져 나올 걸. 우리만 쫓아냄 무얼 해. 벌써 기숙사 안에 씨는 단단히 뿌려 논 걸. 그래기로 놈들이 그럴 수가 있담. 한 푼 안 주고 그대로 쫓아내? 옥순인 주어?"

옥순이는 고개를 좌우로 흔들고,

"보배는 인제 어디로 가?"

"무얼, 경옥 씨네로 가지. 언제든지 이렇게 되거든 오라고 했어. 누가 이대로 시골로 갈 줄 알고. 그예코 우리 일을 성공하고야 말 걸."

그날 밤이 모이는 날이었다. 두 사람은 밤에 다시 만날 약속을 하고 헤어졌다.

집에 돌아온 옥순이는 그러나 분했다. 아니 분하다고 하는 것으로는 부족하리만큼 안타까웠다. 며칠 동안에 지내 온 일을 생각하면 분하고 창피하고 억울하고 얄미웠다. 인제 생각해 보면 모든 것의 책임은 결국 자기 혼자 지고, 반대로 자기는 처녀를 잃어버리고 동무에게 낯을 못 들게 되고, 그 끝에는 그 잘난 공장까지 쫓겨났다. 분하다. 원통하다. 그러나 자기는 누구를 미워해야 할 것이냐?

'감독이냐?'

'공장이냐?'

아니다. 그것보다도 생각하면 자기는 가난한 사람의 딸로 태어날 때에 벌써 오늘 이렇게 될 운명을 등지고 난 것이다. 미워해야 할 것은……(원문 탈락)…… 이다. 모든 것은 이 세상이 ……(원문 탈락)…… 그렇게 된 것이다. ……(원문 탈락)…… 에는 자기가 행복스러이 살게 될 수 없는 것은 물론, 자기 이외의 몇 십만 몇 백만의 딸들이 같은 길을 밟을 것이다.

옥순이는 다시 동무들을 생각해 보았다. 근주, 강훈이, 경옥이, 보배, 정숙이…… 모두들 믿음직한 사람이다. 그들은 일신을 바치고 온 세상의 가난한 사람을 위해 일하는 사람이 아닌가!

그날 밤 모임에서 옥순이는 전에 없이 열렬하게 의견을 토하였다. 모든 사람들은 이번 사건에 조금도 굴하지 않고 공장 속의 조직을 진행하기를 결의하였다.

일변 회사에서는 이리해 불량분자를 대개 떨어낸 후에—그 통에 감독은 난데없는 꿀떡까지 하나 얻어먹고—다시 제4차의 정리계획을 진행하였다.

날이 갈수록 위기는 가까워 갔다. 회사 편에는 임의정리계획이 대강 서고 직공 편에는 눈에 안 보이는 버섯뿌리같이 조짐이 뻗어나갔다.

행 로

1

내가 김종혁 씨를 처음 안 것은 벌써 스무 해 전이야요. 그때 우리 죽은 오빠가 공부를 잘 못한다구 통신부를 가지고 올 때마다 돌아가신 아버지께서,

"에끼 자식, 너 종혁이 좀 봐라. 종혁이는 이번에도 일등이쟈."

하면서 꾸짖으신 까닭에 나는 어린 맘에도 그 종혁인가 하는 애가 미웁고 아버지 꾸지람에 아무 말 못 하고 고개를 푹 수그리는 오빠가 가여웠어요.

그때 종혁이는 첫째, 오빠는 둘째였던가 보아요. 오빠는 목이 쌍둥하게 가늘고 손가락이 앙상하고 얼굴빛이 노란 이였어요. 일상 말도 별로 안 하고 학교에서 오면 뒷동산에 올라가 혼자 돌을 갖다 모아놓

고 풀을 캐다 심고 '금강산'을 꾸미고 놀았어요. 그 오빠 — 일상 나를 데리고 뒷동산에서 금강산을 만들던 우리 오빠 — 는 학교를 졸업하던 이듬해 봄 진달래꽃이 온 산에 발갛게 피었을 때 세상을 떠나 뒷산 할아버지 산소 밑에 가 묻혔어요.

종혁 씨는 학교서 10리나 되는 산잿골이라는 동리에 집이 있었으므로 학교 동무 집에 놀러다니는 일이 한 번도 없었어요. 내가 종혁 씨를 처음 본 것은 그 대진학교 졸업식 날이었어요. 그날 아버지께서는 새옷을 갈아입으시고 어디를 가신다고 하시기에 나도 떼를 썼더니 같이 데리고 가시면서 웃으며 하시는 말씀이,

"숙희야, 너 오늘 종혁이 잘 봐두어라. 너두 이담에 자라면 그런 놈한테로 시집을 가야지."

하시기에 나는 속으로 그 종혁인가 하는 녀석 때문에 오빠가 자꾸 걱정 듣는 것만 해도 속이 상한데 그 놈한테 시집을 가는 것은 다 무어야 했어요.

아버지는 우리 동네서 일찍이 개화한 사람으로 벼슬을 그만두고 고향에 돌아와서 농사를 보고 계셨는데 대진학교는 거의 아버지의 노력으로 되다싶은 학교였어요. 그래서 학교의 교풍도 그때는 꽤 울근불근하였어요.

졸업생은 불과 한 20명 되었는데 온 손님은 꽤 많았어요. 교장인 정 참위네 아저씨가 뭐라뭐라 하더니 학생들 중에서 오빠보다 훨씬 크고 튼튼해 보이는 애가 하나 충충 걸어나오겠지요. 그것이 바로 종혁이었어요. 종혁이가 졸업장을 받아 들고 들어간 후 교장은 이번에는 종

혁이 칭찬을 하는데 공부가 일등이라는 둥 10리 밖 산잿골에서 다니면서 4년 동안 하루도 결석이 없다는 둥 갖은 소리를 다 하겠지요. 그러더니 또 종혁이를 불러내니까 종혁이는 얼굴이 새빨개 걸어나오는데 그때 자세히 보니까 눈이 되록되록한 것이 정말 똑똑하게 생겼다고 어린 맘에도 생각했어요. 그때 나는 아마 아홉 살이었던가 봐요.

2

다음 다음해 봄에 나는 서울 고모부 집으로 올라왔어요. 대진학교에는 여자 반이 없기 때문에 서울로 공부하러 온 것이었어요.

보통학교 4학년 되는 해 봄에 나는 S여자고보에 입학하였어요.

그때 서울의 거리거리에는 무슨 회 무슨 단의 간판이 늘비하게 붙고 사쿠라 몽둥이를 든 장발의 청년이 횡행하며 새로 나오기 시작한 《동아일보》의 영웅적 필진에 사람들은 가슴을 울렁거렸어요. 그러나 그때의 우리들이야 그런 것을 알게 있습니까. 그저 학교나 다니고 있었지요.

S여고 3학년 되던 해 여름이었어요. 나는 별안간 그때 유행하던 동경 유학생의 고국순회강연단 틈에서 김종혁 씨의 이름을 발견했어요. 그때까지 종혁 씨의 소식을 들은 일도 없으며 그의 생각을 한 적도 없었는데 그의 이름을 보자 웬일인지 옛날 대진학교 졸업식장의 기억이 생생해지며 지금 다시 한번 그를 보았으면 하는 생각에 가슴까지 두근거려져요. 정신분석학으로 보면 이것을 무엇이라 설명할는

지 어쨌든 나는 그 이튿날부터 1학기 시험인데도 저녁을 뜨자마자 바로 연설회장인 청년회관으로 달려갔어요.

청년회 문간을 들어가다가 나는 아차 이 김종혁이가 그 김종혁이 아니면 어쩌나 하고 비로소 생각했어요. 그러나 이왕 온 길이니 에라 들어가 보자 하고 들어가 보니 연제 셋째 줄에 '현하 세계정국의 추세 김종혁' 이라고 백로지에 굵은 획으로 쓴 것이 뚜렷이 보이겠지요.

개회사와 연설한 사람이 끝난 후 정작 김종혁이 차례가 되었는데 나는 어쩐지 손에 땀이 쥐어지고 가슴이 두근거리며 얼굴이 확확 달았어요. 급기야 연단에 올라오는 것을 보니 회색 학생복에 대학 금단추를 달고 긴 머리를 흐트러트리고 대모테 안경을 쓰기는 했으나 틀림없이 옛날에 오빠를 걱정 들리던 그 김종혁이겠지요. 나는 어쩐지 죽은 오빠를 다시 만난 것같이 눈물이 핑 돌며 연단 위에는 그의 자태가 흐리하게밖에 안 보였어요. 그러자,

"여러분!"

하는 그의 소리가 힘차게 귀에 울리더군요. 어느 틈에 그는 그렇게 웅변가가 되었는지 그의 열을 띤 말 구절이 떨어질 때마다 장내가 떠나갈 듯한 박수예요. 나는 뜻은 잘 몰라 들으나마 그의 힘차고 열 있는 웅변에 취해 앉아 있었어요. 그뿐이었으면 그래도 나와 김종혁 씨의 사이는 그대로 서로 헤어졌을는지 모르지요. 한데 별안간 입석했던 경관이 무엇이라고 호령을 하더니 이어 장내가 발끈 뒤집히고 말았어요. 그 노호와 고함과 혼돈한 속에서 김종혁 씨는 소리를 점점 돋우어 그래도 무엇이라고 고함을 치더니 그만 그대로 그 자리에서 끌려가고

말았어요. 그때의 그 극적 장면은 지금도 내 눈에 선합니다.

이튿날 나는 암만해도 그대로 있을 수가 없어서 신문을 뒤져 순회 강연단의 숙소를 알아 가지고 종혁 씨를 찾아갔지요. 찾아갈 때까지는 미처 생각을 못 했는데 막상 여관문을 들어서려니까 아이구 이거 내가 어쩌자구 남학생들 여관을 찾아왔나 하고 도로 와 버릴까 했어요. 그러나 이왕 온 길이라 용기를 내어 마침 마당에서 세수하고 있던 학생에게 김종혁 씨 계시냐구 물었지요. 그 학생은 싱긋 웃으면서 내 모양을 흘낏 아래위로 훑어보고는,

"김 군 김 군, 손님일세."

하고 방으로 대고 부르더군요 나는 그만 얼굴이 새빨개져 쥐구멍이라도 있으면 들어가고 싶었어요.

여러 젊은 사람들이 앉아 떠들던 한편 방 속에서 와이셔츠 소매를 훨씬 걷어올린 김종혁 씨가 일어나 나오는데 가까이 보니까 엊저녁 연단에서 볼 때보다도 더 건장하고 씩씩해 보이지요.

"내가 김종혁입니다."

내가 머뭇머뭇하고 있으니까,

"무슨 말씀이십니까?"

하고 그는 재차 물어요. 흘끗 보니 방 안에 있는 사람들이 일제히 고개를 내밀고 이 진기한 우리의 회견을 구경하겠지요. 나는 그만 땀이 버적버적 나 이마에서 뺨으로 흐르고 모시 적삼이 등에 붙은 것 같아서 못 견디겠어요. 나는 잡담 제하고 나의 용건을 말하였어요.

"별 말씀 아니라 엊저녁에 봉변하시는 것을 봤기에 무사하신가 해

서…….”

“네, 아무 일 없었어요. 곧 도로 나왔습니다.”

종혁 씨는 이렇게 말씀하며 앞서서 문간 편으로 걸어가는데 그 태도가 일부러 찾아온 나를 가라고 냉대하는 것 같아서 좀 불쾌하였으나 하는 수 없이 나도 그리로 발을 떼어놓았지요.

그는 고개를 돌이키며,

“누구세요 당신은? 어디서 오셨어요?”

하고 아까보다는 훨씬 소리를 유하게 물어요.

“저 한정수 씨가 우리 오빠예요.”

“한정수.”

하며 그는 잠깐 생각하는 모양이므로 나는 약간 실망을 느끼며 설명을 붙였어요

“그전에 대진학교에 같이 다니시던…….”

“오, 한정수. 당신이 그…….”

하면서 그는 다시 고개를 들며 내 모양을 얼굴로부터 발끝까지 자세자세 보면서,

“네, 그러세요. 오빠도 아버님도 잘 압니다. 한 군은 그때 나하고 제일 친한 동무였지요.”

나는 비로소 마음이 가벼워졌어요. 그러자 그는 오늘은 여러 친구들이 함께 있으므로 방에 들어오라고 못한 것이니 그리 알아 달라고 하며 내가 일부러 그의 안부를 염려해 찾아온 것을 감사하고 인제도 한 사날 서울 더 있겠으니까 틈을 타 나를 찾아오겠다고 내 주소를 묻

고 여관 문간에서 헤어졌어요.

지금 생각하면 그때 김종혁 씨를 찾아간 것부터 벌써 소녀다운 사랑의 표명이 아니었던가 해요. 그가 우리 오빠의 동무였다 해도 나와는 서로 모르는 사이였고 연설회장에서 끌려갔다 해도 내가 일부러 안부를 알러 찾아갈 이유야 되지 않지요. 나는 이렇게 생각해요. 어렸을 때 아버지가 오빠를 꾸짖으실 때 내가 오빠 편을 들어 마음속에 미워하던 김종혁이라는 사내아이에게 한편으로는 본능적인 유혹을 느끼고 있다가 대진학교 졸업식 날 그의 인상이 또 너무나 강하게 나의 머리에 박혀 있었기 때문에 10년이 지난 후 그의 이름을 신문에서 보았을 때 그 옛 기억이 별안간 생생하게 새로워지며 동시에 열여덟 살의 소녀인 나에게는 그의 기억이 어렸을 때와는 다른 형태를 띠고 나타난 것이 아니었던가 하고. 그러니까 10년 만에 눈앞에 나타난 그의 자태가 나의 상상보다도 한층 더 훌륭하였을 때 나는 그만 전후를 판단할 여유가 없이 온 정신이 그에게 쏠렸던 것이 아니었던가 싶어요.

나는 집에 돌아오는 길로 아주머니에게 김종혁 씨 이야기를 거짓말 섞어 좋도록 해놓고 금시로 그가 찾아나 오는 듯이 방을 치우고 꽃을 사다 꽂아 놓고 했어요, 시험 중인데도 공부도 손에 붙지 않아요. 이튿날 저녁때 불같이 더운 볕이 쨍쨍 쪼이고 있는데 문 밖에서 누가 찾기에 나가 보니까 정말 김종혁 씨가 왔어요. 하얀 린넨 양복에 맥고자를 쓰고 한 손에는 책을 들었는데 땀이 어찌 몹시 났는지 와이셔츠가 아주 쪽 짜게 젖었어요. 들어오라니까 그는 굳이 사양하며 예정보다도 하루를 빨리 내일 아침에 평양으로 떠나게 되어서 인제 다시 만나지는 못할 것 같다고 해요.

그가 간다고 인사를 하고 돌아설 때 나는 언뜻 우리 시골 대진공립보통학교를 생각하고서(사립대진학교는 그 동안에 공립보통학교가 되었던 것입니다) 지방순회강연이 언제나 끝나느냐고 물었어요.

"글쎄요, 한 삼 주일 걸리겠습니다."

"순회강연 끝나고 시골 댁에 다니러 안 오세요?"

"다니러 가려고는 합니다만 또 이것저것 일이 있어 어떻게 될는지요"

"시골 오시거든 대진학교로 운동하러 오세요. 테니스 코트가 훌륭한 게 있어요."

그는 빙긋이 웃으면서,

"글쎄요, 시골 가게 되면 가 보지요, 좀 멀어서……."

하고 가볍게 모자를 들어 인사를 하고 가버렸어요.

나는 그의 빙긋이 웃는 데 마음이 조금 불쾌했어요. 그의 미소는 확실히 나를 어린아이로 대접하는 것으로 생각되었기 때문이에요. 그러나 나는 흰 수건을 꺼내 땀을 씻으며 골목을 꼬부라지던 그의 사내다운 뒷모습을 정신없이 바라보고 서 있었어요.

3

방학이 되어 집에 돌아가사 나는 곧 내진공립보통학교 선생으로 있는 이순희를 끌어내어 매일같이 대진학교 코트에서 테니스 연습을 시작하였어요. 여자가 남자들과 섞여 테니스를 한다고 수군거리는 것을 들었으나 나는 그래봬도 S여자고보 테니스 선수이고 또 순희까지 끼여 있으므로 버젓이 버틸 수 있었던 것이에요.

늙은 느티나무가 선 하얀 운동장. 공립으로 변할 때에 학교집도 일본식으로 고쳐 짓고 운동장도 넓혔지만 이 느티나무만은 그대로 남겼던 것이어요. 우리는 차츰차츰 느티나무 그늘에서 쉬며 매일같이 테니스를 쳤어요 흰 운동장과 흰 볼, 흰 네트와 흰 라켓, 흰 운동모자와 흰 운동복, 탱탱하게 탄력을 가진 볼이 땅에서 길게 뛰어오를 때 전신의 힘을 다해 다시 네트 저편으로 쳐 보내며 나는 그 볼에서 펄펄 뛰는 우리의 젊은 힘의 약동을 느꼈어요.

순희와 내가 테니스를 하는 판에 동리의 내로라는 청년은 제각기 라켓을 들고 모여들었어요 그 중에도 제일 보기 싫었던 것은 동경유학 가 있던 정석호라는 자였어요. 우리 집에서 멀지 않은 정 참위 집 아들인데 서울 가서 학교 다닙네 하고 밤낮 낙제만 한다는 소식만 들리더니, 어느 겨를에 동경 H대학 프랑스 문학과에 다닙네 하고 뽐내는 꼴이란 정말 볼 수 없어요. 테니스도 잘 할 줄도 모르면서 좋은 라켓을 사 들고 와 앉아서는 남의 비평만 하며 동경에 하라다라는 선수는 어떻게 친다는 둥 구마가야라는 선수는 폼이 어떻다는 둥 지껄이며 내가 게임셋을 당해 쉬러 나가면 기다렸다는 듯이 눈을 이상스레 뜨고 노려보며 자기 옆에다 손수건을 꺼내 펴놓고 이리 와 앉으라고 권하여요. 일부러 그 자와는 반대편으로 가 앉으면 또 싱긋싱긋 웃으며 옆으로 와서 S여고를 마치고는 어떻게 할 테냐, 동경으로 꼭 오도록 하라는 둥 긴치 않은 충고를 퍼부어요.

나에게 대한 석호의 태도는 나날이 이상스러워 갔어요. 나만 보면 벌써 눈이 이상스레 타올라 나의 얼굴, 온몸을 뚫어지게 노려보는데 차차 무서운 마음이 들기 시작했어요. 무슨 분홍 껍데기 연애 시집을 라켓과 함께 들고 와서 나더러 보라는 듯이 내어 들고 앉았다가는 내가 가까이 가면 눈을 스르르 깔았다 떴다 하며 가장 무슨 감격이 찬 체하다가 어떤 때는 별안간,

"숙희 씨 공치는 스타일은 아주 만점인데."

하며 허허허 하고 웃기도 해요. 그 책 속에 그런 소리를 써놓았소? 하고 핀잔을 주고 싶은 것을 참고 있으려니까 이 자는 점점 더 좋아라고 지껄여요.

하도 속이 상해서 며칠 나가지 않고 있노라니까 하루는 낯모르는 편지가 왔어요. 무심코 뜯으니까 꽃 그린 편지지에 아무튼 만지장서를 썼는데 이를테면, '아 나의 꿈에도 잊히지 않는 마음의 천사여' 라는 둥 '이슬을 머금은 한 떨기 백합같이 가여운 당신' 이라는 둥 달빛은 푸르고 물결은 잔잔한데 당신과 함께 영원의 인생을 속삭이고 싶다는 둥 하는 말이 횡설수설 씌어 있어요. 물론 석호에게서 온 것이지요, 그런 것이 프랑스 문학인지 모르나 나는 그 편지를 받고 어찌나 분하던지 당장에 어머니를 갖다 드리고 아버지께 말씀해 정 참위에게 톡톡히 야단을 쳐 달라고 했어요.

그랬더니 아버지께서는 도리어 나를 책망하시며 그러기에 계집애가 벌누거리고 공을 치러 다니는 것은 다 무엇이냐 네가 그러고 다니

니까 이런 일이 나는 것이 아니냐고 실컷 꾸짖은 끝에 하지만 그건 그렇다 하고 너도 인젠 나이 열여덟이나 되었으니 차차 시집갈 생각도 해야 하지 않느냐, 사실 말하면 나도 네 혼처를 이리저리 생각해 보았다마는 정 참위 집이면 가문도 걸맞고 형세도 괜찮으며 석호로 말하면 인물도 똑똑하니 혼처로는 마땅하다고, 도리어 석호 편을 들어 나에게 그리로 시집가기를 권하시는구먼요. 옛날에 대진학교를 세우시고 하시던 그 아버지가 불과 10년에 어쩌면 그렇게도 변할까요. 하도 분해서 나는 방으로 돌아와 문을 닫고 종일 울었어요. 비록 잠깐 만났음에 지나지 않지만 종혁 씨 같은 이는 얼마나 사내다운 양반일까요. 거기다 대면 석호 같은 자는 비열하기 짝이 없이 생각되어요. 지금 와 생각하면 그것도 다 소녀다운 독단이 아니던가 싶습니다마는.

그날 오후였어요. 나는 분한 중에도 내 얼굴이 어떻기에 석호 녀석이 그러나 하고 가만히 거울을 들여다보았어요. 그 거울 속에서 나는 처음으로 여성으로서의 내 얼굴을 발견하였어요.

제 자랑이 되는 것 같습니다마는 지금야 이렇게 다 늙었지만 그때의 내 얼굴은 퍽 고왔어요. 서글서글한 두 눈, 도톰한 코, 맵시 있는 입술, 나는 혼자서 방그레 웃어 보고 그 웃는 표정이 또한 고운 것을 발견하고 이번에는 찡그려 보고 노해 보고 슬퍼해 보고 갖은 짓을 혼자 다 해보았어요. 오빠를 닮아 몸이 그리 튼튼치는 못하였으나 테니스 바스켓 단거리 경주 등으로 단련한 몸은 고운 균형을 가진 것을 나는 믿게 되었어요.

4

그 후로도 나는 테니스하러 가지 않고 집에 꼭 들어앉아 있었어요. 그래도 행여나 무슨 기회 있어 이곳에서 종혁 씨를 뵈올 수 있을까 하는 그윽한 희망은 가지고 있었지요. 그러나 종혁 씨는 오지 않고 석호의 편지만 자꾸 잦게 오고 하는 동안에 하루 지나고 이틀 지나 8월도 스무 날이나 지나갔어요. 종혁 씨가 온다면 벌써 늦어도 10일께는 왔을 것인데 인제는 오지 않는 것이라고 가는 실망을 느끼고 있는데 하루는 순희가 와서 하는 말이 김종혁이라는 동경 유학생이 자기의 모교라고 대진학교를 찾아와서 테니스를 하고 갔는데 그때 한숙희 씨를 아느냐고 묻더라고 해요. 어떻게 귀가 번쩍 뜨이는지 나는,

"언제 또 온대?"

하고 그의 말이 끝나기도 전에 재차 물었어요. 순희는 내 얼굴을 이상스레 들여다보며 내일 또 온다고 하고 갔다고 그래요.

이튿날은 일찍 일어나 새로 빤 운동복을 다리고 운동화에 약칠을 하고 라켓을 꺼내 방 안에서 획획 둘러보며 시간 가기를 고대했어요.

10시쯤 되었을 때 나는 종혁 씨를 만나는 기쁨에 가슴을 뛰며 대진학교를 갔지요. 가는 길에 순희네를 들렀더니 순희는 나와 석호와의 관계를 아는지라 이거 오늘은 웬일이야 하며 자기도 오래간만에 유쾌하게 놀자고 나하고 같이 학교로 갔어요.

종혁 씨는 그날 오후에 정말 왔어요. 양복 셔츠에 구두를 모두 하얗게 입고 케이스에 넣은 라켓을 두르며 코트로 오는데 어떻게 반갑던

지 나는 서브만 넣어 놓고 뛰어 마중 나갔어요.

종혁 씨는 요전 만났을 때보다도 훨씬 얼굴이 걸르고 야위었으나 도리어 더 믿음직한 느낌을 주어요. 정말 사람이란 우스운 것으로 자기가 호감을 갖는 사람이면 그 사람에게 관한 것은 무엇이든지 다 좋게만 생각되고 악감을 갖는 사람이면 무엇이든지 다 나쁘게만 생각되는 것인가 봐요.

그날처럼 기쁘게 테니스를 하고 논 날은 없었어요. 종혁 씨는 오래 테니스를 하지 않았다고 하시나 중학 때 학교 선수 노릇을 하였다느니 만치 우리 동네에서는 볼 수 없을 만치 능란했어요. 틈틈이 나도 쉬고 그도 쉬게 되었을 때 그는 내가 테니스를 잘 한다고 칭찬하며 라켓을 훨씬 더 팔을 유하게 펴고 두르라는 둥 볼을 깎아치는 기미가 있으니 더 늘신늘신 치라는 둥 일러주어요. 어째서 이렇게 늦었느냐고 물으니까 순회강연을 마치고 서울로 돌아온 후 쓸데없는 일로 며칠 고생을 하였다고 해요. 그는 대진학교를 마친 후 이곳에 오는 것이 이번에 처음이라고 하며 몹시도 변했구먼, 이 느티나무만이 그대로 있구먼 하면서 그의 어렸을 때를 추억하기도 했어요.

오후 6시가 되도록 우리는 테니스를 치고 놀았어요. 그리고 나서 집으로 간다고 하는 종혁 씨에게 이왕 온 길이니 우리 집에 가서 아버지께 인사라도 하고 가셨으면 했더니 그러라고 하시기에 내가 먼저 집으로 가서 시침을 떼고 있으려니까 얼마 안 있다가 사랑에서 아버지하고 이야기하는 소리가 들리겠지요. 아버지는 돌아간 오빠의 동무라 귀한 손님이라고 좋아하시며 저녁을 먹고 가라고 진심으로 권하였으나 종혁 씨는 집이 멀다고 얼마 있다가 바로 나갔어요. 나는 쫓아 나가 인사도 할 수 없고 그대로 헤어지는 것도 아깝고 해서 몰래 집을 나와 지름길로 동구 밖 서낭당 근처에 가서 기다렸어요. 종혁 씨는 우울한 얼굴로 삼등도로를 걸어오더니 나를 보고 반가워하며 웬일이냐고 물어요. 무엇이라고 대답할지 한참 당황하다가 군호리 동무 집에 잠깐 일이 있어 가는 길이라고 꾸며댔어요, 그리고 내일도 또 공치러 오겠다는 약속을 듣고 헤어졌지요.

그 이튿날도 하루 재미있게 지냈어요. 나는 종혁 씨도 나에게 큰 호의를 가지고 있다고 믿게 되었어요. 그랬더니 또 그 이튿날은 내가 또 나온다는 말을 들은 정석호가 얼굴이 몹시 좋지 않아 코트에 와서 노리고 앉았는 판에 그만 흥이 깨지고 말았어요. 그러자 그날 저녁에는 집에서 아버지께서 또 무슨 말을 들으셨는지,

"너 그래두 자꾸 공 치러 다닌다는구나. 또 무슨 일을 당하고 싶으냐. 고약스러이 낯도 모르는 사내들하고 공을 치고 논다니 아예 다시는 공 치러 다니지 말아라."

하고 꾸중을 하셨습니다.

속이 상하나 하는 수 있나요. 이튿날은 군호리 동무 집에 갔다 온다고 핑계를 하고 집을 나와서 대진학교를 가니까 벌써 와서 공을 치고 있던 종혁 씨가 쉴 차례에 옆으로 오면서 여러 가지 일이 있으므로 내일 모레는 떠나야 하겠다고 그래요. 그 말을 하는 종혁 씨 자신도 퍽으나 섭섭해 하는 빛이 보여요. 그러나 옆에 정석호는 또 여전히 와 있고 어찌할 수 없어서 이럴까 저럴까 하다가 생각난 것이 군호리 동

무 집이어요. 그래 나는 오늘은 일이 있어 테니스도 못 하고 군호리 동무 집을 찾아가니 이따 집에 돌아가실 때 거기서 만날 수 없을까 하고 물었더니 종혁 씨는 반가워하며 할 말도 있고 마침 잘 되었다고 시간 약속을 하고 헤어졌어요.

군호리라면 동구 밖 산모퉁이를 돌아 잠깐 가다가 다시 또 조그만 모퉁이를 돌면 바로 강가에 있는 조그만 동네예요. 춘천 가평 등지에서 서울로 가는 쌀배 나뭇배가 간혹 여기서 하룻밤을 새우고 가는 조그만 나루터예요. 우리 동네서 종혁 씨 댁 있는 산잿골을 가려면 이 군호리까지 나와서 여기서부터 강변을 끼고 한 10리 상류로 올라가는 것이었어요.

종혁 씨와 약속한 시간이 가까워 나는 동무 집을 나와 천천히 산잿골 쪽으로 걸어갔더니 얼마 안 해 종혁 씨가 뒤쫓아왔어요.

"어이 덥다."

그는 모자를 벗고 땀을 씻으며,

"여기 이러고 있지 말고 저기 그늘로 갑시다."

하며 수양버들 우거진 강기슭으로 내려가기에 나도 따라 내려갔지요.

나는 가슴이 두근거리며 별안간 무서운 생각이 홱 떠올랐어요. 젊은 남자와 이렇게 아무도 안 보는 곳에서 단둘이 만나는 것은 이것이 처음이었어요. 그러나 그것이 종혁 씨라면—나는 어린 마음에도 그렇게 생각을 하며 강기슭으로 따라 내려갔어요.

우리는 풀포기 위에 앉았어요. 단둘이 되니까 종혁 씨는 무섭게 입이 무거워지며 가슴 단추를 헤치고 부채질을 하며 틈틈이 내 얼굴을 날카롭게 훑어보고는 강 건너편 모래사장을 건너다보아요. 그날 우리는 수효 적은 대화를 종시 강 건너편을 바라보며 했어요. 우리 앉은 곳은 그늘이지만 강 건너 모래밭은 타는 듯한 볕에 눈이 부시게 반사되어 고요한 강가의 오후는 한없이 긴 것 같았어요. 거울같이 맑은 북한강물은 바로 발 밑에서 출렁거리고 멀리 서북간으로는 천마산 줄거리의 봉오리 봉오리에 백금색 흰 구름장이 뎅이뎅이 걸려 있었어요.

종혁 씨는 우리가 이렇게 만나게 된 것이 기적같이 우연이라는 것, 우리의 고향도 이렇게 맑고 곱다는 것 등의 이야기를 감격된 어조로 뜨문뜨문 말씀했어요. 또 화제를 돌려 당신은 어떻게 생각하느냐 지금 세상에는 여자도 집에만 있어서는 안 된다 사회에 나서서 일을 해야 된다 하시기에 나는 솔직하게 그때 서울 길거리에서 보던 여성 운동자에게 ……(원문 탈락)……

"사회에 나서서 일하는 게 무언지 모릅니다만 아니 그 서울 길거리에서 머리를 송낙같이 깎고 사람을 사람으로 안 여기는 듯이 돌아다니는 여자들은 나는 제일 싫어요."

그랬더니 종혁 씨는 껄껄 웃으며 인제 차차 당신 생각도 달라지지요 하고 별로 대답지 않았어요.

우리가 그곳을 일어선 것은 등뒤 산그늘이 강 건너 모래밭에 그림자를 던지기 시작한 때이었어요. 종혁 씨가 일어나며,

"자 늦으면 안 될 테니 인제 집으로 가시지요."

할 때 비로소 나는 꿈 깬 사람같이 현실로 돌아왔어요. 일어서는 겨를

에 종혁 씨는 내 손을 쥐고 가볍게 흔들었어요. 나는 반사적으로 가볍게 뿌리치며,

"모레 떠나시면 내일은 또 놀러오시지요?"

"오지요. 숙희 씨도 오시지요?"

"글쎄 말이에요, 집에서 테니스는 인제 못 하게 하니까."

"그럼 내일 네 시쯤 이리로 또 나오세요."

아, 그 순간이었어요. 별안간 종혁 씨는 그 굳센 팔 안에 나를 꼭 안았어요.

"노세요. 노세요."

나는 힘을 들여 그를 뿌리쳤어요. 겨우 그의 팔을 벗어난 나는 온몸에 땀이 바싹 흐르고 그 역시 홍분된 숨길을 길게 뿜으며 강 건너를 건너다보아요.

"노했습니까?"

한참 있다가 나를 보고 물어요. 나는 잠자코 섰었지요.

"자, 어서 가 보세요. 내일은 오후 4시에 꼭 나와 주세요."

그는 나를 재촉해 그곳을 나와 길 위에서 곧 헤어졌어요.

종혁 씨 종혁 씨 종혁 씨 폭풍 같은 애정이 가슴에서 치밀어 온몸을 휩쓸고 불태웠어요.

나는 집에 돌아와 종달새같이 떠들고 노래했어요. 아 그러나 누가 알았겠습니까. 그 이튿날의 나의 운명을.

이튿날 약속한 시간에 나는 볕에 걸은 얼굴에 화장까지 하고 군호리 버드나무 밑으로 가지 않았겠어요. 그러나 약속한 시간이 지나도

한 시간 지나 두 시간 지나 강 건너 모래밭에 산그늘이 들어도 종혁 씨는 오지 않았어요. 고요한 강물 천마산 봉우리에 어린 흰구름 그것은 어제나 조금도 다름이 없었어요. 그러나 종혁 씨는 오지 않았어요.

나는 울래야 울지도 못하고 황혼이 강 건너로부터 가까워 올 때서야 겨우 고개를 떨어트리고 그곳을 떠났어요.

5

생각하면 생각할수록 기막히는 일이었어요. 혹시 무슨 상치되는 일이 있어 오지 않은 것이나 아닐까 해서 나는 그 이튿날도 또 그 이튿날도 군호리 강가에 나가 보았지만 종혁 씨는 내내 오지 않았어요. 그렇게 되고 보니까 그를 사모하는 마음은 몇 배나 더 강하게 일어나 불길같이 내 가슴을 바작바작 태웠어요. 웬일일까 그는 왜 안 오는 것일까, 내가 싫어서 안 오는 것일까. 아니 무슨 돌발사건이 일어난 것일까 하고 이리저리 생각하는 중에도 사모의 마음은 더욱더욱 사무쳐 앉아도 자리가 편하지 않고 밥도 안 들어가고 그렇게 잘 자던 잠도 자지 못했어요. 속도 모르는 아버지는,

"저 애가 요새 몸이 편치 않은 게로구나. 어디가 아프냐?"

하시면서 연방 약을 지어다 주시는데 그러는 아버지도 밉기만 하고 도무지 마음을 어디다 붙일 수가 없었어요. 생각하면 나와 종혁 씨 사이란 그리 깊어질 사이도 없었건만 처녀의 첫사랑이란 누가 와서 건드리기를 기다리다가 슬쩍 스치기만 해도 무슨 트집이나 잡듯이 그렇

게 야릇하게 폭발되는 것인가 보아요.

가을 바람을 따라 다시 책보를 등지고 서울로 왔을 때에는 나는 아주 딴사람이 된 것같이 변하고 말았어요. 동무가 몇이 모였든지 기여채를 잡고야 말도록 떠들던 나이었건만 그들과 아침에 만나 인사하기도 싫었어요. 가을의 정구대회에도 나가기는 했으나 미스의 연발로 문제없이 지고 말고 가장 득의로 하는 단거리 경주도 그 모양. 차차 가을이 짙어 나뭇잎 사이로 가을바람이 우수수하고 울리며 열을 지어 빛나는 거리의 등불이 어째 공연히 애수를 자아낼 때 나는 가끔 혼자 거리로 돌아다녔어요. 독서에 취미를 붙인 것도 그 해 가을이었어요. 어수선하던 도회의 소음이 다 가라앉고 막 전차의 삐이익, 하는 바퀴 소리가 맑은 물 속에서처럼 울려 올 때까지 나는 잡지라 소설이라를 닥치는 대로 읽었어요. 그리고는 공연히 눈물을 흘렸어요.

첫눈이 내리고 종혁 씨에게 받은 가슴의 상처도 거의거의 아물어 갈 때 나는 의외에도 종혁 씨 소식을 듣게 되었어요. 어느 날 둘째 시간을 파하고 나니까 사무실에서 잠깐 들어오라기에 들어갔더니 담임 선생이 무슨 편지 한 장을 들고 서서,

"숙희 이경호란 사람 아나?"

하고 엄숙한 얼굴로 물어요. 무슨 까닭인지 자세히는 모르나 어쨌든 이경호란 사람이 나한테 편지를 한 것인 듯싶어 죄는 없건만 그만 가슴이 덜컥 내려앉으며 얼굴이 귀밑까지 새빨개져서 그런 사람 나는 모른다고 모기만한 소리로 겨우 대답했어요.

담임 선생은 아주 심각한 표정이 되어,

"숙희 가을 이후로 어째 생기가 없고 사람이 변했으니 말이지 여자란 요맘때가 제일 조심스럽단 말야. 어째 집에서 통학하는 사람에게 학교로 편지가 왔으며 더구나 낯모르는 사내한테서 왔으니 이게 다 숙희의 잘못……."

나는 어떻게 분하던지 선생이 말을 마치기도 전에,

"전 그런 녀석 몰라요. 전 아무것도 몰라요. 여기서 그거 뜯어 보세요."

하고 기가 나게 대들었지요. 선생은,

"……그러지 않아도 이건 좀 뜯어 보아야 하겠기에 부른 거야."

하면서 그 편지를 뜯었어요. 그랬더니, 속에서는 예상과 틀려 공책 뜯은 장에 연필로 쓴 것이 나오는데 선생은 그것을 들고 잠깐 보더니,

"흠, 김종혁이가 누구야."

"김종혁!"

나는 귀가 번쩍 뜨이며 달려들어 그 편지를 뺏고 싶었으나 겨우 참고,

"김종혁이오?"

하고 반문하였다.

"응, 김종혁."

"김종혁 김종혁."

나는 입 속으로 웅얼거리다가,

"제 외사촌오빠예요."

하고 나는 겨우 꾸며댔었어요. 나는 더 무슨 말이 있을 줄 알았더니

선생은 아무 말 없이 그 편지를 그대로 내주겠지요.

"별안간 편지를 드려 미안합니다. 학교로 찾아갈까 했으나 거북스러워 편지로 실례합니다. 저는 모사건으로 잠시 감옥에 있다가 나온 사람인데 그곳에서 김종혁 씨와 알게 되어 당신께 안부를 전해 달라는 부탁을 받은 것입……(원문 탈락)……

편지는 이렇게 간단한 것이었어요. 그러니 그것은 나에게는 만지장서의 긴 편지보다도 더 반갑고 기쁜 편지였어요. 그러고 보니 지난 여름에 그가 군호리 강가에 나오지 못한 것도 그 때문이었고 그 후로 소식을 들을 수 없던 것도 그 때문, 그리고 감옥 속에 갇혀 있으면서도 내 일을 잊지 않고 있는 것도 알 수 있었어요.

……(원문 탈락)……

6

한 반에 있는 정순이라는 애가 여성동우회 원순이라는 이의 동생이었기 때문에 원순 씨를 통해 가까워진 것이에요. 원순 씨는 그전에도 알긴 알았지만 어째 건방진 것 같아서 비위에 안 맞았었는데 막상 알고 보니까, 그 서글서글한 중에도 정다운 맛이란 둘도 없는 좋은 언니였어요.

원순 씨 집에는 소냐라는 단발한 여자가 잘 놀러왔어요. 노서아 태생이라서 그런지 어쩐지 동양 사람답지 않게 몹시 거세게 생긴 이였어요. 키가 작고 몸이 뚱뚱한 원순 씨와 키가 크고 뼈가 굵은 소냐와는 모이기만 하면 사내같이 떠들고 이야기하는데 처음 내가 상상하던 것과는 달라 결국 듣고 보면 세상 잡담이나 하는 것이었어요.

……(원문 탈락)……

여자이면서도 그들은 나에게 영각하는 소같이 세차게 보였어요. 알고 보니 종혁 씨는 동우회 창립할 때부터 그 등뒤에서 힘을 썼던 것이에요. 그들은 그때 운동에 나서서 일하는 사람들을 인격적으로 대개는 나쁘게 말하는데 종혁 씨만은 입에 침이 마르도록 칭찬했어요. 그 중에서 소냐는 종혁 씨 말이 나오면 이상스레 열정적이 되는 것같이 보였어요. 종혁 씨 이야기를 하며 소냐가 열을 내 올 때면 그는 종혁 씨와 자기와의 사이에 무슨 남모를 비밀이나 있는 것 같은 말씨를 썼어요. 그럴 때마다 나는 시침을 떼고 있으면서도 속으로는 시기심에 적지 않게 괴로워했어요. 어디로 보든지 만일 종혁 씨를 사이에 놓고 소냐와 내가 그의 사랑을 다툰다면 나는 도저히 소냐를 당하지 못할 것같이 생각되었던 것이에요.

종혁 씨는 말하자면 씩씩한 중에도 감정이 치밀해서 무슨 일을 일단 시작하면 끝까지 해가도 처음 시작할 때는 그리 쉽사리 썩 나서는 성미가 아니었어요. 그것은 나와의 짧은 교제에서도 알 수 있었던 것이에요. 내 성미 역시 종혁 씨 비슷한 데가 있지요. 그러나 종혁 씨나 나한테 대면 소냐는 아까도 말했지만 여자이면서도 거칠고 뜨거웠어요. 만일 소냐가 종혁 씨와 가깝게 사귄다면 그는 종혁 씨가 무엇이라 생각할 여유를 주지 않고 혼자 부적부적 종혁 씨를 자기 편으로 이끌어 갈 것이어요.

……(원문 탈락)……

그러다가 끝끝내는 그해 가을에 여자고보 4학년 가을에 동맹 휴학 사건에 걸려 퇴학을 맞고 만 것이에요. 퇴학을 맞는 그 길로 나는 동경으로 달아났어요. 동경만 가면 무언지 일이 다 될 것 같았던 것이에요. 처음에는 집에서는 곧 도로 나오라는 편지가 빗발치듯 했지만 나중에는 하는 수 없이 학비를 보내 주더구먼요, 그래 거기서 이듬해 봄에 ××고등여학교 4학년에 다시 들었지요.

종혁 씨가 감옥에서 나온 것은 그 이듬해 봄 — 내가 ××여자고등사범학교에 입학하던 해 봄이에요.

물론 종혁 씨와 나와의 사이에는 그때부터 편지가 잦게 왕복하였지요 약간 건강을 상해 잠시 시골 가 있다는 종혁 씨의 편지는 차차로 뜨거운 사랑을 말하게 되어 왔어요. 그때 유행가에 '내가 새였다면 날아라도 갈 것을……' 하는 구절은 어찌 그리도 내 마음을 간절하게 표현한 것이었던지. 나는 하기 휴가가 오기만 손꼽아 기다렸어요.

7

동경서는 애인이 생기지 않았느냐고요? 호호호 그야 내가 내 말을 하는 것은 우습습니다마는 그때만 해도 나도 남만 못하게 생기지는 않았었지요. 그런 중에도 무슨 회 무슨 회로 그때 내 처지로서 따라다닐 만한 회합에는 대개 다 다녀 놓으니까 별별 사람을 다 사귀었지요. 하지만 사내가 여자의 사랑을 구하는 방법은 그리 여러 가지 있는 것은 아니에요. 첫째는 막탕 산돼지같이 전후를 붉게 하고 대어드는 축, 둘째는 사상적으로나 생활에 있어서나 동무가 되자거나 그렇지 않으면 껑청 뛰어서 지도자가 되겠다는 축, 셋째는 계집애 모양으로 얌전을 뽑아 가며 어떻게 해 여자의 동정과 환심을 얻으려는 축. 그 중에서 산돼지 같은 축 — 호호호 노여워 마세요 — 산돼지 같은 축은 위험하긴 제일 위험해도 그래도 솔직한 맛이 사내답기나 하지만 제일 구역나는 것은 동무가 되자거나 나의 지도자가 되겠다는 축이에요. 얌전을 뽑아 가며 동정을 구하려는 남자야 남자답지 않아서—호호호 이렇게 말을 하면 내가 무슨 굉장한 연애박사나 된 것 같습니다마는 내가 진정으로 사랑하고 가슴속에 고이 감춰 두었던 남성이야 전후에 다만 김종혁 씨 한 사람뿐이었지요. 지금 와 생각하면 나도 적지 않은 연애의 퓨리턴이었어요.

하기 방학이 되자 나는 총알처럼 굴러 서울로 왔어요. 종혁 씨는 예상보다도 건강한 볕에 탄 얼굴로 나를 경성역에 맞아 주었어요.

그러나 플랫폼에 선 종혁 씨는 혼자가 아니었어요. 키가 작달막하고 몸이 뚱뚱해 너그럽고도 따뜻한 맛이 있는 원순 씨 그리고 키가 크고 뼈가 굵은 데다가 입술이 검붉어 온몸이 정열투성이로 된 소냐와 함께였어요. 원순 씨와 소냐도 종혁 씨 못지않게 나를 반가워했어요. 하지만 나는 얼마나 그들 나온 것이 싫었던지 — 나는 그들과 같이 나온 종혁 씨까지 원망스러웠어요.

사실을 말하면 서울로 올 때 나는 마음속에 큰 비밀을 품고 온 것이었어요 서울에는 내가 S여자고보 다닐 때 묵고 있던 아주머니 댁이 그저 계시건만 아무 날쯤 떠난다고 동경서 편지만 한 장 해놓고는 서울 도착하는 날짜도 알리지 않고 전보도 치지 않았어요. 왜 그랬느냐고요? 추측만 하세요. 호호호 그렇지만 그때 나는 불과 갓스물의 숫처녀이었으니 무슨 엉뚱한 마음이야 먹었겠어요. 그저 서울로 가서 한 2, 3일 동안 아주머니 모르는 비밀한 곳으로 가서 종혁 씨를 호젓이 만나고 싶었던 것이지요. 만나서 어떻게 한다는 생각이야 있을 리가 있어요. 단둘이 남모르게 만난다는 그것만에 나는 혼자 흥분하고 즐거워하고 가슴을 뛴 것이지요.

"동경이 아마 좋은 덴가 봐, 숙희. 어쩌면 이렇게 말쑥해졌어."

플랫폼을 나오며 소냐는 내 모양을 아래위로 훑어보며 이렇게 놀렸어요.

"그래, 작년 왔을 때와도 아주 딴판이야."

이것은 원순 씨의 놀림이었어요. 하기야 그때가 한창 내가 내 자태에 자신을 갖던 때이지요. 여러 가지 단체에 관계하게 된 뒤로는 일체 그만뒀지만 여학교 때 테니스 바스켓볼 단거리 경주 등으로 단련한 몸이어서 자칫 강파리하긴 했지만 스타일이야 무어 훌륭했지요. 종혁 씨는 내 바스켓을 들고 잠자코 빙글빙글 웃으면서 흘낏흘낏 내 모양을 훔쳐보기만 했어요. 그 모양이 어찌나 선부른지 우스운 중에도 미더웠어요.

정거장을 나와 종혁 씨가 어디로 가느냐고 묻는데 나는 딱 대답이 막히고 말았어요. 아주머니 집으로는 바로 가지 않을 작정이었는데 아주머니 집을 두고 또 다른 데로 간다고도 할 수 있어야지요. 그래

머뭇머뭇하다가 나는 얼른 말을 만들어,

"서울은 며칠 안 있을 텐데 아주머니 집이 있긴 하지만 아주머니허군 좀……."

그랬더니 말도 마치기 전에 소냐가 내달으며,

"아주머니 집은 무어 답답하게, 우리 여관으로 가지 그래, 응 그게 좋지요?"

하고 종혁 씨를 쳐다본 후에,

"그래, 무어 딴 데 갈 거 있나 내 방에 가서 나하구 같이 있지."

"참 그랬음 좋구먼요."

이렇게 종혁 씨까지 찬성하고 보니까 나는 더 할 말이 있어야지요. 하는 수 없이 그 길로 바로 안국동 소냐의 여관으로 따라갔지요. 가서 알고 보니 그 여관에는 종혁 씨도 묵고 있었어요. 자청치 않고 종혁 씨와 한 여관에 들게 되니 기쁜 마음이야 어떻다 할 수 없었지만 소냐하고 불가불 한 방에 있게 되니 어떻게 했으면 좋을는지 도무지 마음의 갈피를 잡을 수 없었어요.

8

그때 서울의 사회 정세는 벌써 4년 전, 아니 내가 S여자고보를 퇴학맞던 3년 전과도 아주 딴판이었어요. 지금 자세히 이야기할 자유도 없습니다마는 어쨌든 운동 전체가 지금까지의 기분에 쏠리는 풍조를 차차 청산하고 든든한 뿌리를 박기 시작하고 있었어요. 몇 개 파벌로 나뉘어 서로 때리고 치기까지 하는 폐단은 일소되고 파벌을 없애라는 것이 모든 파벌의 표어가 되고 있었어요. 그러나 뿌리 깊은 파벌이라는 게 그렇게 일조일석에 없어질 수야 있어요. 파벌을 없애라는 표어 밑에 모든 파벌은 자기 파 이외의 사람들은 모두 파싸움을 하는 사람이라고 공격하면서 파싸움을 계속하는 것이었어요. 그러나 어쨌든 그것은 몇 걸음이나 전진한 것이라고 말할 수 있겠지요.

종혁 씨는 그때 H계의 인물로 — 누구는 무슨 계 누구는 무슨 계 하는 것이 박혀는 있어도 일리도 없는 줄은 나도 압니다마는 어쨌든 그때는 그랬어요. 종혁 씨는 동지들과 함께 주간잡지를 발행하려고 그 준비에 몰두하고 있었어요. 종혁 씨 있는 여관 — 백악여관에는 그 때문에 날마다 사람이 빌 때가 없었어요. 남자가 으레 여섯일곱 명, 거기다가 원순 씨, 소냐, 나에다가 다른 동무도 놀러오고 해서 며칠 동안은 더군다나 왁작왁작했지요.

이야기는 첫날로 돌아갑니다마는 정거장에서 우리들 넷이 다 함께 백악여관으로 가서 냉면을 사다 먹는다 참외를 사다 먹는다 하고 하루 종일 잘 놀았는데 내가 신경과민이 돼서 그런지 어쩐지 나는 자꾸 원순 씨와 소냐가 둘이다 종혁 씨에게 좀 이상스럽다고 생각했어요.

그것은 벌써 종혁 씨가 감옥 속에 계실 때부터의 일이지만 그가 곁에 있고 보니 원순 씨와 소냐는 몹시 초조해하는 빛까지 보였어요. 가만히 보니 그들은 종혁 씨의 일동일정에 서로 시새는 것이었어요. 이를테면 종혁 씨가 원순 씨하고 무슨 우스운 소리라도 하면 대번에 소냐가 나서서 원순 씨를 윽박지르고 또 종혁 씨가 소냐하고 무슨 우스운 소리라도 하면 원순 씨는 원순 씨답게 눈꼬리를 축 처치고 혼자 싯부룩하는 것이었어요.

나야 시새는 마음이 없는 것은 아니었지만 나와 종혁 씨와의 비밀을 아는 것은 우리 둘 외에는 아무도 없으려니 생각하니 슬그머니 원순 씨와 소냐에 대한 우월감까지도 미상불 없지 않았어요. 그러나 나의 예기에 어그러져 원순 씨는 저녁이 되어도 추군추군하게 자기 집으로 가지 않았어요. 종혁 씨는 또 잡지 일로 누구들하고 떠들고 있는데 우리들 셋은 바로 그 맞은편 뜰 아랫방에 방문을 열어젖혀 놓고 물러앉아서 끝없는 이야기를 하고 있었지요. 그때의 우리 세 사람의 마음속의 가느다란 음영의 변화를 상상만이라도 해주세요.

버티다 못해 자정이나 된 후에 원순 씨는 그만 집으로 가고 이어 종혁 씨의 동지들도 다 각각 집으로 갔어요. 종혁 씨와 나와 소냐는 다시 수박을 사다 먹고 헤어졌는데 나는 가슴속이 너무나 안타까워 도무지 잠을 이룰 수 없었어요. 가만히 눈을 떠보면 모기장 저편 구석에 소냐가 이불도 아무것도 안 덮은 채 슈미즈 바람으로 그의 세찬 팔과 다리와 젖가슴을 내던지고 자고 있고, 또 가만히 고개를 들어 반쯤 열어 논 미닫이 사이로 내다보면 건넌방의 새파란 모기장이 바로 눈앞에 닥쳤어요. 아, 그 모기장 속에는 몇 해째 내가 꿈에도 잊지 못하는 그리운 종혁 씨가 잠들어 있는 것이어요.

나는 턱없이 흥분되어 그 끝에는 별별 공상을 다 그리는 것이었어요. 지금 소냐만 이곳에 없고 나 혼자 있다면—하고 생각하니 나의 공상은 점점 더 엉뚱한 방면으로 둑 터진 냇물같이 사무쳐 흘러갔어요. 그러고 보니 소냐가 여러 가지로 밉기 짝이 없었어요. 나중에는 그에 대한 질투의 마음까지 불일 듯했어요. 저 뼈와 저 근육, 저 입술과 저 젖가슴, 소냐의 그 건강한 육체와 불타는 정열은 그에게 가까이 오는 모든 사내를 송두리째 태워 버리고 말 것 같았어요. 종혁 씨도 다른 남자와 같은 남자일진대 뜰 아래윗방에 마주 있으면서 소냐의 육체에 유혹을 당하지 않고 지낸다고는 아무래도 생각할 수 없었어요. 그러고 보니 종혁 씨와 소냐가 한 여관에 있는 것은 결코 우연이라고 생각되지 않았어요. 소냐는 벌써 몇 해 전부터 이 여관에 있다 하지만 종혁 씨는 왜 하필이면 또 이 여관에 눌러 있는 것일까. 그곳에는 무슨 비밀이 반드시 있지 않으면 안 될 것으로 생각되었어요.

사람에게 야성과 문명의 두 가지 방면이 있다 하고 낮을 문명의 세계라 하면 밤이야말로 사람이 야성의 세계로 돌아가는 때가 아닐까요. 밤이 깊어 갈수록 내 마음은 점점 더 안타까워 가고 도무지 잠을 이룰 수 없었어요. 새벽 3시쯤이나 되었을까 나는 몹시 오줌이 누고 싶었어요. 종일 참외를 먹는다 수박을 먹는다 냉면을 먹는다 한 턱도 물론 있지만—지금 흉허물없이 그때의 내 심정을 툭 털어놓고 말한다면 변소에 갔다 오는 길에 그 건넌방의 푸른 모기장 속을 남몰래 들여다보고 싶은 야수적인, 실로 야수적인 욕망에 나는 견딜 수 없었던 것이에요. 나는 고개를 돌려 다시 한번 소냐의 자는 양을 살펴보았어요. 소냐는 여전히 난폭한 포즈로 누운 채 쌕쌕 하는 숨소리를 규칙적으로 내고 있었어요.

나는 바시시 일어나 가만가만 치마끈을 고쳐 매고 모기장을 떠들고 밖으로 나왔어요. 그대로 문턱을 넘었으면 차라리 괜찮았을 것을 나는 그래도 맘이 캥겨 다시 한번 모기장 속 소냐 편으로 고개를 돌렸지요. 아, 그랬더니 이것 보세요. 잠이 깊이 든 줄만 알았던 소냐는 눈을 시꺼멓게 뜨고 나를 보고 있었어요. 그때의 내 꼴이란 정말 쥐구멍이라도 있으면 들어가고 싶었건만 이왕 그렇게 된 일이니 어쩔 수 있나요. 시침을 떼고 그대로 나가려니 소냐가 거친 목소리로 물어요.

"이 밤중에 어디를 가?"

"오줌 좀 누려고."

하고 대답했으면 괜찮았으련만 마음속에 거리낌이 있는 놈이란 하는 수 없지요. 나는 얼떨결에 미처 그 생각도 못 하고 도적질하다가 들킨 놈처럼 어쩔 줄 모르고 그곳에 당황해 섰었어요.

9

변소를 갔다가 돌아오니 이번에는 잠이 더 멀리 달아나고 말았어요. 그렇게 곤하게 잠든 줄만 알았던 소냐가 여태껏 잠자지 않은 게로구나 하고 생각하니 새로운 근심이 한 가지 더했어요. 만일 소냐가 종혁 씨에게 대해 아무 관심이 없다면 또 그리고 나를 경계하지 아니한다면 그가 그때껏 잠이 안 들었을 리가 만무하지 않아요. 그러고 보니 별의별 생각이 차례차례로 다 나요. 소냐가 그렇듯 종혁 씨를 사랑한다면 왜 그는 나를 이 여관으로 데리고 왔을까. 내가 없는 것이 도리어 좋지 않은가. 하다가도 또 생각하면 소냐는 벌써 나와 종혁 씨 사이를 알고 우리들의 사이를 방해하기 위해 그가 감시할 수 있는 범위 안으로 나를 일부러 붙들어 온 것 같기도 했어요. 밤이란 것은 정말 불가사의의 것으로 밤이 새어 갈수록에 나는 별별 있을 일 없을 일을 턱없이 공상하는 것이었어요. 그 중에도 제일 내 신경을 날카롭게 한 것은 소냐에 대한 경계였어요. 내가 아까 일어나 나가던 그와 똑같은 동기로 소냐도 '오줌을 누러' 나갈는지 알 수 없지 않아요. 나는 도무지 잠을 이룰 수 없었어요. 잠을 안 자고 누워 있으려니 온몸이 따갑고 가렵고 징근거리고 해 견딜 수가 있어야지요. 그랬더니 소냐도 잠이 안 오는지 자꾸 부시럭거리며 이리 뒤쳤다 저리 뒤쳤다 하는데 그러는 것조차 밉살스러웠어요.

새벽녘이나 되었을 때 나는 잠이 감실감실 들다가 미닫이를 홱 열고 나가는 소리에 도로 눈이 번쩍 뜨였어요. 우선 옆을 보니 소냐의 누웠던 자리는 텅 비었는데 마당에서 신 끄는 소리가 들려요. 창 밖을 보니 벌써 훤하게 다 밝았어요. 동정을 살피노라고 가만히 누웠으려니까 소냐는 변소에 다녀오더니 그 길로 수통에 가서 물을 확확 따라 가지고 세수를 야단스레 해요. 그러고 보니 나도 잠이 더 올 것 같지도 않고 그만 벌떡 일어나 갔지요. 소냐는 웃통을 벌거벗고 타월에 냉수를 축여 북북 문지르고 있었어요.

"냉수 마찰을 하슈."

하니까, 소냐는,

"화나는 땐 냉수 마찰이 좋지 않어."

하고 웃어 버렸어요. 나도 의미 없이 따라 웃었지요.

종혁 씨는 여관 안 사람이 모두들 일어나 세수하고 밥 짓고 하느라고 떠들썩하도록 일어나지 않았어요. 어느 틈에 닫았는지 반이나 열렸던 미닫이까지 닫고 아주 곤하게 자는 모양이었어요. 나와 소냐 둘이 다 물 것 때문에 잠을 잘 못 잤다고 게두덜거리면서 방에 누워 기지개를 켰다 붉게 충혈된 눈을 부볐다 하고 있노라니 7시나 다 되어 종혁 씨는 일어나 타월을 들고 나와서 우리 있는 방을 들여다보고,

"인제 고만들 일어나슈. 두 분이 똑같은 잠보로구려."

하는 양이 몹시나 밉살스러웠어요. 남의 속은 모르고 자기 혼자 실컷 자고 나서 그게 무슨 소리예요. 그랬더니 그 중에 또 연대하는 말이,

"어, 엊저녁에는 참 잘 잤는데. 어제 종일 어떻게 웃고 떠들었던지."

하고는 흐어엉, 하고 하품을 크게 해요.

나는 종혁 씨가 밉살스러 눈을 꼭 감고 돌아누웠어요. 사내란 종혁 씨나 누구나 할 것 없이 왜 그리 감정이 둔할까 하고 사내 일반에 대한 반감까지 끓어올랐어요.

생각하면 내가 동경서 서울로 총알같이 굴러나올 때, 또 서울 있는 아주머니에게로 가지 않고 일부러 이 여관으로 올 때 나는 나로서의 비밀을 품고 기꺼워한 것이 아니겠어요. 그런데 나는 여기 와 이렇게 있는데 종혁 씨는 천하태평으로 잠만 자다니 그럴 수가 어디 있어요.

그러나 그런 생각은 다 여행의 피곤과 전날 밤에 잠을 못 잔 탓으로 내 신경이 너무 약해졌던 탓이어요. 종혁 씨와 소냐와 내가 그 여관 마루에서 아침상을 받았을 때에는 그런 사념은 다 눈 녹듯 스러졌었

어요.

아침을 먹고 나서 종혁 씨는 잡지에 돈 대는 사람과 만날 일이 있다고 바로 어디로 나가 버렸어요. 나는 허탕을 친 것 같아 하도 속상하기에 1년 만에 온 서울 구경이나 나서려고 옷을 갈아입자니 소냐가,

"어디를 가."

하고 거염스럽게 물어요.

"아무 데나."

하고 나도 툭 쏘았더니,

"나두 같이 가."

하며 그는 내 대답을 기다리다가 내가 잠자코 있으니까,

"왜 난 가면 안 될 델 가나. 랑데뷰하러 가나?"

하고 비슬비슬 웃어요. 하는 수 없이 나는 소냐와 같이 나섰지요.

10

거리에는 나왔으나 별로 갈 데가 있는 것도 아니고 그래도 종혁 씨 일이 마음에 딸리고 해서 오정도 되기 전에 백악여관으로 다시 돌아가니까 종혁 씨도 벌써 친구들과 같이 돌아와 있었어요. 오후에는 원순 씨도 오고 또 다른 사람도 오고 해서 떠들썩하게 되었는데 모두들 나를 가지고 놀리고 찧고 하는데 화가 나면서도 속으로는 기뻐했지요. 그러나 이렇게 여러 사람이 일상 모여 있어서야 무슨 도리가 있어야지요 그래도 종혁 씨는 사내니 나와 단둘이 만날 기회를 어떻게 좀

만들어 주었으면 좋겠는데 그는 일에 쫓겨 그런지 나에게 대해 내가 얘기하는 것 같은 정열을 갖지 않아서 그런지 별로 그에 대한 마음을 쓰지 않는 것 같았어요. 나는 여러 사람과 웃고 떠들고 하면서도 종혁 씨의 본심을 뜨고 싶어 속으로 여간 초조한 것이 아니었어요.

그러는 중에도 소냐는 차차로 나에게 대한 반감을 노골하게 나타내기 시작했어요. 나로 말하면 그때 아직 열렬한 일꾼이 못 된 것은 사실이었지만 그래도 나로서는 그 방향으로 학교 같은 것은 언제든지 그만둬도 좋다고 결심하고 있었는데 소냐는 말끝마다 '숙희는 학생 아씨니까.' 소리를 하면서 일꾼으로서는 너는 아직 멀었다는 경멸하는 태도를 보였어요. 소냐를 안 지도 벌써 오래건만 그때까지 그런 소리를 한 일 없는데 별안간 그런 소리를 시작한 것은 확실히 종혁 씨에 대한 경쟁심이었어요.

종혁 씨의 태도는 요령을 얻을 수 없었어요. 3년 전 여름 군호리 강가에서 보던 종혁 씨, 또 봄 이후 가끔 받던 편지로 본 종혁 씨는 좀더 태도가 명확하고 정열적이었을 텐데 어째서 그런지 소냐나 원순 씨가 옆에 있으니까 그런가도 했지만 내가 그를 사랑하듯이 그도 나를 사랑한다면 좀 다른 방도가 있을 법도 하건만요. 만일 그가 소냐 때문에 그렇게 애매한 태도를 갖는 것이라면 종혁 씨는 생각했던 이처럼 의지가 굳고 미더운 사람은 아니라고 생각되었어요. 그러나 하여간 그때 나와 소냐와 원순 씨의 세 여자가 종혁 씨의 정조대를 형성하고 있던 것은 사실이겠지요.

한 사날 동안이나 그런 생활을 반복하고 있으려니까…… 얼굴이 다

못되었어요. 소냐도 홀쭉해지고 종혁 씨도 잠을 잘 못 자는 모양이었어요. 나는 어떻게 괴로운지 그런 시기와 질투와 의심의 생활을 하루바삐 청산하고 싶었으나 별안간 소냐를 나와 종혁 씨 사이로부터 없앨 수도 없고 또 내가 그곳을 떠나 버리는 것도 못 할 노릇이었어요. 우리들은 말없는 중에 서로가 서로를 괴롭히면서 하루를 보내고 있었어요.

그러나 나흘째 되던 날 나는 소냐와 길에 나갔다가 기어이 아주머니를 만나고 말았어요. 한마디나 변명할 말이 있어야지요. 아주머니도 너무 의외여서 웬일인지를 모르고 당황해 하더니 어른이란 알고서 속는 건지 모르고 속는 건지 내가 서울 오기는 한 사날 전이지만 급한 볼일이 있어 아주머니를 못 찾아갔는데 지금 아주머니 댁을 가는 길이라고 꾸며댔더니 아주머니는 그 말을 곧이듣고 반색을 해 마침 잘되었으니 그러면 그 길로 바로 집으로 같이 가자고 해요. 그러고 보니 어쩔 수 있어야지요. 하는 수 없이 아주머니 집으로 끌려갔어요. 그러나 아주머니 집에 가도 도무지 마음이 놓여야지요. 더군다나 아까 소냐와 헤어질 때 소냐가,

"그럼 인젠 아주머니 댁으로 가서 묵겠군."

하면서 득의의 웃음을 띠고 빈정대던 것이 생각나서 자리도 편히 잡을 수 없었어요.

무슨 핑계든지 하고 아주머니 집을 빠져나오려고 애를 썼으나 오래간만에 왔다고 하도 야단스레 붙드는 바람에 저녁까지 아주머니 집에서 먹고 말았어요. 더군다나 아주머니는 왜 자기 집으로 오지 않았느

냐 여관으로 가다니 그런 법이 어디 있느냐 하고 연방 책하면서 계집애가 일갓집을 두고 여관에서 묵는 것이 무엇이야 오늘 저녁부터 내 집에서 자라고 하는 바람에 별별 거짓말을 다 꾸며대고 가까스로 그곳을 벗어나 한달음에 백악여관으로 달려갔어요.

그러나 여관에는 소냐도 종혁 씨도 없었어요. 주인더러 물어 보니 아까 오후에 단둘이 어디로 나간 채로 저녁도 안 먹으러 왔다는 대답이어요. 주인 여편네는 나이 거의 사십이나 된 인데 세상 쓴맛 단맛을 다 알아차린 듯한 능청맞은 부인이었어요. 그는 내가 여기 와 있은 후의 우리 세 사람의 미묘한 관계를 다 짐작한다는 듯이,

"당신이나 소냐 씨나 지금이 한창이지요."

하고서 히죽히죽 웃어요. 화가 나서 무엇이 한창이냐고 야단을 치고 싶은 것을 간신히 참고 방에 와 있노라니 속이 부적부적 타서 견디겠어야지요. 방에 흩어진 소냐의 더러운 양말 조각 속옷 등속을 보니 더군다나 비위가 틀려 못 견디겠어요. 그런데도 종혁 씨와 소냐는 9시가 지나 10시가 되어도 안 돌아왔어요.

11

소냐와 종혁 씨가 여관으로 돌아온 것은 11시가 다 되었을 때에요. 나 보기에는 두 사람은 희희낙락해 떠들며 들어오다가 내가 있는 것을 보고 움찔해 들어간 것 같았어요. 나는 어디 갔다 오는 것이냐고 묻고 싶었으나 아니꼬워서 잠자코 있노라니 종혁 씨가 양복 저고리를

벗으며,

"어이 몹시 무덥다. 숙희 씨 우리 수박이나 사다 먹읍시다."

하면서 어벌쩡했어요. 수박을 사다가 셋이 먹고 앉았으니까 어느 틈에 내 마음도 얼마쯤 풀렸는데 별안간 웬 양복 입은 사람 사오 명이 웃듯 웃득 마당으로 들어섰어요. '형사로구나!' 하는 직감이 온몸을 으쓱하고 지나갔어요. 그러나 자세히 보니 그 중에는 S씨 P씨 같은 아는 이도 있었으므로 도로 안심은 했으나 그들은 웬일인지 몹시 긴장한 얼굴로 아무 말 없이 차례차례로 우리들 앉은 마루로 올라왔어요.

S씨……라면 왜 아시겠지요. 그때 S계의 두령으로 그 고추같이 매운 성격으로 그의 반대자의 가슴을 서늘하게 하던 분 말예요. S씨에 관해서는 여러 가지 에피소드가 내가 아는 것만 해도 많습니다마는 하여튼 그 날카로운 눈빛과 매서운 입술 작달막한 키에 가늘긴 하나 딱 벌어진 체격 온몸이 무슨 쇠뭉치같이 보이는 이였어요. 한 번 마음을 허락한 사람에게는 애인을 대하듯이 부드러웠지만 한 번 수틀리는 일만 있으면 추상열일같이 규탄하는 이였어요. 종혁 씨도 S계의 인물 중에 S씨만은 존경하고 어느 의미로 무서워하는 것이었어요. 한데 웬일인지 그 S씨의 눈과 입꼬리에 무서운 살기가 띠어 있어 나는 금방 무슨 뜻 아니한 사건이 폭발될 것을 직감했어요.

종혁 씨는 이 뜻 아니한 침입자 때문에 몹시 마음이 움직였으나 억지로 태연한 빛을 꾸미느라고 노력하고 있었어요.

마루에 올라온 S씨는,

"흠 수박."

하면서 지저분하게 벌여진 수박 쪼가리를 훑어보고서 다시 무서운 경멸의 눈초리로 소냐와 나를 내려다보았어요. 종혁 씨는 좀 흥분된 어조로,

"밤중에 이게 웬일인가. 인사나 하고 나와야지 않나."

하고 S씨를 노렸어요.

그러나 형세는 벌써 종혁 씨에게 불리하였어요. 종혁 씨는 지금껏 내가 침착하네 용기가 있네 씩씩하네 하고 입에 침이 없이 칭찬해 왔지만 막상 S씨와 이렇게 몸과 몸을 기운과 기운을 맞대니까 어려서부터 역경과 투쟁에 단련되어 강철과 같이 굳어진 S씨에게는 도저히 상적이 못 되었어요.

"웬일로 내가 온 것을 자네는 모르겠나?"

S씨는 흥분을 감춘 연한 목소리로 이렇게 물으며 쪼그리고 앉았어요. S씨와 또 그의 사람들은 종혁 씨와 S와의 이 담판을 구경이나 하는 것처럼 옹기종기 서 있었어요.

"난 모르겠네. 우리는 파벌싸움은……."

하고 종혁 씨가 말도 마치기 전에 별안간 S씨는 비단을 째는 것같이 소리를 쳤어요.

"이 놈! 이 색마 같으니. 그래도 몰라?"

그때 내 가슴이 얼마나 뛰었겠는가를 상상이라도 해주세요. 나는 손에 진땀을 버썩 흘리고 종혁 씨의 얼굴만 쳐다보고 있노라니 종혁 씨는 여전히 침착한 태도를 계속하려고 노력하면서,

"그게 무슨 소린가? 사람을 책하려면 설명을 하고 책하게."

S씨는 당장 덤벼들어 종혁 씨를 때릴 듯이 주먹을 부르르 떨면서,

"이 뻔뻔한 놈아, 설명은 네 양심에 물어 보아라. 너 같은 놈이 우리 운동 선상에 있기 때문에 우리까지 욕을 먹는 게야. 너 같은 놈은 정의의 주먹으로……."

"무슨 소린지 난 모르겠네!"

종혁 씨의 목소리도 거칠어졌어요.

"그래도 몰라?"

번쩍 하는 동안에 S씨의 주먹이 종혁 씨의 얼굴로 날며 종혁 씨 코에서는 당장에 피가 쏟아져 나왔어요.

"뻔뻔한 놈 같으니, 이 놈 네가 색마란 증거를 대랴."

S씨는 휙 고개를 돌리며 나의 적삼 깃을 거칠게 잡아당겼어요. 나는 무슨 소리든지 한 마디 지르고 싶었으나 턱이 떨려 말이 나오지 않는데 소냐가 썩 나서며 내 적삼 깃을 붙든 S씨의 손을 탁 치면서 소리를 쳤어요.

"여보, 이건 뭐요. 할 말이 있거든 거저 하구려."

S씨는 그것에는 대답 않고 종혁 씨에게,

"그래도 생각 안 나니. 우리가 왜 왔는지 모르겠니?"

종혁 씨는 콧등을 맞아 아찔하던 것을 겨우 정신을 차려,

"알겠네. 모른단 건 내 잘못일세. 하지만 내 말도 좀 들어야 하지 않나."

S씨는 종혁 씨가 코피를 흘리는 김에 좀 마음이 진정이 되었는지,

"세상이 다 아는 노릇을 네 설명은 또 들어 무엇 하니. 우리는 너 같

은 색마를 운동을 위해 사회를 위해 정의를 위해 매장만 하면 그만이다."

"그건 자네들 오핼세. 내가 색마라는 증거를 보여 주게. 어째서 내가 색만가?"

"오해! 그래도 이 놈, 그럼 속시원하게 수죄를 하란 말이냐. 네가 시골서 올라온 후만 해도 벌써 너한테 희생된 여자가 원순이, 여기 이 소냐 그리고 또……."

하면서 그는 나를 돌려보며,

"이 여자도 지금 그 네 독한 이빨리로……."

"그건 오해야요. 그건 오해야요."

나는 그때 종혁 씨의 결백을 증명하려 하였던지 나 자신의 결백을 변명하려 하였던지 전력을 다해 겨우 이 말을 했어요. 그리고는 그만 눈물이 복받쳐 나와 다시는 또 입을 열 수가 없었어요.

"자네들은 성미가 너무 급하네. 숙희 씨를 내가 어쨌단 말인가."

종혁 씨의 말이 끝나기도 전에 이번에는 소냐가,

"S씨 이건 비겁하오. 종혁 씨가 숙희를 어쨌단 말이오? 또 원순이를 어쨌단 말이오?"

하고 S씨에게로 버럭 대들었어요. 그 매운 S씨건만 소냐의 이 호통에 아무 말 못 하고 그를 아래위로 노려만 보고 있었어요.

나는 울고 있으면서도 소냐의 그 태도에 감탄하였어요. 아 그러나 귀신 아닌 내가 바로 그 다음에 소냐의 입에서 쏟아져 나올 말을 어찌 짐작하였으리까. 소냐는 『베니스의 상인』의 포샤나같이 웅변이 되어,

"세상에서 무슨 종혁 씨와 나와 원순이 새에 삼각관계나 있는 것처럼 떠들고 있는 것은 나도 잘 알고 있어요. 숙희도 그전부터 종혁 씨를 알던 터이고 요새는 이 여관에 와 있으니까 혹 또 무슨 추측들을 할는지 모르지요. 허지만 내 오늘 저녁에 툭 터놓고 말하지요. 종혁 씨는 내 애인이에요. 벌써 지난 봄부터 육체적 교섭까지 있어 왔어요. 나와 종혁 씨가 서로 사랑하는 것이 나쁠 것이 무엇입니까. 무엇 때문에 당신들은 종혁 씨를 색마라고 부르는 것입니까. 나하고 종혁 씨의 연애를 비난할 이유가 어디 있습니까."

나는 울음을 뚝 그치고 눈이 보숭보숭해지며 고개를 들어, 소냐를 보았지요. 소냐의 눈에는 의지와 정열이 무지개같이 빛나고 있었어요.

S씨는 소냐의 말에 눌려 처음의 그 무서운 의기가 꺾여 기가 막힌다는 듯이 소냐를 쳐다보고 있고 종혁 씨는 고통과 환희와 절망과 안심이 거미줄같이 얼크러진 복잡한 표정으로 역시 기가 막히는 듯이 소냐를 쳐다보고 있었어요. 아 그 순간의 그 여러 사람의 형형색색의 표정을 지금도 얼어붙은 듯이 내 눈 속에 환하게 나타납니다.

12

그 이튿날로 나는 짐을 꾸려 가지고 시골로 갔어요. 첫사랑을 잃은 내 마음의 상처는 컸으나 그러나 소냐만은 미워할 수 없었어요. 소냐는 그의 '힘'으로 종혁 씨를 뺏아간 것이니까요.

내가 그때까지 쫓아다니던 모든 운동으로부터 아주 발을 끊은 것도 그때부터예요. 나라는 것이 얼마나 미약한 존재인가, 또 그때까지 내가 갖고 있던 나의 자태에 대한 자신이라던 것이 얼마나 유치한 것인가를 철저하게 느낀 것이에요. 나는 백 번 죽었다 피어나도 소냐같이 굳은 여자로는 태어나지 못할 것으로 생각되었어요.

하지만 종혁 씨의 그때 마음은 누구에게로 더 가 있었는가 이것은 지금도 의문이에요. 종혁 씨와 소냐와의 관계가 나와 종혁 씨와의 관계보다 깊었던 것은 사실이겠지요. 그러나 그가 스스로 자기의 마음을 최후까지 결정 못 하고 있었던 것은 그날 밤 소냐가 '종혁 씨는 내 애인이어요' 하고 선언할 때의 형언할 수 없이 복잡하게 되던 그의 얼굴 표정으로 보아 알 수 있어요. 어찌 생각하면 그때 종혁 씨의 내심으로 말하면 소냐보다도 더 나에게 끌려 있었다고도 말할 수 있지요. 그러나 지금 그것이야 더 캐 무엇 합니까.

하여간 이렇게 돼 나는 종혁 씨와 떨어져 학창생활로 도로 돌아간 것이었어요. 종혁 씨는 그해 가을에 다시 ××사건으로 ××으로 들어가고 소냐는 멀리 해외로 달아나 아직껏 소식을 들을 수 없게 되었어요. 나와 종혁 씨와의 관계에 있어 중요한 역할을 한 S씨는 그 후 너무나 무서운 고생에 건강을 잃어 그 강철 같던 몸도 그만 불귀의 객이 되고 말았어요.

무엇 때문에 나와 종혁 씨와의 사건을 이렇게 길게 이야기하느냐고요? 들어주세요. 이것도 한 인생의 행로가 기구한 것을 말하는 게 아니겠습니까. 지금 이렇게 평범한 일개 여학교 교원으로 있는 처녀에게도 그러한 한때의 꽃답다면 꽃다운 기억이 있었던 것이지요. 또 그 때의 종혁 씨를 아는 사람이면 어찌 요새의 그이를 상상이나 할 수 있었겠습니까.

종혁 씨가 감옥에 있던 일곱 해 동안에 조선은 너무나 급격히 변해 종혁 씨 같은 전형적인 인텔리로서는 그 동안의 그 변천을 따라 자기 자신을 발전시키기가 너무나 어려웠다고 말할 수 있겠지요. 나는 이렇게 내 생활을 변한 후로는 모든 일에 너무나 소극적이 되어 있는 탓으로 종혁 씨가 언제 만기가 돼 출옥하였는지 출옥한 후에 그이가 어떠한 길을 걷고 있는지 도무지 알 길이 없었던 것이어요. 그런데 뜻밖에도 지난 여름에 그이가 나를 찾아왔던 것이에요.

방학이 임박해 1학기 시험이 시작되어 그날 밤에도 나는 학생들 영어시험 답안을 놓고 붉은 연필을 움직이고 있는데 누가 와 문 밖에서 찾아요. 어머니가 — 지금은 아버지는 돌아가시고 어머니하고 동생들하고 서울서 살림합니다 — 나가시더니 너를 찾는 손님이 왔다고 하시기에 나가 보니 뜻밖에도 그것은 종혁 씨였어요. 너무나 변한 종혁 씨였어요.

굳이 사양하는 것을 나는 억지로 내 방으로 들어오라 했더니 그는 기침을 쿨룩쿨룩 하며 겨우 따라 들어왔어요. 때묻은 파나마에 땀에 결은 양복. 몸은 수척해 여지가 없이 되었는데 쑥 들어간 눈과 그 옛날 희고 넓던 이마에는 굵은 주름살이 너더댓 줄기 가로 뻗쳤어요. 방에는 들어왔으나 우리는 무엇부터 말해야 할는지 한참이나 잠자코 있다가 겨우 내가 입을 열어,

“그 후 건강은 어떠세요. 감옥에서 나오신 줄 짐작은 하면서도 여태 소식도 못 드리고…….”

“천만에요, 내야말로…….”

종혁 씨는 몹시 얕은 소리로 간신히 말했어요. 작고 밭은기침이 나려고 해서 몹시 괴로워하는 것이었어요.

“몸이 몹시 쇠약하신 것 같은데 어디 병환이 나셨어요?”

“몸이야 무어 아주 망친 몸이지요. 보시다시피 이 꼴이 되니 나도 앞으로 얼마 멀지 않았지요.”

그 옛날 S씨는 돌아가실 때 죽음의 병석에서까지도 주먹을 내둘렀다는데 종혁 씨는 살아서 벌써 죽은 몸이 되고 만 것이었어요. 종혁 씨는 또 기침을 쿨룩쿨룩 하면서,

“……감옥에서 나와 보니 집안은 탕패가산해 간 곳 없고 내 몸은 이렇게 병들고 했으니 기가 막히나 어찌합니까. 세상일이란 다 그런 거지요, 허허허.”

나는 눈물이 핑 돌아 무슨 말을 할 수가 없었어요. 간신히 참고 그에게 담배를 권한 후 그를 대접하려 어멈을 불러 수박을 사오라고 했더니 그는,

“수박.”

하고 중얼거려요. 그 순간 나의 기억은 아홉 해 전 꼭 요맘때 백악여관으로 뛰어갔어요. 코피 흘리던 종혁 씨, 때리던 S씨 그리고 소냐…… 그들은 다 어디로 갔을까.

나 비

바나 카페에 있는 여자들의 세계라면 누구든지 첫째로 술, 둘째로 사내를 들 것이지만 프로라는 아직 술을 마시지 못하므로 그에게는 오직 사내들의 세계가 있을 뿐이다.

하기야 프로라의 이름이 이 종로 뒷골목에 아무리 높고 그를 싸고도는 사내가 아무리 많다 해도 이런 곳에 발을 들여놓은 지 아직 석 달밖에 안 되는 프로라라 그에게 있어서 제일의 사내는 아직까지는 그래도 그의 남편인 것이다. 생각하면 변변치 못한 인물이라 남과 같이 남편입시라고 제법 믿고 공경할 만한 위인도 못 되기는 하나 어찌됐든 몇 해 전에는 식도원에서 결혼식이라는 것을 거행한 사이고 민적 등본을 내보아도 확실히 김대진 처에 최명순이라고 씌어 있으며 무엇보다도 저녁마다 밤늦은 후 최종적으로 찾아 들어가는 것은 좋건 그르건 역시 그의 품속이니 어느 모로 뜯어보든지 그를 첫째로 꼽지 않을 수 없는 것이다.

김대진을 첫째로 꼽는댔자 그러나 그것은 무슨 아기자기한 사랑을 그에게 느끼고 있기 때문이 아니라는 것은 이만해도 벌써 알 수 있을 것이다. 사랑은커녕 알고 보면 남편이랍시고 심푸정스럽기 짝이 없는 존재다. 그전에는 그래도 그렇게까지 심하게는 생각지 않았는데 요새 와서는 그저 변변치 못한 사내— 이것은 한마디로서 표현해 본 남편에 대한 프로라의 생각인 것이다. 전문학교를 졸업했다면서 어디 가 취직자리 하나 구하지 못하고 밤낮 거리로 비실비실 돌아다니기나 하는 그가 생활 무능력자라는 것을 안 것은 벌써 전의 일이나 그저 그렇거니 하고 반쯤은 운명으로 돌리고 있던 것인데 이런 데 나와서 여러 사내들을 알게 되고 별의별 경험도 쌓고 하는 동안에 자기도 상당한 미인이라는 자신이 차차 들게 되고 만일 지금 김대진과 결혼한 사이만 아니라면 그보다 몇 십 곱절 나은 사람을 얼마든지 골라잡을 수 있다고 생각하게 됨을 따라 그에 대한 불만이 점점 더 또렷해가는 것이다. 생각하면 데파트에 나선 지 사흘째 되던 날 김대진이 넌지시 갖다 디밀던 연애편지를 박차지 않고 받아 들던 그 순간에 벌써 발을 헛디딘 것이라 할 것이다. 어째서 그것을 찢어 버리지 않았던 것인가. 열여덟 살의 소녀 눈에도 몹시 유치해 보이는 편지였다. 그것도 역시 운명이었을까. 김대진이 나타난 후에도 프로라는 여러 사내에게서 가지가지 유혹을 받았으나 이상스레도 마음은 제일착으로 편지를 써다 디밀던 김대진에게—무슨 훌륭한 사내라고는 생각지 않으면서도 쏠리는 것이었다. 연애도 무슨 경주 같아서 맨 먼저 뛰기 시작한 놈이 제일 유리하다는 것인가.

그런데다가 요새 와서는 남편의 사람됨이 좀 는질는질한 것같이도 생각되는 것이다. 변변치 못해 보이는 것은 짐짓 꾸미는 것이고 실상은 프로라보담은 도리어 윗길이어서 프로라가 자기를 어떻게 생각하고 있는가쯤은 뻔히 알면서 짐짓 모르는 체함으로써 도리어 그것을 향락하고 프로라의 일거일동을 슬그머니 감시하면서 혼자 히죽히죽 웃고 있는 것같이 생각되는 것이다. 프로라가 밤늦도록 여러 사내를 상대로 웃고 떠들고 하다가 집에 돌아가도 그는 태연하다. 먹지 못하는 술을 그것도 장사라 손님의 강권에 못 이겨 몇 잔 마시고 술내를 훅훅 풍기며 들어가도 남편은 잔소리 한 마디 하는 법 없다. 사람이 암만 변변치 못하기로서니 그럴 수야 있나. 게다가 요새 와서는 프로라가 벌어다 주는 잔돈푼이 좀 풍성해지니까 자기도 찻집으로 술집으로 어슬렁어슬렁 돌아다니다가는 프로라가 돌아올 때쯤이나 돼서야 집으로 돌아오는 버릇까지 생겼다. 그러고 보니 프로라로서는 그것이 하필 못나서만 하는 짓이 아니라 현재의 프로라와의 관계를 만족하게 생각하고 그것을 도리어 향락하는 것으로밖에 생각할 수 없는 것이다.

프로라가 지금 있는 가게로 처음 나올 때에도 형식상으로는 동무의 권청으로 프로라가 스스로 움직인 것이 되어 있지만 좀더 따져 보면 그것도 남편이 시킨 것이나 다름없는 것이다. 프로라 자신 이런 세계에 대한 강한 호기심이 없었던 것은 아니지만, 아니 프로라에게 그런 것이 있기 때문에 남편 된 사람으로서는 도리어 그런 것을 말렸어야 할 것인데 그는 프로라의 말을 듣고도 못 들은 척, 글쎄 그래? 그럼 그것도 좋지 하는 식으로 우물쭈물 태도를 분명히 하지 않았다.

그런 것도 가만히 생각해 보면 변변치 못해서뿐 아니라 결과가 어떨 것쯤 뻔히 알면서 짐짓 모르는 체한 것임에 틀림없다.

이런 것 저런 것을 생각하면 프로라는 김대진과는 하루바삐 헤어지는 것이 차라리 나을 것으로도 생각이 된다. 변변치 못한 것이라면 변변치 못하니까 헤어져야 되고 그렇지도 않아 음흉스러운 것이라면 한층 더 께름하지 않은가. 어찌 됐든 사랑은 질투라는데 김대진은 질투의 내색도 뵈지 않으니 자기를 사랑하고 있지 않은 것이라고도 생각이 된다. 그런 생각이 들 때마다 프로라는 그 놈의 어린것은 무엇 하러 그렇게 널름 태어났담, 해보기도 한다.

하기야 밤마다 그는 프로라가 집에를 돌아오든 옷을 갈아입든 간에 모른 척하고 눈을 감고 누웠다가는 불을 끄고 막 달디단 잠이 눈까풀을 내리누를 때가 되면 담을 넘는 구렁이 모양으로 스르르 가까이 와서 지긋지긋 잡아당기고 하는 것이 버릇이 되다시피 돼 있고 그런 때면 프로라 역시 모든 쓸데없는 생각을 저버리고 동물적인 세계로 돌아가는 것이지만, 글쎄 그런 것도 사랑이라 할까. 이튿날 아침이면 프로라는 어젯밤의 자기 자신의 흥분을 부끄럽게도 이상스럽게도 생각하는 것이지만 제삼자로서 본다면 그것도 사랑의 한 방식이 아니랄 수 없는 것이요, 또 그런 방식에 프로라가 매력을 느끼고 있지 않다고도 할 수 없는 것이다. 그렇다면 프로라가 김대진과 헤어지지 못하고 있는 것은 하필 어린애 때문만도 아닌 법하구먼도…….

그러나 어쨌든 남편이라는 김대진이 그런 사람이 되고 보니 프로라는 자연 제2, 제3의 사내에게 무책임한 홍미도 가져 보는 것이다. 무책임이라는 것은 별로 이렇다할 이유도 없이 또 나중에 이렇게 이렇게 하리라는 예정도 없이 그저 좀 홍미를 가져 본다는 뜻인데 제2의 사내라고도 할 이종식과의 관계는 말하자면 이 무책임한 것의 좋은 예라 할 것이다. 이종식을 안 것은 프로라가 여급으로서의 발을 내디디던 바로 그 첫순간이었으니 말하자면 그는 데파트 시대의 김대진에게도 비길 존재였다. 그날 프로라는 자기를 그리로 끌어들인 게이코와 함께 처음으로 가게에 가서 주인하고 인사를 하고 이름을 무엇이랄까, 본명은 명순 씨라죠 아이 건 싫어요. 그럼 새로 지어야 할 텐데……. 음 프로라, 옳지 프로라가 어떻소, 이번에 그만둔 사람이 마침 그런 이름이니 하고 말을 주고받고 하고 있는데 마침 들어온 것이 이종식이었던 것이다. 홀로 뛰어나간 게이코는 반가운 손님인 듯, 아이구 리상 오늘은 대낮부터 이거 웬일이슈, 어 저 사생을 좀 나갔다가 하고 몇 마디 주고받고 하더니 한참이나 소곤소곤 무슨 밀담을 한 끝에 별안간,

"프로라! 얘!"

하고 안으로 대고 소리쳤다. 그 '프로라'라는 이름의 울림은 몹시 이상스럽기도 하더니…….

잊어버리지도 않는다. 그때 이종식은 바로 오른편 둘째 테이블에 캔버스며 오일박스 나부랭이를 벽에 기대 세워놓고 싱글싱글 웃는 낯

으로 쭈뼛거리며 나가는 프로라를 맞이한 것이었다. 이는 한참이나 말없이 프로라의 얼굴에서 발끝까지 치뜨리 내리뜨리 훑어보고는,

"……음, 미인인데. 미인인데."

한탄하듯 혼자 중얼거렸다. 프로라의 용모에 몹시 감탄한 것이다. 보통이면 생전 처음 보는 사람한테 인사 한마디 하지 않고 그런 소리부터 하는 것은 몹시 실례라 할 것이나 프로라에게는 '미인' 이라는 찬사가 우선 귀에 부드러웠고, 그러지 않아도 예술가라는 것은 언어 행동도 보통사람과는 달라 몹시 솔직하거니 하고 일상 생각하던 그것이 들어맞은 것도 같아서 저절로 빵긋이 웃어지며 그에게 목례를 건넨 것이다. 그것이 또 아리땁게 보인 것인지 손은 또 한참이나 소리 없이 쳐다보더니,

"이름은?"

하고 비로소 묻는다.

"……."

프로라는 '프로라' 라는 이름이 서먹서먹해 나오지 않아 또 빙긋이 웃었더니,

"프로라라니까요. 미인이죠. 귀여워해 주세요."

하고 게이코가 대신 대답한다.

이종식이 모델이 되어 달라고 간청한 것은 그날 즉석에서였다. 아니 그 말 전에 이는 잠자코 스케치 공책을 꺼내 들고 프로라의 얼굴을 사생하기 시작한 것이었다. 프로라는 자기 얼굴이 그렇도록 예쁜 것일까, 하고 속으로 몹시 기쁘기는 했으나 이가 뚫어지게 들여다보는

바람에 얼굴을 어디다가 둘 곳이 없어서 홀 가운데 장식해 놓은 벚꽃 가지로 시선을 향하고 있었는데 10분이 못 돼 이는 그만 좋소 하고 나서 고개를 이리 기웃 저리 기웃 하며 몇 번 더 연필을 움직이고는,

"잘 되진 않었구먼……."

하면서 테이블 위에다 데생만 된 그림을 내밀었다. 프로라는 단번에 감탄했다. 어쩌면 그렇게 잘 그렸을까. 그림을 생판 모르는 사람이면 그렇게도 생각하지 않았을 것이나 프로라는 학교 시대에 그림에 취미를 가졌었고 광고 포스터 도안에는 제법 자신도 있던 처지라 예술적인 작품일수록 결코 모델과 똑같지는 않다는 것쯤은 알고 있었기 때문에 눈이 좀 짝짝이가 되고 코가 좀 비뚤어졌다 해도 그것은 그저 그렇거니 하는 것이다.

그런지라 모델이 되어 달라고 이가 청했을 때에는 프로라는 당장에라도 승낙할 만큼 속으로는 기뻤으나 그럴 수도 없어 대답을 몽롱하게 했더니 이는 그날 밤으로 친구를 데리고 다시 와서 프로라를 소개하고 자랑하고 찬미하면서 또 모델이 돼 달라고 졸라댔다. 프로라는 몹시 행복했다. 이제야 자기는 들어설 길로 들어선 것인가도 싶었다. '화가'라는 그런 존경할 명칭을 떼어놓더라도 이는 그 가게에는 단골손님이어서 아홉 명이나 되는 계집애들이 모두 그를 환영하는데 그들을 다 제쳐놓고 그렇게까지 자기를 좋아하는 것만 해도 기쁜 일이 아닐 수 없는 것이다. 그래 반쯤 승낙하고는 끝은 어름어름해 두었던 것인데…….

이가 선전(鮮展)에도 입선되지 못하는 엉터리 화가라는 것을 프로

라가 알아내지 못한 것은 그러고 보니 무어 이상할 것 없는 것이다. 어쨌든 프로라는 이가 순식간에 인물화를 썩썩 그려내는 것을 자기 눈으로 보았고, 또 게이코도 이는 유명한 화가여서 동경 제전(帝展)에도 출품만 하면 문제없이 통과될 것이지만 그까짓 관전(官展)은 문제도 삼고 있지 않다고 설명했기 때문에 그것도 그러려니 하고 생각하는 수밖에 없었다. 이는 취하면 자기 입으로도 그런 말을 했다. 이의 말은 그대로 곧이듣는다면 조선서는 이밖에는 화가가 없게 되는데 그것까지는 좀 어떨까 했지마는 어쨌든 그가 훌륭한 화가임에는 틀림없다는 것이 프로라의 생각이었다.

그러고 보니 모델 노릇 하러 이의 집을 찾아가던 바로 첫날에 그가 별안간 프로라를 소파에 쓰러뜨렸을 때에 프로라가 하늘이나 무너지는 듯이 놀랐다 해도 조금도 무리가 아닌 것이다. 그러나 프로라는 총명한 여자라 곧 예술가란 것은 보통사람과는 다른 법이라 이런 것이 예술가적 정열이거니 하고 고쳐 생각하고 노한다거나 크게 반항한다거나 하지는 않고, 아이 왜 이러세요 왜 이러세요 하면서 가만히 떼민 것인데 이는 그것을 여자의 수줍은 승낙으로 잘못 알고 도리어 더 얼굴을 들이대며 비비는 것이었다. 그것쯤이야 또 무어 어떨까마는 얼마를 그러자 프로라 자신 스르르 맥이 풀리며 두 다리가 노곤해졌다. 그제야 프로라는 이래서는 안 되겠다는 생각이 퍼뜩 들어 좀 세게 떼밀며, 인제 고만 놓으세요, 안 놓으시면 소리지를 거예요, 했더니 이는 그것을 또 오해한 것인지 의외에도 싱겁게 물러났다. 점직한 얼굴로 응접 테이블 위의 네이블을 까먹고 앉았는 이의 모양을 보니 프로라는 슬그머니 우스운 생각이 들어 옷을 고치고 콤팩트를 쓰면서 빙긋이 웃어 보였으나 그때는 둘이 다 고비는 이미 넘은 판이라 또 다시 어떻지는 않고 말았다.

남편에게도 좀 미안한 마음이 없는 것은 아니었으나 무어 어쩐 것은 아니니까 해두고 그것보다도 마음에 거리끼는 것은 이가 그 때문에 낯이 없어 다시 가게에 오지나 않으면 어쩌나 하는 것이었는데 그것도 헛걱정이었다. 그날 밤으로 이는 태연스레 또 나타나 시치미 뚝 떼고 떠들어댔다. 그날 낮에 프로라가 이의 집에 갔던 것을 아는 축들은 입으로는 아무 소리도 안 할망정 슬그머니 두 사람 사이를 흠모하는 눈치로 이를 환대하는 것이다. 이는 이로서 또 낭자군의 그런 포위 공격을 받으며 프로라와의 사이에 가장 무엇이나 있었던 체 보통 때보다도 유유자적하는 태도였다. 프로라는 그런 태도를 갖는 이가 밉기 짝이 없으나 이따금 아직도 입가에 남은 이의 감각을 휙 느낄 때에는 또 그렇게 밉게 생각되지도 않는 것이다. 그런 것이 사랑을 거절한 여자의 마음이라는 것인가.

이는 그 뒤 얼마 안 돼 사다코라는 여자를 걸고 그것 때문에 여러 가지 옥신각신이 있었기 때문에 내내 엉터리 화가라는 것까지 드러나고 말았으나 모든 여자가 모두 이의 욕을 하는 지금 와서도 프로라는 그를 그렇게 나쁘게 생각할 수는 없는 것이다. 가짜 화가 행세 한 것쯤야 그저 그렇다 치고 사다코와의 관계로 보면 나쁜 것은 도리어 사다코가 아닌가. 떨어질 듯 떨어질 듯하면서 좀처럼 안 떨어지는 프로라 때문에 몸이 단 이가 그 분풀이로 거는 것인 줄을 모를 리 없으면서 사다코는 프로라에 대한 일종의 가얍으로 제 편에서 걸고 넘어간 것이 아닌가 하는 것이 프로라의 논리인 것이다.

여자들이 이의 욕을 하는 때면 프로라는 시무룩해 『부인화보』를 집어 드는 것은 이런 생각이 있기 때문이다. 그것을 또 다른 여자들은 아직도 프로라가 이에 대해 무슨 생각이 있는 것으로 해석하니 또한 우습지 않은가.

이에다 대면 훨씬 싱거운 관계지만 오금동은 말하자면 프로라의 제3의 사내다. 하기야 홀에 나온 지 불과 얼마 안 돼서 프로라의 평판은 이 종로 뒷골목에 자자해지고 그를 찾아오는 손님은 하루에도 몇십 명씩 되는 것이지마는 그 중에서 좀 추려 본다면 오가 제3쯤 된다는 것이다.

오금동은 그러나 이종식같이 남의 눈에 띄게 노는 축은 아니다. 얼굴도 단정하고 차림도 깨끗은 하나 너무 그래서 도리어 값싼 월급쟁이라는 것이 당장에 짐작되는 그런 인물이다. 언제부터 가게에 오기 시작한 것인지도 아무도 모르는데 그의 말에 따르면 언젠가 회사에서 연회가 있던 날 밤 친구들에게 끌려 이 홀에 왔다가 우연히 프로라를 봤다는 것이다. 그러나 그는 프로라가 예쁘다거나 프로라한테 반했다거나 하는 등속의 말은 입가에도 올리지 않았다. 언제든지 혼자 와서는 술 한 병 또는 차 한 잔을 앞에 놓고 한없이 잠자코 앉았다가 프로라가 옆엘 가면 그제야 기꺼운 듯이 빙긋빙긋 웃으며 뜨문뜨문 어색하게 말을 걸고 하는 것이었다. 거기다가 팁조차 시원스레 내놓지 못하고 보니 여자들의 환심을 살 리가 만무하다. 프로라도 그에게는 별로 흥미를 느끼지 않고 어떤 때는 도리어 이 녀석이 무슨 야심을 품고 짐짓 이렇게 수줍은 체하는 것이나 아닌가 하고 생각도 했으나 오의 발길이 끈질기게 계속되고 나중에는 과자랑 분첩이랑 실없이 한 약속을 꼭꼭 지켜 정성스레 사가지고 오게까지 됨을 따라 차차로 그런 생각은 없어져 갔다. 그러나 그저 그뿐 그 이상의 무슨 호의는 가져지지 않아서 마지못해 옆에 가 앉으면 프로라도 오의 묻는 말에나 뜨문뜨문 대답할 뿐 그가 말이 없으면 자기도 잠자코 있는 것이다. 프로라의 그런 침묵을 오는 또 오대로 자기에게 대한 호의로 생각하는 것인지 만족한 듯이 뻥긋뻥긋 웃고 있는 것이나 그것은 오의 혼자 놀음이요, 프로라는 그런 때는 으레 내일 낮에는 홀에 나오기 전에 화신 가서 어린애 새 속옷을 하나 사다 입히리라는 등속의 다른 생각을 하고 앉았다가는 넌지시 시계를 쳐다보고 갑자기 몸이 몹시 노곤한 것을 느끼며 옆으로 고개를 돌리고 커다랗게 하품을 하는 것이다.

그래 오던 것인데 이것도 또 엉터리 회사원이라는 것이 의외에도 빨리 탄로가 났다. 그날 낮에도 오에게서 온 케이크 상자를 펴놓고 여자들이 둘러앉아 한창 시시덕거리고 있는 판인데 저축은행으로 돈 취하러 간다고 나갔던 메리가 데굴데굴 굴러 들어오며 무슨 큰 발견이나 하고 온 듯 지지벌거렸다.

"호호호호, 원 벨걸 다 봤어. 건 또 뭐야. 거 또 오상헌테서 온 거냐. 어쨌든 하나 잡숫고. 허지만 좀 꺼림칙한데. 프로라 얘, 오상 말야, 이거 사 보낸 네 '스창' 말야. 뭐 무슨 회사원인가 뭐라구 버티었지. 원 참, 호호호호. 알구 보면 저축은행 고쓰카이더구나. 저축은행 대합실

엘 쑥 들어갔더니 문 앞에 앉았던 이렇게 쓰메에릴 잡순 친구가 별안간 벌떡 일어나 줄뺑소닐 치겠지. 그게 오상이더란 말야. 달아나지나 않았더라면 몰라나 봤지, 원 우스워서, 호호호호. 여보 오상, 하고 부르려다 말았어."

떠드는 폼이 오 때문에 프로라에게 질투나 하고 있었다는 것인가 몹시 통쾌해하는 모양이다. 프로라는 목구멍을 넘어가던 케이크가 목에 메일 만큼 불쾌했으나,

"얘가 왜 이래. 스창은 다 뭐야. 내가 언제 그일 칭찬이나 한 마디 했든. 그이하구 연애나 했다면 너랑 살인날 뻔했구나. 저 좋아 저 온 것이지. 누가 뭐 어쨌나……."

하고 나서,

"허지만 고쓰카이건 말건 손님이야 손님이지."

하고 변호까지 하는 것이다. 오가 여태껏 회사원이라고 속이고 다닌 것이 밉지 않은 것은 아니나 그 때문에 무슨 손해본 일은 없는 것인데 메리가 공연히 좋아하니 그에 대한 반동으로 도리어 오에 대해 전에 없던 호감이 슬그머니 동하기도 하는 것이다.

오금동이가 자기는 아직 총각이요, 집에는 어머니 한 분밖에 안 계시며 회사에서의 성적도 괜찮아서 오는 6월에는 승급도 되겠다는 얘기를 떠듬떠듬 해가며 슬그머니 프로라에게 결혼을 청한 것은 공교롭게도 바로 그날 밤이었다. 낮에 메리를 만났을 때에는 원체 빨리 내뺐기 때문에 자기의 정체가 발견되지 않은 것으로 생각하고 있는 모양이다. 프로라는 그것이 좀 뻔뻔스러운 듯도 해서 한마디 쏴줄까도 했

으나 말하는 오의 얼굴을 흘낏 보니 표정이 딴딴하기가 나뭇조각 같다. 필시 오는 그 말을 꺼내기까지에 비상한 결심을 한 것이리라 생각하니 도리어 우습기도 해서,

"그럼 얼른 좋은 색시를 얻어 재미있게 살림을 하시지그래."

해봤더니,

"색시요?"

하면서 안타까운 듯이 프로라의 얼굴을 들여다본다.

"그런 좋은 자리에 누군 안 가겠어요. 나 같으면……."

하고 한 번 더 놀려댔더니 오는 놀리는 것인 줄은 모르고 눈을 빛내며,

"당신이 당신이……."

하며 당장에 침이 말라 말을 끝내지 못하고 프로라의 손을 잡으려 든다. 우스운 중에도 프로라는 오의 거짓 없는 정열을 느끼는 것 같아 너무 지나치게 놀린 것이 미안쩍기도 해서 농담인 양 호호호 웃고 다른 테이블로 가는 척 자리를 일어섰으나 어쩨 마음이 꺼림칙하기도 하다.

오는 그 후로는 오기만 하면 프로라에게 자기와 결혼해 달라고 졸라댔다. 프로라는 귀찮기도 하고 그 이상 오에게 희망을 주는 것이 결과가 좋지 못할 듯도 해서 그렇게 된 후로는 여간해 그 옆으로 가지도 않았다. 그랬더니 프로라의 태도가 변한 것은 오에게도 곧 짐작된 모양이어서 다른 손님들과 떠들고 놀다가 흘깃 보면 오는 어떤 때는 이쪽을 뚫어지게 보고 있기도 하고, 어떤 때는 한숨을 짓는 듯 눈을 감

고 있기도 한다.

자세히는 몰라도 한 달은 넘어 다녔으니까 아마 적어도 일이백 원은 썼을 게다. 고쓰카이라니 많아야 30원 월급밖에 안 될 텐데 저이가 무슨 탈이나 내는 것이 아닌가 이렇게 차차 프로라가 염려하기 시작하자 웬일인지 오는 홀에 오던 발을 뚝 끊고 말았다. 그러자 누구의 입에선지 그가 은행돈을 훔쳐냈기 때문에 경찰서로 잡혀갔다는 말이 나왔다. 큰일났다. 혹 자기도 경찰서에 불려가지나 않을까 하고 프로라는 근심하고 있는데 하루는 그것도 거짓 소문이요 오는 여전히 저축은행에 앉았더라는 소식을 메리가 가져왔다. 그리고 고쓰카이라는 것도 헛말이고 사실은 그보다는 높은 은행 '수위'라는 것이다.

"하지만 아무튼 작자 싱겁게 깝데긴 착실히 썼지. 아마 적어도 다섯 해 몬 돈은 다 털었을 걸. 프로라도 너무해."

하고 이번에는 오에게 동정하는 듯 프로라를 비난하는 듯한 말치다 — 하지만 누가 언제 오래서 다닌 것인가.

이종식이나 오금동 같은 사람은 좋건 그르건 처음부터 프로라를 좋다고 다니기 시작한 사람이지만 프로라의 제4의 사내라고도 할 최형태는 또 좀 이상한 사나이이니 그는 본시 게이코의 애인이던 것이 프로라를 알게 된 후 차차로 이편으로 기어 넘어온 것이다. 최는 유명한 부랑자로 홀 안의 평판도 아주 나쁘다. 옷차림부터 벌써 구역이 나는 데다가 직업도 학식도 아무것도 없으면서 연극배우라고 자칭하는 사람, 투기하는 사람, 돈푼이나 있는 부랑자, 이런 사람들과 용하게 사귀어 가지고는 날마다 저녁마다 옥돌장과 술집으로 굴러 돌아다니는 것이었다. 게이코와는 어떻게 해서 들러붙은 것인지 모르지만 게이코는 지금 와서는 최 때문에 갖은 고통을 다 겪으면서도 떨어지지 못하는 이상한 사이다. 최는 유흥비가 떨어지면 게이코에게서 빼어다 쓰는 것이다. 게이코도 돈에는 무서운 여자라 그럴 때마다 번번이 쫑쫑거리고 싸우는 것이나 끝끝내는 넘어가고야 만다. 게이코가 얼른 돈을 안 주면 최는 홀에 있는 다른 여자들한테 쓸데없이 모션을 걸고—그러면 또 다른 여자들이 그와 시시덕거리니 이상하지 않은가—그걸로도 잘 안 되면 어디 가 낯모르는 여자를 끌고 와서는 부어라 먹자 술을 막 마시고 게이코 보는 데서 일부러 여봐라는 듯이 어깨를 껴안고 뺨을 비비고 하는 것이다. 프로라로서 보면 최의 그런 행동은 속이 빤히 들여다보이는 유치한 짓이었지마는 게이코에게는 그것이 단방 약이 되니 또한 우습다 하지 않을 수 없다. 그런 날 밤이면 으레 파장 후에 최와 게이코 사이에 일대 격투가 일어나는 것이나—얻어맞고 채고 하는 것은 물론 게이코뿐이다—그 이튿날이면 어젯밤의 모든 연극은 일장춘몽인 듯 둘이 의좋게 활동사진 구경을 가는 것이니 옆에서 보는 사람으로서는 더욱더욱 이상하다 하지 아니할 수 없는 것이다.

그런 최인지라 그가 프로라 귀에다 대고 언제 한 번 한강에 보트 타러 가자고 가만히 속삭였을 때에는 대체 이 사람이 머리가 성한 것인가 하고 얼굴이 다시 쳐다보여지는 것이었으나 최는 태연자약한 것이다. 게이코는 프로라를 믿기 때문에 프로라하고면 최가 얼마를 앉아 노닥거려도 별로 싫은 눈치도 뵈지 않았으나 프로라로서는 처음엔 한

귀로 흘려 버리고 대답도 않던 최의 청이 저녁마다 반복되자 나중에는 시끄러워서,

"게이코 알면 또 화내우, 원!"

하고 거절했다. 그랬더니,

"제 그러게 누가 단둘이 가자나. 게이코허구 으레 셋이 가자는 것이지."

한다. 그 말에 프로라는 까닭도 없이 부끄러워 낯이 홧홧 달았다. 하고많은 말에 왜 하필 그렇게 말했던가 하고 후회하는 것이나 이미 해놓은 말이라 하는 수 없었다. 그래 그 후 며칠인가 지나서 최하고 게이코하고 프로라 셋이 한강을 나갔던 것인데 그곳에서 의외의 봉변을 당한 것이다.

보트는 셋이도 넉넉히 탈 수 있는 것인데 최는 셋이 타면 위험하니 둘씩 타자고 우기면서 처음에는 게이코를 태워 가지고 근처를 한 바퀴 돌아나와 이번에는 프로라를 태워 가지고 강 한복판으로 저어 나갔다. 프로라는 무섭기도 하고 강기슭에 혼자 서 있는 게이코에게 미안한 마음도 들어서 인제 그만 나가자고 자꾸 졸랐으나 최는 괜찮다, 저 건너 숲그늘이 좋으니 거기 가 놀고 오자고 하면서 덮어놓고 강을 건너갔다. 돌아다보니 게이코는 강변을 따라 올라오며 인제 그만 나오라고 소리를 치고 손짓을 한다. 프로라와 마주 앉은 최는 그러는 게이코를 정면으로 빤히 보면서도 게이코야 그러건 말건 강을 다 건너가 조그만 언덕 모퉁이를 돌아 보트를 강가에 대고 프로라의 손목을 쥐고 내끌었다. 거기까지는 그래도 설마 했던 것인데…….

퉁퉁퉁퉁 요란한 소리가 나며 모터보트가 와 닿고 거기서 뛰어내린 것은 얼굴이 새파랗게 질린 게이코였다.

"망할 것이."

투덜거리며 최는 일어나 게이코에게로 가며,

"지랄헌다, 애!"

머리채를 두어 번 흔들고는 힉 웃고 앞서서 배에 올라탔다.

프로라는 자기에겐 잘못이 없는 것 같으면서도 어떻게 미안하고도 부끄러운지 게이코 앞에 얼굴을 들 수 없었다. 흐트러진 머리를 쓰다듬고 옷을 고치고 할 기운도 없다. 꼭 최하고 둘이 짜고 한 짓인 것 같이만 생각이 드는 것이다. 그럴 필요가 없는 것이라고 스스로 말해 돌렸으나 소용없었다. 하기야 이것은 나중에 생각한 것이지만 프로라가 그때 그렇게 생각한 것도 결코 이유가 없는 것은 아니다 — 사람의 마음이란 참 알 수 없는 것이라고 프로라는 돌아오는 자동차 속에서 가만히 생각해 보는 것이다. 그때 자기는 최의 폭력에 그렇게도 항거할 수 없었던 것인가. 정조는 여자의 생명이라 한다. 자기는 생명으로써 그것을 보호할 각오가 있었던 것인가. 게이코의 이름을 꺼내고 남편 김대진의 이름까지 들추어낸 것은 아무래도 추태다. 그러면 최에게 게이코가 없고 자기에게 남편이 없었다면 그때 최에게 몸을 내맡겼으리라는 것인가. 푸른 하늘, 푸른 물, 그리고 산들거리는 훗훗한 바람, 그리고 언뜻 침실의 김대진을 연상케 하던 최의 동물적인 입김과 몸. 아 위험한 순간이었다고 프로라는 새삼스레 느낀다. 그때 만일 게이코가 나타나지 않았다면, 아니 단 5분이라도 늦게 나타났다면…… 자기 몸 속 어느 곳에 그런 악마가 숨어 있는 것인가 하고 프로라는 몸의 일부분인 무릎 위의 손을 내려다보았다. 붉은 루비로 장식된 오동통한 분길 같은 고운 손.

그 사건 때문에 게이코는 아주 마음을 단단히 먹고 최와의 관계를 끊으려 자취를 감춰 버렸으나 덕택에 홀에서는 게이코 없어진 뒤의 최의 회계를 누가 시키지도 않았는데 프로라의 이름으로 달아놓은 것이다. 프로라가 잔소리를 하면, 그럼 어떡하우, 최를 못 오게 하든지 돈을 내도록 하든지 프로라가 해줘야지 않우 하고 마치 프로라가 게이코 대신 최의 새 '정부' 나 된 것같이 말하는 것이다. 까닭 없는 말이지만 게이코가 달아난 것도 최가 여전히 그 홀에 다니는 것도 자기 때문이라고 생각하면 아주 모른다고도 할 수 없어서 최가 오면 프로라는 돈을 내든지 오지를 말든지 어떻게든지 하라 한다. 그러면 안 올 수는 없고 와야 돈은 없으니 어떻게 하라느냐는 것이 최의 대답이다. 그러는 동안에 외상값이 한 20원 되자 주인은 최를 오지 못하게 하라는 말은 없어지고 최가 나타나면 도리어 은근히 호의를 보이면서 프로라에게만 돈을 받아 내라고 졸라댔다. 대체 왜 나더러 최의 책임을 지라는 것이냐라고 몇 번이나 대들었으나 주인은 천치 모양으로 그럼 어떻게 하라느냐고 밤낮 한 대답이다. 기가 막혀 프로라는 여러 가지로 생각해 봤으나 별도리 없는지라 결국 그때까지 밀린 외상값은 자기가 책임지기로 하고 나서 최에게 다시는 홀에 오지 말라고 단단히 선언을 했다. 20원이면 큰 돈이다. 일주일은 벌어야 겨우 그 액수가 될까말까 한 것이요, 살림에다 쓰기로 한다면 쌀을 한 가마니 팔고도

고기를 몇 근 살 수 있는 것이다. 그만 돈을 무슨 까닭으로 최의 술값으로 바쳐야 되는 것인지 알 수 없는 노릇이나 그것도 하기는 할 수 없는 일이다.

그러나 사람의 마음은 우스운 것이라 최가 다시는 안 오겠다고 약속하고 간 이튿날 밤 의외에도 술이 잔뜩 취해 또 홀에 나타났을 때엔 프로라는 소름이 끼치도록 미운 한편 이상스레 마음이 설레는 것을 또한 어쩔 수 없었다. 남을 위해 자기를 희생한다는 것은 일종의 자기학대의 쾌감을 가져오는 것이라 최의 얼굴을 대한 순간 저 사내 때문에 내가 20원 빚을 졌거니 하는 생각이 프로라의 관능을 간질이는 것이다. 아차 내가 이게 무슨 쓸데없는 생각인가, 게이코도 필연 처음에는 이런 심리로부터 차차 깊은 구렁으로 빠져들어간 것이 아닐까 하고 무서운 꿈을 털어 버리듯이 머리를 흔들어 보았으나 기괴한 관능의 자극은 멈출 길이 없다.

날이 감을 따라 홀에서는 프로라가 '스고이'한 여자라는 평판이 나기 시작하였다. 그런 데 나온 지 얼마 안 되는 여자로서 손님 농락이 여간 아닌 데다가 동무의 애인까지 가로챘다는 것이다. 그러나 그런 따위 남의 평판은 프로라로서는 실속이 없는 것이라 귓전으로 흘리고 만다 해도 제5의 사내들 이만수, 권도민, 김수만 들의 그룹과 떠들고 놀고 하다가는 프로라도 문득 아, 나는 어느새 이렇게 됐는가, 하고 스스로 놀라기도 하는 것이다. 하기야 그들과도 아직 이렇다고 책잡힐 짓을 한 것은 아니고 그저 홀에서 떠들고 논 것뿐이니 별것은 아니지만 그래도 일상 함께 놀러다니는 이, 권, 김 세 사람에게 똑같이 호의를 표하고 세 사람이 다 각각 프로라는 자기한테 가장 호의를 가졌거니 하고 생각하게 하는 것은, 하기는 상당한 수완이 아니면 안 될 노릇이기도 하다.

그러나 또 그것도 프로라가 일부러 그렇게 하려고 해서 한 것이 아니라 사내들이 그렇게 하도록 만든 것이니 하는 수 없는 노릇이다. 세 사람을 놓고 어느 여자더러 추리라 해도 별도리 없을 게다. 이는 사람으로는 그 중 빠진다 할 것이나 제일 돈이 많을 뿐 아니라 시원스레 턱턱 쓰니 무시할 수 없고, 권은 값싼 월급쟁이지만 몸집이 듬직하고 얼굴도 깨끗하며, 김은 다른 것은 보잘것없으나 동경으로 해외로 여러 해 돌아다닌 사람이라 문견이 넓고 거기다가 말재주가 있어 세 사람이 놀러오면 김 혼자 거의 판을 꾸려 나가는 것이다. 그런데 그 세 사람이 똑같이 프로라에게 호의를 갖는 것이니 프로라로서도 똑같이 그들을 다스리는 수밖에 없는 것이다. 사내들이 제각각 자기가 제일 프로라의 마음을 잡은 것으로 생각하는 것은 그러고 보니 저희들의 책임이지 프로라의 알 바는 아니다.

세 사람은 세 쌍둥이 모양으로 일상 함께 붙어 놀러다니면서 프로라를 에워싸고는 은근히 지독한 경쟁을 하고 있으니 자기들끼리는 서로서로의 비밀을 모르니까 괜찮다 하겠지만 프로라로서 보면 우습기 짝이 없었다. 가령 셋이 같이 놀다가 권, 김의 두 사람이 어째 잠깐 자리에 없게 되면 이는 벌써 어디 같이 놀러가자고 청하는 것이다. 훌륭한 신사요, 마음씨도 괜찮은 사람이라 별로 거절할 이유도 없으매 프로라는 가볍게 승낙하고 틈나는 날 장충단공원쯤 산보를 같이 간다. 그러면 그 다음 셋이 같이 만났을 때에 이의 기뻐하는 꼴이란 가관이

다. 권, 김의 두 사람을 제쳐놓고 자기만이 프로라와 그런 비밀을 맺은 것을 두 사람에 대한 승리로 아는 듯 크게 마시고 크게 떠들고 간간이는 두 사람은 못 알아듣고 프로라만이 알아들을 수 있는 말을 섞어가며 코를 벌름벌름하는 것이다. 그러나 프로라로서 보면 그까짓 장충단공원 산보쯤은 엿먹기요, 다른 사내들과의 접촉은 다 그만두고라도 그곳에 같이 앉아 있는 권하고도 두서너 번 차를 마시러 다닌 일쯤은 있는 것이요, 김하고도 덕수궁 안 미술관 구경을 가서 석조전 소파에 한 시간이나 나란히 앉았던 일도 있는 것이다. 어느 것이든 프로라로서는 별로 깊은 이유가 있는 행동이 아니므로 탁 터놓고 이야기해도 상관없는 것이나 사내들이 제각각 쉬쉬하며 혼자 좋아하고 있으니 일부러 그런 말을 꺼냄으로써 공연히 그들의 기분을 상할 필요도 없기 때문에 자기 역시 잠자코 있는 것에 지나지 않는 것이다.

그러고 보니 프로라가 이, 권, 김의 세 사람을 한꺼번에 조종하고 있는 것이 사실이라 해도 좀더 캐고 보면 어린애 장난 같은 것에 지나지 않으나 어느 날 안상렬과의 일이 있은 뒤로는 프로라도 정말 이래서는 안 되겠다고 스스로 생각하기 시작하였다. 안은 말하자면 프로라의 제6의 사내로서 광산업을 한다는 보기에도 스마트한 청년이었다. 자기는 시골 놈이라고 떠들어댔으나 차림은 종로를 활보하는 모던 보이 이상, 숙소는 반도호텔 715호실이라는 것이다. 1년에 몇 번씩 금덩어리를 가지고 와서 지전뭉치로 바꾸어 가지고는 뇌성벽력같이 서울의 유흥가를 휩쓸고는 바람같이 도로 산으로 돌아가는 것이 그의 노는 법식이다. 친구들을 몰고 홀에 나타나면 위스키를 들이켠다, 샴

페인을 딴다 야단법석을 치고는 갈 때면 으레 여자들 전부에게 지전 몇 장씩을 턱턱 나눠주곤 한다. 그러고 보니 여자들은 뒷구멍으로는 그가 난폭한 둥 야비한 둥 수군거리면서도 그의 그림자가 홀에 나타나기만 하면 일제히 고함을 치고 그의 주위로 몰려들어 어떻게 해서든지 한 번 그의 흥미를 끌어보려고 애를 쓰는 것이다. 눅진눅진하게 연애를 하자는 둥 하는 시원치 못한 사내들만 들끓는 이 세계에서 안 같은 존재는 시원한 소나기와도 같아 프로라는 다른 여자들이 뒷구멍으로 그를 어떻다 어떻다 깎아내릴 때면 도리어 그를 옹호하는 것이었으나 다른 여자들이 어떻게 해 요행 돈소나기나 맞아 볼까 하고 그의 옆에 몰려들어 교태를 부리는 것을 보면 눈꼴 사나워 일부러 안에게는 가까이 안 했는데 안이 이 홀에서 찾는 것은 역시 프로라였다.

그날 밤 안은 무슨 생각이 있음인지 친구들을 데리지 않고 혼자 놀러온 것이었다. 법식대로 위스키를 몇 잔 마시고 나서 프로라에게,

"여관을 오늘 옮겼네. 요 뒤 대동여관으로."

하고 그것은 프로라 있는 가게에 자주 놀러오기 위함이라 한다.

"호호호호, 여기서 반도호텔이 그렇게 멀어요?"

"멀구말구, 총을 놓으려면 그렇게 멀리서 놔서 맞나. 바짝 앞에다 들이대고 대포를 쏴야지."

"대포?"

"아무렴, 대포두 대포 십자포화를 들이부어야."

"호호호호, 무서워라."

그런 대화를 시삭으로 안은 또 떠들기 시작해 여자들을 앞에 몰아

놓고 자기는 여자들과 사귈 때에 무슨 연애니 무어니 하는 따위의 짓은 갑갑해 싫다. 그저 누구든지 마음에 들면 단도직입으로 말을 걸어 봐서 들으면 좋고 안 들으면 그만이라고 기세를 토했다. 어디 여자가 없어 한 여자에게 추근추근 매달리는 것이냐, 그 대신 자기는 말을 듣는 여자에게는 사례는 후하게 한다, 맘만 내키면 당장에 아파트라도 한 채 사 준다. 그런다고 또 언제까지나 물고 늘어져서 그 값을 빼려는 것도 아니다. 한번 지난 일은 지난 일, 하룻밤 자고 나면 깨끗이 잊어버리는 것이 자기 성미다. 자, 이 중에서 누구 응하는 이 없느냐, 싫으면 그뿐이다, 어때 응 사다코 싫은가, 마미짱 어때 싫은가, 프로라 어때 이따가 가게 파한 후 어디 술 먹으러 같이 안 가려나…… 하는 식으로 떠드는데 농담 같은 그 말이 반드시 농담으로 들리지 않는 것은 역시 안상렬의 인품 까닭일까. 안의 말이 거짓말이 아닌 것은 누구에게나 짐작되는 바이므로 여자들은 아이 이런 데 있는 여자라고 너무 멸시 마시오, 누가 돈이라면 사족을 못 쓰는 줄 아나 하는 식으로 겉으로는 불복인 체하나 속으로는 그 말이 나한테 하는 것이었으면 하고 은근히 바라는 것이다. 프로라 역시 자기가 직접 안과 어찌하리라고까지는 생각하지 않았지만 사실로 모든 것이 안의 말과 같이 앞뒤가 깨끗한 것이라면 그것도 인간 애욕의 한 방식이라고 생각해 본다. 도덕가에게 가지고 가면 무어니무어니도 하겠지만 세상에 물질을 떠난 순 애정만의 남녀관계라는 것이 어디 얼마나 있는가. 아니 돈 이야기는 빼더라도 서로 좋아하는 남녀가 단순 솔직하게 서로 사랑을 고백하고 싫어지면 담담하게 헤어질 수 있다 하면 쓸데없는 쇠사슬에

얽매여 서로 미워하면서도 언제까지나 질질 끌어가는 그 따위 관계보다 얼마나 나을 것인가 하고도 생각해 본다.

안상렬이 억지로 권하는 위스키를 두 잔폭이나 받아 마셨더니 프로라는 눈이 팽팽 돌며 두 볼이 후끈후끈해 왔다. 그래 눈을 감았다 떴다. 손은 안이 주무르는 대로 내맡기고 나중에는 안이 잡아당기는 대로 얼굴을 그의 가슴에 묻고 안겨 있었는데 어쩌다 보니 비틀비틀 취한 다리로 걸어 들어오는 최형태의 그림자가 눈에 비친다. 에이, 더러운 녀석, 남한테 몇십 원씩 돈이나 물리고 옳지 너 게이코한테 여봐라는 듯이 다른 년을 데리고 와서는 시시덕거렸겠다, 어디 너두 좀 당해봐라 하는 얼토당토 않은 헛배짱이 생기며 프로라는 안에게로 바싹 다가앉으며 눈을 감고 몸을 내맡겨 버렸다. 그러고 보니 술 취한 기분도 해롭지 않다.

그러나 그것도 잠시 동안, 별안간 쨍그렁 하고 유리컵 깨지는 소리가 나며 눈도 채 뜨기 전에 누군지 굳센 손으로 프로라의 덜미를 잡아 끌어 올렸다.

"이눔, 남 남의 계집을……."

등뒤에서 최의 흥분한 소리가 들리며 거의 동시각에 머리 위로 무엇이 휙 지나가 안상렬의 뺨에 가 쩔꺽 하고 들어맞는다. 안도 성난 범같이 마주 일어섰다. 이어 술병이 날고 테이블이 넘어가고 의자가 부서지고…….

순사가 와서 최를 끌어간 뒤 안의 태도는 놀랄 만큼 태연한 것이었다. 얼굴빛은 좀 창백하게 질렸으나 금방 치르고 난 싸움은 잊어버린 듯 잠자코 앉아 맥주만 꿀꺽꿀꺽 들이마신다. 프로라는 안의 그런 태도에 차차로 압도를 느끼고 있는데 안은 별안간,

"프로라, 아까 싸울 때 나만 자꾸 말렸지?"

하고 힐문하듯 한다.

"그럼 그런 사람허구 싸우면 어째요."

"간단허게 묻지. 프로라의 영감인가."

"원 별……."

변명하려 하는데,

"아니, 아니면 고만이지. 그렇지만 프로라가 내 팔에 매달리는 바람에 매는 나 혼자 실컷 얻어맞었구먼. 그 친구가 나한테 덤비는 것두 딴은……."

"원 별 말씀두, 호호호호."

프로라는 웃었으나 사실은 가슴이 뜨끔했다. 하기는 말을 듣고 보니 싸우지 말라고 안의 팔에 매달렸던 것은 최더러 마음놓고 때리라는 것이나 다름없는 것이다. 글쎄 자기도 의식하지 못하는 중에 최편을 든 것이었을까. 반드시 그렇다고는 할 수 없으나 또 안 그런 것도 아닌 성싶다.

그렇다면 어느 틈에 자기는 최에게 그렇도록 마음이 끌렸다는 것인가. 생각하니 무섭기도, 부끄럽기도 하다.

그래 프로라는 자기의 마음을 스스로 감추려는 듯이,

"자, 술이나 잡수세요. 그까짓 일 잊어버리구."

하고 술을 권한 것인데,

"프로라, 여기선 불쾌해 더 못 먹겠네. 어디 다른 데 가 한잔 먹세. 프로라 때문에 매까지 맞았으니 그만 청야 듣겠지."
하는 의외의 대답이다. 문득 프로라는 말이 막혀 거절할 말을 찾아낼 수 없었다. 시계를 쳐다보니 12시 반.

"한 삼십 분 동안이면……."

"왜 한 시가 되면 누가 기다리나."

"기다리긴 누가 기다려요, 호호호호."

그래 30분 동안만 안과 동행할 요량으로 홀 뒷문으로 빠져나온 것인데 자동차는 의외로 남대문통 넓은 거리를 풀스피드로 내닫는다.

"아이 너무 멀리 가면 어떻게 해. 이 근처 어디 술집 없나. 너무 늦으면 안 되는데."

그러나 안은 그런 말은 이런 종류의 여자가 체면으로 하는 것으로 듣는 모양 대꾸도 하지 않는다. 가만히 생각하니 프로라는 대체 이 밤중에 안과 함께 무엇 하러 어디를 가는 것인가 스스로도 알 수 없는 노릇이었다. 아파트 한 채가 탐이 나선가. 물론 아니다. 안상렬이가 마음에 들어 그와 어찌하자는 것인가. 그것도 아니다. 에라 무어 될 대로 되겠지…….

배짱은 정해졌으나 자동차가 아스팔트 큰길을 바람같이 내달아 한강 철교를 순식간에 건너 캄캄한 산길로 들어서서 이리 꾸불 저리 꾸불 뒤흔들릴 때에는 그런 경험은 프로라로서는 처음 것이라 몸이 바작바작 오그라드는 것 같았다. 안을 솔직한 사내라는 둥 그의 방탕칠학을 그것도 그럴 듯한 소리라는 둥 생각하던 것은 철부지의 짓이었다고 후회도 하는 것이다. 그 생각이 점점 마디와 같이 뭉쳐져서 안의 얼굴을 할퀴고 어깨를 물어뜯고 했던 것인데…….

쩔꺽! 정신이 번쩍 나게 뺨을 후려갈기고,

"그렇게 싫거든 가!"

씹어뱉듯 이 말을 내던지고 안상렬이가 물러앉아 맥주 컵을 집어들었을 때에는 프로라는 도리어 정신이 멍해지며, 아이, 이 사내도 생각하던 이만 같지 못하구나, 하는 것이었다. 그래 프로라는 그에게 도리어 사과하고 애원이라도 하고 싶었는데 노해버린 안은 아무 소리 않고 초인종을 눌러 하녀를 불러 가지고 이 손님은 가신댄다고 선언을 해버렸다. 프로라가 핸드백을 들고 일어서도 안은 맥주만 들이켰다. 안 떨어지는 발을 떼어놓아 미닫이께까지 와서 실례했습니다, 먼저 갑니다, 해도 안은 대답도 않았다. 그러나 ― 하고 한강 철교의 늘어선 등불이 다시 눈에 비치자 프로라는 비로소 가슴을 내리쓸며 생각하는 것이다. 일은 될 대로 잘 됐다. 그 이상 안과의 관계가 더 나가 좋을 것은 무어 있는가. 안상렬이 무엇이라 한마디만 말을 걸어 주었어도, 아니 미닫이를 닫던 그 순간에라도 프로라! 하고 불러 주기만 했어도 자기는 그대로 주저앉아서 그때까지 상상치도 못하던 정열을 안에게 바쳤을 것이다. 그러나 그것이 또 어쨌다는 것인가.

이튿날 밤 안상렬은 정말 그날 아침으로 서울을 떠난 것인지 밤이 늦어도 홀에 나타나지 않았다. 프로라는 무엇을 잃어버린 것같이 가슴 한편이 서늘하고 누가 권하는 사람이 있으면 술이라도 몇 잔 먹고 싶은 마음이었다. 마침 그런 판인데 발을 끊은 지 거의 한 달이나 되는 오금동이 술에 만취해 나타났다. 그러나 오는 한동안 안 오던 사람이고, 또 그전과는 사람이 몹시 변했으니 사람은 한 사람이지만 다른 사람으로 쳐서 이곳에는 프로라의 제7의 사내라 해둘까. 사실 친구들 둘과 함께 고주망태가 되어 '애마행진곡'을 고창하며 와당탕거리며 홀로 밀려 들어온 그전과는 생판 딴사람 같은 것이었다. 홀 한복판에 떡 버티고 서서,

"오오이 프로라, 술 가져오게. 술 가져와. 왜 빨리 안 가져오는 거야."

하고 야료를 치는 것이다. 그러나 프로라는 그러는 오가 어쩐지 몹시 반가웠다. 엊저녁 안상렬에게 잃은 것을 오에게서 땜질하자는 것인가. 오는 물수건을 가지고 간 프로라에게,

"음! 프로라, 이게 프로라였다. 여보게들, 이게 프로랄세. 유명한 프로라. 예쁜 프로라."

하고 빈정거린다. 같이 온 사람들은 하고 보니 차림이며 모든 것이 그렇게 상등 손님은 안 돼 보이는 데 그 중 하나가,

"응 뭐 후로라상, 제에기 산월이라구 허려무나. 후로라 후로라 목간 통이로라, 하하하하 아하하하하."

하고 가장 재미있는 변을 쓴 듯 깔깔거렸다. 150할 150할 하는 말이 자꾸 튀어나오는 것은 상반기 보너스 와리 말인가.

그러나 오금동들 패는 워낙 술을 많이 먹은 끝이라 처음 기세만 맹렬하였지 곧 파김치가 되어 그 중 하나는 드르렁드르렁 코까지 곧기 시작했다. 오만은 벌건 눈을 거듭 뜨고 그래도 처음 기세를 유지하려

애쓰는 것이나 응원으로 데리고 온 두 사람이 녹초가 되고 보니 그만 그전 바탕이 나와 역시 프로라의 적수가 못 되는 것이다. 한 달 동안이나 어째서 술을 먹지 않았느냐고 물으니까 안 먹긴 왜 안 먹어, 이 집에만 안 왔지 하고 대답하는데 눈치가 프로라에게 실패하고 한 달 동안 화풀이 겸 다른 데로 다니며 술 먹고 떠드는 기술을 닦고 온 모양이다. 말하자면 기껏 기술을 연마해 가지고 한 번 단단히 해댈 작정으로 프로라를 찾아온 것인데 막상 프로라를 대하고 나니까 도로 기운이 수그러진 격이다. 그런 기맥이 역력히 보이매 또 프로라로서는 기운을 내 떠들려고 노력하는 오의 모양이 도리어 우습게도 귀엽게도 보인다.

말끝이 끊어져서 잠깐 묵묵히 있으므로 프로라도 어줍어서,

"술이나 한 잔 더 잡숫구려."

하며 술을 쳤더니,

"프로라 한 잔만 허지."

하고 되레 권한다. 딴은 그런 소리도 그전에는 못 하던 소리다.

"주시면."

프로라는 서슴지 않고 받아 마셨다. 가슴을 내려가는 감각이 싸르르하다.

"한 잔 더!"

"나만?"

"후래삼배라니까."

"호호호호, 그럼 먹지요."

프로라는 깔깔 웃으며 또 두 잔을 넙죽넙죽 받아 마셨다. 오는 프로라의 술 먹는 모양을 의외라는 듯이 바라다본다. 그러나 오늘 저녁 프로라가 오의 술을 받아 마시는 복잡한 심정은 오로서는 아마 알지 못하리라. 술기운이 돌자 프로라는 마음이 커지며 자기는 누님이요, 오는 동생이라는 얕잡는 생각이 들기 시작했다. 가만히 몸을 실려 보니 반응이 그럴듯하다. 노곤한 척 손을 오의 무릎에 실렸더니 오는 감격하는 듯 슬그머니 그 손을 잡고 점점 더 힘을 준다 — 이런 것이 술취한 감정인가. 자기의 세계에도 어느새에 술까지 들어온 것인가. 이렇게도 생각했지마는 프로라는 풍선같이 부풀어오르는 감정을 어쩔 수 없었다. 상대가 다른 사람이면 그렇지도 못할 것이지만 그것이 오금동이라는 것이 프로라의 마음을 한없이 가볍게 하는 것이다.

"오상, 우리 오늘 저녁엔 술 먹기루 할까. 나두 먹구 싶으니."

프로라는 자청해 오와 술을 권커니 잣거니 하기 시작했다. 새 술병을 가지러 비틀비틀하며 카운터로 가노라면 동무들이, 에그 프로라가 술을 먹었네, 저 애가 어쩔려구 그래 하는 것이다. 그러면 프로라도 지지 않고, 왜 어쨌단 말이야, 두더지는 나비가 못 되라는 법 있나 하고 대꾸를 한다.

그러고 보니 형세는 처음과 정반대가 되었다. 프로라가 점점 기운이 나서 웃고 떠들고 하는 대로 오는 도리어 말이 적어져 가는 것이다. 내내 프로라가 정신이 핑 돌아 의자 등에 머리를 대고 잠깐 눈을 감았다가 깜짝 놀라듯 눈을 떠보았을 때에는 오는 심각한 표정을 하고 담배 연기만 후후 내뿜고 있는 것이다. 술도 다 깬 듯 얼굴빛이 창백하다. 잠깐 아찔했던 것으로 생각한 것은 프로라의 착각이었을까. 맞은편에 앉았던 오의 친구 두 사람은 어느새 그림자도 없고 시계는 벌써 12시를 넘었다.

"인제 좀 정신나? 홍 좀 부러운데. 나두 애인이나 맨들까?"

사다코가 옷을 고쳐 입다가 프로라를 보고 빈정거린다. 옷을 고치다니 벌써 집으로 가려는 것인가. 하기는 돌아다보니 넓은 홀 안에 벌써 손님이 한 패밖에 없다.

"제에기 이러다가는 장사 다해 먹겠네. 경칠 비 좀 오기루서니."

"비?"

프로라는 일어나 바람도 쏘일 겸 창문을 열고 내다보았다. 이슬비가 소리도 없이 부슬부슬 내리고 있다.

밤에 집에 갈 때에 손님들이 자동차로 바래다주는 것은 가끔 있는 일이지마는 오금동과 한 차를 탄 것은 그것이 처음이었다. 오금동이 돈을 치르고 집으로 갈 걱정을 하고 있는 것을 물으니 프로라와 방향이 같은지라 프로라 편에서 같이 타고 가자고 청한 것이다. 그러나 오는 프로라가 친절을 보이면 보일수록 도로 옛날의 자태로 돌아간 듯 그저 하자는 대로 할 뿐 차 안에 나란히 앉아서도 말 한 마디 하지 않는다. 그런 오의 태도에 그전 같으면 자못 권태를 느낄 뿐 아무 호의도 가져지지 않는 것이었으나 술기운이 아직도 얼근한 까닭일까 프로라는 도리어 마음이 안타까워지며 오에게 전에 없던 애착까지 느끼는 것이다. 애정이란 줄다리기 같은 것이라 할까. 이편이 한 발짝 나서면 저편은 한 발짝 물러서고, 이편이 한 발짝 물러서면 저편은 한 발짝 나서는 것이다. 그것을 깨뜨리려면 그것에 무슨 비약이 있어야 하는 것인데…… 그러나 어쨌든 오는 누구보다도 깨끗한 사람이라는 것이 지금 프로라의 취한 머리에 가득한 생각이다. 하기야 지금 술 먹으러 다니는 사람치고 깨끗한 사람이 어디 있을까마는 그래도 다소라도 마음이 쏠리지 않으면 사내들은 야심을 내지 않는 것이니 생판 야심만으로 여자를 농락하려 덤비는 사람도 야심을 내기까지에는 그만한 순정은 갖고 있는 것이라는 것이 프로라의 전부터의 생각인 것이다.

일상 하는 버릇으로 프로라는 집에 들어가는 골목을 한 마장이나 앞에 두고 먼저 자동차를 내렸다. 무슨 생각을 하고 있는 듯도 하고 아주 맥이 풀려 버린 듯도 한 오에게 자꾸 마음이 끌려 얼른 문을 닫지 않고 문을 붙든 채 서서 미안하다는 둥 고맙다는 둥 안녕히 가시라는 둥 말을 주고받고 하고 있는데 저편에서 컴컴한 그림자가 가까이 와서 짐짓 이 광경을 못 본 체 고개를 돌리고 지나간다. 프로라는 그것이 남편 김대진인 것을 알자 별 죄를 진 것은 아니지만 가슴이 서먹했다. 그래 분주하게 인사를 마치고 문을 탁 닫고 돌아서려 한 것인데 무슨 생각을 한 것인지 별안간 오금동이 잠깐만! 하면서 좇아 내려온다.

몇 발짝 앞서 걸어가는 남편과 뒤좇아 내려오는 오금동을 번갈아 보면서 프로라는 어떻게 할는지를 알 수 없었다.

"아이, 비두 오구 하는데 왜 내리슈. 그냥 가세요."

"뭐 대단치 않구먼."

오의 목소리는 웬일인가 쉰 것같이 잘 나오지 않는다.

"그래두!"

그 말에는 대답도 않고 오는 따라와 프로라와 나란히 선다. 무엇인가 이상스런 압력이 그에게서 흘러나와 프로라를 내리눌렀다. 그의 어느 구석에 이런 압력이 있었더란 말인가. 프로라가 그렇게 느낀 것은 하필 몇 발짝 앞에 남편이 걸어가고 있기 때문만은 아니었으리라. 그러나 그 남편이 뒤도 돌아보지 않고 걸음을 빨리해 달아나는 것은 좀 마음의 부담을 가볍게는 해준다.

집 들어가는 골목 앞까지 거의 다 오도록 프로라와 오 사이에는 말 한 마디 없었다. 그러나 그 침묵이 도리어 더 무겁게 프로라를 내리눌렀다. 몸이 오그라지고 숨이 가쁜 품이 엊저녁 안상렬과 한강 건너 산속을 달릴 때 몇 배 이상이다. 프로라는 오늘 저녁 오금동을 만만히 본 것을 후회하였다. 그러나 그것이 지금 와서 무슨 소용이 있으랴.

골목 들어가는 어귀까지 와서 인젠 정말 헤어지려고 잠깐 머뭇머뭇하는데,

"프로라!"

별안간 오가 옆으로 바싹 다가선다.

"네?"

"프로라! 난……."

폭발하는 감정에 말을 미처 못 맺고 오는 달려들어 프로라를 껴안고 얼굴을 문지르고 길 옆 남의 집 화방에다 밀어붙였다. 저항할 수 없는 놀랄 만한 사내의 힘.

"아이 아이."

프로라는 겨우 이 소리를 했을 뿐 저항은커녕 무엇이 어떻게 되는 판인지 알 수 없었다. 이래서는 안 된다는 생각이 별똥같이 획 지나가고는 다음은 아까보다도 더 한층 암흑이다. 정신을 가다듬으려 해도 가다듬을 정신이 없는 것이다. 첫째로 사지의 맥이 풀려 몸이 말을 안 듣는 것이다. 사람의 정신에도 에어 포켓 같은 것이 있다는 것인가.

그러나 집 문간을 들어설 때에는 프로라는 벌써 보통때의 프로라였다. 그는 우선 부엌으로 가서 맑은 냉수를 떠 양치질을 왈가닥왈가닥 했다. 이번에야말로 비록 무슨 무엇은 없었다 해도 김대진에게 정말 미안한 것 같아서 몸속 마음속까지 씻어낼 듯이 야단스레 하는 것이다. 방문 앞에 와서도 프로라는 잠깐 머뭇거렸다. 죄를 지은 죄인인 양 고개를 숙이고 가만가만 미닫이를 연다. 그러나 이것은 또 웬일일까. 질투의 불길에 바작바작 몸을 태우며 전등 밑에 도사리고 앉았어야 할 김대진은 10분밖에 안 되는 그 동안에 잠이 들었을 리도 없는데 벌써 이불을 덮고 눈을 감고 죽은 듯이 누워 있는 것이다. 안심했다느니보다 차라리 무슨 까닭으로 양치질을 한 것인지 너무도 싱겁다는 듯이 프로라의 입가에는 빙그레 웃음이 떠올랐다.

봄

어린애 앓는 푼수로는 그리 대단치 않았으나 근처에 있는 R의사하고는 무관한 사이라 잠깐 좀 와보아 달라고 부탁했더니, 청진기로 들어 보고 손으로 두드려 보고 눈 속 입 속 할 것 없이 샅샅이 들여다보고 하는 R의사의 안색이 차차로 심상치 않아 간다. R의사는 이번에는 어린애 목이랑 팔이랑 겨드랑이랑 등 배 다리 할 것 없이 전신을 자세자세 들여다보고 그것으로도 부족해서 회중전등으로 비추어 보고 하더니,

"아이구, 너 어디서 이런 병을 얻어 왔니?"

어린애 얼굴을 들여다보며 혼자말 하듯 한다.

현류는 무슨 말인지를 몰라 눈을 동그랗게 뜨고 의사를 쳐다보고 나를 쳐다보고 한다.

나도 무슨 까닭인지 몰라 R의사의 입만 건너다보노라니까,

"성홍열 같은데요. 아직 발반은 시원치 않았지만, 요새 성홍열이 대유행이어요."

미안한 듯한 낮은 소리다.

"성홍열요?"

얼굴빛을 변하며 내가 놀라니까,

"대개 틀림없을 것 같습니다. 편도선 부은 거라든지 목에 발반 돋친 것이라든지."

"발반요?"

나는 되묻지 않을 수 없었다.

"네, 아직 똑똑지는 않습니다만."

하며 R의사가 현류 목에다 회중전등을 비춰주는 데로 허리를 굽혀 자세히 들여다보니 정말 바늘 끝으로 콕콕 찌른 것 같은 발긋발긋한 점이 수없이 솟아 있다.

나는 금시로 전신의 맥이 다 풀리는 것같이 기운을 잃었다. 성홍열이라면 나에게는 쓴 기억이 있는 것이었다. 열일고여덟 해 전 역시 같은 4월 달에 단 하나밖에 없던 내 사내동생이 이 병에 걸린 것을 잘못해 죽이고 만 것이었다.

"곧 대학병원으로 데리고 가서 진단을 받아 보시죠. 대개 뭐 틀림은 없을 것 같습니다만. 그리고 곧 입원을 시키셔야 할 걸요. 법정 전염병이 돼서 자택 치료는 못 허게 돼 있으니까요."

"허지만 성홍열이라니 어디서 전염된 것일까?"

나는 의사에게 이의나 하는 것처럼 중얼거렸다. 그랬더니 R의사는,

"어디 나갔다 온 일 없나요?"

한다. 옆에 앉은 아내를 건너다보니까,

"아무 데도 나간 일 없는데요. 문간 앞 행길밖에."

아내도 의사와 내 얼굴을 번갈아 보며 근심스런 얼굴이다.

"그래두 어디 밖에서 묻혀 들인 게죠. 하긴 이 병은 전염 경로가 분명치 않은 때가 많습니다. 균이 좀처럼 죽질 않기 때문에 혹 어른들이 밖에 나갔다가 균을 묻혀 가지고 와서 어린이에게 전염시켜 주는 수도 있으니까요."

그리고 나서 R의사는 나와 아내를 안심시키려는 듯이,

"허지만 뭐 그렇게 염려하실 것 없습니다. 이 병은 치료만 잘 하면 사람이 탈이 나는 법은 거의 없으니까요. 어쨌든 곧 대학병원으로 데리고 가보시죠."

한다.

의사가 간 후에 나는 맥이 풀려 한참이나 아내와 얼굴만 마주보고 앉았다가 서재로 나와서 급히 백과전서를 폈다. '성홍열' 조항 예후 급사망(豫後及死亡)이란 제목 밑을 보니까, 만주 북지, 조선 같은 데서 치료법을 그르쳐 사망률이 높으며, 일본에서는 겨우 백에 하나나 둘이 죽을 뿐이라고 씌어 있다. 그것으로 다소 안심은 되었으나 어쨌든 급한 것은 그러고 보니 입원이었다.

나는 곧 이웃으로 가서 대학병원 P의사한테 전화를 걸어놓고 아내와 함께 현류를 데리고 그래도 속으로는 혹시 R의사의 진단이 오진이

었으면 하면서 대학병원으로 갔다.

그러나 P의 진단도 R의 진단이나 역시 다름없었다. 오후의 텅 빈 진찰실에서 고루고루 진찰을 하고 난 P는,

"역시 그 병인걸요."

미안한 듯이 내 얼굴을 건너다보며 선언한다.

"그럼 입원을 해야죠."

"암 해야죠."

"입원을 허면 얼마나 걸릴까요?"

"글쎄, 암만 빨러도 한 달은 걸릴 걸요."

"한 달!"

내가 놀라니까,

"한 달 만에 퇴원하게 되면 상이죠. 잘못하면 두 달 석 달씩도 가는데요. 이 병은 앓는 때보다도 앓구 나서가 염려예요. 잘못하면 중이염이나 신장염 같은 게 일어나니까요. 그뿐인가요. 앓고 난 끝에는 온몸이 허물을 벗는데, 그 허물 밑에 균이 들었기 때문에 남에게 전염되기가 첩경이니까요. 다른 애기들을 위해서두 병원에서 허물까지 다 벗은 후에 퇴원허시는 게 좋을 걸요."
한다.

입원시키는 것까지는 이미 배짱을 정한 바였으나 정말 입원을 시키게 되니까 이번에는 전염병실로 갈 것이 또 걱정이었다.

"성홍열이면 전염병실로 갈 것이 아니에요?"

"그렇죠."

"어떻게 보통 병실에 둘 수 없을까요?"

무리한 청인 줄 알면서도 나는 말을 꺼내 보지 않을 수 없었다.

"……어린애 병세두 대단치 않구 허니."

P는 입맛을 다시고 있더니,

"안 될 걸요. 제일에 다른 환자가 싫어하니까. 허지만 어쨌든 오늘이나 보통 병실에서 지내시죠. 전염병실 쪽은 방 형편도 있구 허니까 내일이나 들기로 허구."

P의 호의로 오늘 하루란 약속으로 우리들이 안내된 곳은 소아과 병실 맨 동쪽 끝 북으로 향한 조그만 방이었다.

방문을 들어서니 으슬하도록 공기가 차다. 차디찬 침대 위에 어린애를 갖다 뉘어놓고 싸 업고 온 처네는 물론 내 외투와 아내의 두루마기까지 갖다 덮어주는 것을 보고 P는,

"방이 차서, 여태까지 문을 열어놓았던 방이라서요. 그런데다가 요새는 오후엔 스팀도 안 피우니까."

하며 변명을 한다.

"아니, 뭐 괜찮습니다."

나는 대답했으나 열병에는 찬 것을 대기하는 습관에 젖은 나이라, 어린애를 찬 데다 뉘어놓는 것이 발가벗겨 땅바닥에다 내굴리는 것 같이 속으로는 안타깝다. 집에서는 방 안이 후끈후끈하도록 불을 때고 있었고, 병원으로 오는 길에도 혹시 바람을 쐴까 봐 싸고 싸서 데리고 온 것인데……. 그러나 하는 수 없다.

P가 나간 후 나와 아내는 무인절도에 귀양이나 온 사람 모양으로

한참이나 말없이 마주보고 있었다. 가만히 앉았으니까 아내는,

"어서 가 이부자리서껀 가지고 오세요. 어째 이리 추울까?"

하고 재촉한다. 아내도 얼굴에 소름이 쪽 끼쳐 팔짱을 끼고 침대 위에 동그마니 올라앉아 있는 것이었다.

"그럼 어린애나 춥지 않게 좀 끼고 누웠기라도 하오."

해놓고 나오려는데,

"아버지, 나두 가.

하고 그때까지 말 없이 누웠던 현류가 조른다.

"아냐, 가만 있거라. 오늘부터 우린 이리 이사 왔단다. 내가 이부자리 가지고 올게 엄마하고 가만 있어."

하고 달랬더니,

"현경인 집에 내버려두구?"

한다. 현경이라는 것은 제 형으로 집에서 밤낮 싸움만 하는 사이다.

"응 그래, 그깟년은 식모허구나 살라지."

대답하니 현류는 좋아하는 눈치로 다시 더 조르지 않는다.

혹시 성홍열로 확정이 되면 입원할 양으로 이부자리며 그릇 나부랭이 같은 것은 병원으로 가기 전에 벌써 다 찾아놓았던 것이건만 그래도 이것저것 챙기는 데 두어 시간이나 걸리고 말았다. 내내 무거운 짐을 메고 들고 끙끙거리며 소아과 병실에 내가 다시 나타난 것은 침침한 복도에 벌써 전등이 켜진 후였다.

방문 앞에 짐을 내려놓는 소리가 나자 아내가 뛰어나온다.

"아니, 뭘 허게 그렇게 오래 계셔요?"

"빨리 허는 게 그렇게 됐어."

대답하며 아내를 보았더니 안색이 심상치 않다. 눈시울에 눈물자국 같은 것이 보인다. 못난 것! 이만 일에 마음을 상한단 말인가.

짐을 들여놓고서,

"어린앤 좀 어때?"

처네 밑에서 싸근싸근 잠들어 있는 현류를 들여다보며 물었더니, 아내도 옆으로 와 어린애를 들여다보며,

"아까 나가신 지 얼마 안 돼서 별안간 몸이 불덩이같이 더워지며 자꾸 아버지를 찾고 집으로 고만 가자고 조르는 데 혼이 났어요. 그래두 안 된다구 여기가 집이라구, 아버지두 곧 오신다구 달랬더니 나중엔 아무 소리 없기에 잠이 든 줄만 알고 들여다봤더니 잠은커녕 눈을 까맣게 뜨고 글쎄 눈물이 글썽글썽하겠지요, 원……."

한다. 고개를 돌렸더니 빙긋이 웃으며 쳐다보는 아내의 눈에는 눈물이 또 번쩍한다.

"벨소릴 다 해."

나는 꾸짖었으나 내 눈도 공연히 화끈해 와서 그것을 감추려는 듯이 도로 현류에게로 고개를 돌리며 가만히 머리를 만져 보았다. 정말 몹시 뜨거웠다. 아마 40도 가까운 열일 게다.

"웬일일까. 몇 도나 됩디까?"

"재보지 않았어요. 그러다가 잠이 들기에"

"어서 그 이불이나 갖다 덮어주."

아내가 현류에게 이불을 갖다 덮어주고 그릇 나부랭이를 꺼내고 하

는 동안 나는 유리창 앞 의자에 앉아 담배를 피워 물었다. 창 밖으로 검게 흐린 하늘 밑에 저물어 가는 병원 뒤 숲과 그 위로 저 멀리 북한산 연봉이 앙상하게 추위에 떠는 것같이 보인다.

"꽃 필 때가 얼마 남지 않았는데 왜 이리 추울까."

"그러게 말예요."

대충 물건을 치우고 난 아내도 의자로 와 웅크리고 앉는다.

"저녁은?"

하고 물었더니,

"아직 안 먹었어요."

하며 아내는 테이블 위에 놓인 싸늘한 밥상으로 눈을 옮긴다. 그리고는,

"원 별꼴을 다 봐. 아까 간호사가 그걸 가지구 와서 들이뜨리구는 방에서 왜 덤벼들어 붙드는지 질겁을 해 나가겠지요. 나가서는 고개만 디밀고 허는 소리가, 당신은 전염병 환자래서 밥을 갖다 줄 수 없으니 끼마다 부엌에 와서 찾아다 먹으라나요. 그리곤 다른 환자의 밥 그릇허구 섞이면 안 되니까 그 그릇을 맡아두고 내일 아침부터는 그릇을 가지구 와서 음식만 받아 가라나요."

푸대접을 받은 것이 몹시 뼈에 저린 모양이다.

"그야 그럴 수밖에."

나는 대답했으나 속으로는 지금 우리가 처해 있는 심상치 않은 처지가 새삼스레 서먹하게 느껴지는 것이있다. 아무리 떨이 비리려고 애를 써도 가지가지 불길한 생각이 다음다음 구름같이 피어오른다.

2

이튿날 아침 현류의 몸에는 틀림없는 성홍열 발반이 발갛게 솟아 올랐다. 그러나 그런 중에도 열은 엊저녁보다 훨씬 내렸으므로 혹시나 하며 기적을 바랐더니, 11시쯤 해 과장이 와서 보고 당장에 전염병실로 옮겨가라고 거지 쫓듯 한다.

전염병 환자가 전염병실로 가는 것은 생각하면 당연한 일이나 나와 아내는 정말 지옥으로나 떨어져 들어가는 듯한 느낌이었다. 말만 들어도 무서운 전염병실! 티푸스, 디프테리아, 뇌막염 또 무엇무엇— 듣기만 해도 몸서리가 쳐지는 병자들이 득시글득시글 하는 전염병실. 그런 병자들 틈으로 지금부터 들어가야만 되는가 기가 막힌다. 디프테리아는 공기 전염이라는데 어린애가 혹시 그런 것이나 또 전염하면 어찌하는가. 내나 아내가 새로 무슨 무서운 병을 얻으면 어찌하는가.

과장들 패가 나간 후 P의사는 혼자 처져서 현류의 몸을 자세자세 살피고서 그전에 혹 무슨 병을 앓은 일이 없느냐고 묻는다. 없다고 대답했더니, 늑막염이나 폐첨카타르 같은 것을 앓은 일이 없느냐고 병명을 지적해 묻는다. 그런 일 없다고 대답했더니 고개를 기웃기웃하며 무슨 생각을 하는 모양이다.

현류는 어느 결에 폐나 늑막에까지 병이 든 것이었던가.

나는 마음이 암담하지 않을 수 없었다.

P가 나간 후,

"현류가 왜 어떻긴 어떻단 말이야. 공연히 멀쩡한 남의 애를…… 원 요새 의사들은 아는 게 쓸데없이 많아."

아내는 전염병실로 쫓겨가게 된 분풀이를 두덜두덜 P에게로 향한다.

그러자 간호사가 와서 고개를 들이밀고,

"얼른 옮겨 주세요. 이 방은 얼른 소독을 해야 다른 환자가 들 테니까."

하고 또 재촉이다.

나는 어젯저녁에 갖다 벌여놓았던 짐들을 다시 주섬주섬 주워 꾸렸다. 아내는 현류를 처네에 싸안고, 나는 무거운 짐을 볼품 사납게 또 메고 들고 그 뒤를 따랐다. P가 가르쳐 준 대로 긴 복도를 이리 꾸불 저리 꾸불 해서 마당으로 내려서서 코를 땅에 박듯이 하고 한참 오른편으로 가노라니까 언덕 위에 높직이 새로 지은 양관이 보인다. 깨끗한 건물이었건만 그때의 내 눈에는 형무소보다도 더 께름해 보였다. 간신히 문턱에 다다르니 '전염병실' 이라는 글자가 벌써 심찌끈하게 눈을 쏜다. 문 안을 들어서자 다시 '면회 사절' 이라는 정떨어지는 네 글자가 앞을 막을 뿐, 온 병사가 본관과는 딴판으로 쥐죽은듯이 고요하다. 코를 찌르는 소독약의 악취. 복도벽에 주욱 걸린 예방의(豫防衣). 병실에 들어가는 사람에게 대한 주의. 모든 것이 그저 끔찍끔찍하고 무서운 중에 일종 엄숙한 기분이 떠돈다.

사람은 흔히 괴로우면 괴롭다고 소동을 치고, 간호하는 사람은 간호하노라고 또한 소동을 친다. 그러나 앓는 당자나 간호하는 사람이나 그 소동 속에 반은 희롱 기분이 섞여 있는 것을 알지 못한다. 그런 희롱 섞인 소동은 병이 차차 위중해져서 죽음과 맞대해 단판 씨름을 하게 되어감을 따라 차차로 사라지고 자못 엄숙한 침묵만이 남아 간다—전염병실의 침묵은 그런 엄숙의 침묵이었다. 이곳에서는 아무도 병과 희롱하는 사람은 없다. 그 엄숙과 그 침묵이 새로 발을 들여놓는 나를 천 근의 무게로써 내리누르는 것이었다.

우리에게 지정된 방은 병실 복도로 들어서며 오른편 셋째 방이었다. 이 방에서 몇 명이나 되는 사람이 죽어 나갔는가, 어제까지는 어떤 환자가 있었는가 생각하니 문 손잡이 하나 만지기도 싫다. 그런데다 침대라는 것이 몹시 더럽다. 시커멓게 때묻고 얼룩이가 진 요가 누르면 서걱서걱 지푸라기 소리를 낸다. 못 올 데를 왔구나 하는 생각만이 머리에 가득하다. 이럴 줄 알았다면 되나마나 집에서 한약이나 써볼 것을, 하는 생각도 든다.

다만 한 가지 방 안 온도가 본관보다 훨씬 따뜻한 것만은 암담한 내 마음에도 얼마쯤 기뻤다. 하기는 바깥날도 오늘은 훨씬 풀린 것이었지만 어쨌든 방 안이 춥지 않은 것만은 당하다. 남쪽 겹유리창으로 방 안을 들이비치는 햇살도 포근포근 따뜻해 보인다.

나는 우선 침대 위에 가지고 온 요를 펴고 그 위에 하얀 시트를 깔아 어린애 뉠 자리를 만들어 준 후, 대야를 들고 복도로 나갔다. 물을 떠다 크레졸을 풀어 온 방 안에 소독하려는 것이다. 복도 중간쯤에 있는 수도까지 가려면 여러 병실문 앞을 지나야 된다. 그것이 나에게는 또 큰일이었다. 병실문 하나하나 앞을 지날 때마다 그 문 저편에 지금 펼쳐져 있을 가지가지 병자들의 무서운 꼴이 눈에 선하고 그 방에서 새어나온 못된 균들이 그리 넓지 못한 복도 공기에 가득하게 떠도는 듯이 느껴지는 것이었다. 발을 떼어놓을 때마다 살얼음을 딛는 듯 가슴이 서먹서먹한다. 대야에 물을 떠 가지고 돌아와서 크레졸을 타 가지고 수건을 적셔서 테이블 의자 할 것 없이 손에 닿는 데는 전부 닦았다. 그러고 나니 좀 안심이 되는 것 같기도 하나, 오그라진 신경 끝은 아직도 대각대각한다.

침대 옆에 앉아서 보채는 현류를 어떻게 좀 재워 보려고 또닥거리고 있던 아내가 불안한 눈으로 벽을 가리키며,

"저건 무얼까?"

가만히 묻는다. 보니 바로 침대 옆 누워서 손 닿을 만한 얕은 벽에 핏자국 같은 검붉은 점이 점점이 박혀 있다.

"무슨 물감 아니야?"

태연한 체 나는 대답했으나 마음속으로는 혹시 그것이 죽어 넘어가는 병인이 입으로 내뿜은 피가 아닐까, 수혈하다가 잘못되어 혈관에서 내솟은 피가 아닐까, 근거도 없는 갖은 방상이 왔다갔다 한다. 내 말에 더 묻지 않는 아내도 내 말대로 그것이 물감이거니 한 것은 물론 아닐 게다.

그제야 나는 아내가 어젯저녁부터 여태 아무것도 안 먹은 것을 생각하였다.

"뭘 좀 먹어야지?"

하고 물었더니,

"아무것두 먹구 싶지 않어요. 여기서 무얼 어떻게 먹겠소. 당신이나 무얼 좀 잡숫구려."

음식이라면 도리어 구역질이 올라오는 듯이 아내는 머리를 흔든다.

그러는 아내의 얼굴은 하룻밤 사이에 초죽음이 된 것이었다. 눈은 때꾼하고 분칠도 아니 한 얼굴빛은 검푸러 보인다. 나는 아내가 임신중인 것을 생각하면서,

"안 먹음 죽을 텐가. 앞으로 한 달은 있어야 할 걸. 무얼 먹겠소, 양식? 일본 음식? 우동? 스시(초밥)?"

"아이 싫어요, 싫다니까요. 배고픔 인제 먹죠."

아내는 내내 거절이었으나 그대로 내버려둘 수도 없어서 나는 사무실로 나왔다. 털실로 편물을 하고 있던 간호사에게 음식을 주문해 먹는 방식을 물었더니, 이곳에서는 일체 '데마에(배달)'는 들이지 않는다는 대답이다. 데마에를 들이면 그 기회에 밖에서 세균이 묻어 들어올는지도 모르고, 이 병실 균이 묻어 나갈는지도 모르니까 그런다는 것이다.

기막히는 대답이다. 그러나 어쨌든 무엇을 좀 먹기는 하겠어서 모자도 안 쓴 채 나는 병실을 나왔다. 병실을 나섰더니 아내와 어린애가 아직도 전염병실에 있는 것을 금방 잊어버리기나 한 듯 기적과 같이 몸과 마음이 거뜬해진다. 병원 앞 식당으로 들어가 활활 불타는 난로 앞에 앉았을 때에는 나는 벌써 굉장하게 왕성한 식욕을 느끼고 있었다. 나는 입에서 당기는 대로 오야코돔부리(닭고기 계란 덮밥) 한 그릇

을 게눈 감추듯이 순식간에 먹었다.

아내에게 스시를 싸들고 식당을 나서니 창경궁 앞 큰길에 병원과는 한평생 아무 인연도 없어 보이는 사람들이 그득히 왔다갔다 한다. 창경궁 속에서는 야앵(밤벚꽃놀이) 준비하느라고 야단들이었다. 병원 언덕에 서서 나는 그것을 처음으로 발견한 듯 한참이나 바라보았다.

꽃등을 달고 전깃줄을 끌고 하느라고 전기공들이 원숭이같이 나뭇가지에 매달려 야단이다. 딴은 하룻밤 동안에 갑자기 절기가 바뀌기나 한 듯이 등에 비치는 햇살이 포근포근 따뜻하게 느껴지기는 하는 것이었으나 전염병실 앞 민틋한 언덕으로 올라가며 늘어서 벚나무 가지를 손에 휘어잡아 보니 꽃봉오리는 아직도 단단한 껍질 끝으로 겨우 방긋이 분홍색 부리를 내밀었을 뿐, 그것이 자라고 피어 탐스런 꽃송이가 되기까지에는 앞으로도 여러 날 걸릴 성싶었다.

전염병실 문을 밀고 물큰, 하는 소독약 내가 코를 찌르는 순간 나는 갑자기 현실로 돌아왔다. 면회 금지의 네 글자. 주루룩 내걸린 예방의…….

방문을 여니까 아내가 손짓을 한다. 현류가 잠들었으니 큰 소리 내지 말라는 군호다.

사가지고 온 것을 테이블 위에 놓고 그 앞 둥근 의자에 걸터앉아, 아내는 가만히 몸을 일으켜 앞으로 오며,

"쓰키소이(간병인) 부탁했어요."

한다. 말하는 아내의 얼굴은 웬일인까, 아까보다 훨씬 명랑해 보인다.

"어떤 사람?"

"건 모르지요. 간호사보고 말했더니 곧 전화 걸어 주더구먼요. 쓰키소이회가 있어서 거기서 보내 준대요."

"거 잘 됐군."

하는데, 아내는 혼자 빙글빙글 웃으며,

"여기 간호사는 친절해요."

한다.

"……본관 간호사는 그렇게 퉁명스럽더니…… 전염병잔 역시 전염병실로 들어가게 마련이야."

"거야 뭐든지 제 고장 제 동류 총중이 제일이지."

무심코 나는 대답했으나 말하고 나니까 공연히 가슴이 찔린다.

"저기(본관)선 이웃방 사람까지 까닭 없이 퉁명스럽더니……."

하다가 아내는,

"이거 스시에요?"

하며 내가 사가지고 온 꾸러미를 푼다. 스시를 한 개 입으로 집어넣으며,

"그 살결 흰 간호사 말이에요, 나카하라라던가요, 그 간호사는 묻지도 않는데 이 병실 규칙이며 부엌, 변소, 소독기 쓰는 것 할 것 없이 샅샅이 가르쳐 주겠지요. 그리고 전화도 쓸 일 있거든 얼마든지 쓰라구요."

말하는 아내의 얼굴에는 아까까지 가리고 있던 짙은 검은 그림자가 흔적도 없이 없어진 것이었다. 남의 조그만 친절은 무서운 공포심마저 잊어버리게 해주는 것인가.

무심코 눈을 돌리니까 아까 피 같은 것 묻었던 벽에 신문지를 대고 압정으로 꽂아놓은 것이 보인다. 내 눈이 그리로 가는 것을 보고 아내는,

"현류가 자꾸 그거 피라고 무서워하기에 가려 놓았어요."

한다. 딴은 엉성하게 핀으로 꽂힌 신문지 한 장 밑에는 그 검붉은 흉한 자국이 지금도 그대로 있는 것이건만 그렇게 가려 놓고 보니 아무렇지도 않다.

그때 문을 가만히 노크하는 소리가 나고,

"고멘푸다사이(실례합니다)."

아까 털실로 무엇인가 짜던 나카하라라는 간호사가 들어왔다. 속눈썹 긴 까만 눈과 동그레한 얼굴이 몹시 호감을 갖게 한다. 팔꿈치 아래로 그대로 내놓은 신선한 분홍색 팔뚝이 매끄럽고 탄력이 있어 보인다.

"이거 제출하시라고요."

내 앞으로 내민 것은 입원 수속에 관한 서류였다.

그리고 간호사는 침대 옆으로 가서 잠든 현류를 들여다보면서,

"애기 예쁘기도 해요, 어쩌면."

한다. 아내는,

"무얼요, 심술이 나면 아주 망나닌걸요."

입으로는 사양을 하나 기뻐하는 눈치는 가릴 수 없다.

"이거 먹던 거지만 한 개 안 드세요?"

아내는 먹다 만 스시 꾸러미를 간호사 앞으로 내밀며 권한다. 나는

눈짓을 해 말렸으나, 아내는 눈치를 채지 못하고 자꾸 권하기만 한다. 어찌 되는 것인가 염려하며 보고 있는데 간호사는 몇 번 사양을 한 끝에,

"고맙습니다. 그럼 한 개만……."

하고 웃으며 스시를 한 개 집어 아무 주저 없이 입에다 넣었다.

나는 마음이 푸근히 가라앉았다. 몇 시간 전 이 병실로 들어오던 때의 그 절망과는 몹시도 거리가 먼 심정이었다. 생각하면 기적과 같은 변화다. 그러나 어쨌든 나에겐 기쁜 일이었다.

3

오후 3시쯤 해 간호사에게 부탁하였던 쓰키소이가 왔다. 문을 노크하는 소리에 간호사인가 했더니 서른을 넘었을 듯 말 듯한 앙바틈한 여자가 이향심이라고 쓴 바께쓰 하나와 동그란 이불 보퉁이를 들고 들어왔다.

"쓰키소이회에서 왔습니다."

하면서 허리춤에서 전표를 꺼내 아내에게 전하고 방 안을 두리번두리번하더니,

"아이구, 밖을 좀 치워야 하겠구먼요."

하고 가지고 온 바께쓰를 들고 도로 나간다.

쓰키소이가 가지고 온 전표에는 쓰키소이의 요금과 함께 그 쓰키소이가 마음에 안 들거든 도로 보내 달라는 말이 적혀 있었다.

"어쩔까, 지금 그 사람 그대로 둘까?"

물었더니,

"글쎄, 이마도 좁고 몸은 앙바틈한 게 어째 좀 얌의가 없어 보이는 구먼……."

어느새에 그렇게 본 것일까. 여자의 관찰이란 날카롭다.

"글쎄 건 그렇구먼두……."

미처 어떻게 할 것을 정하지 못하고 있는데 벌써 쓰키소이가 방으로 돌아왔다. 일본식 앞치마를 두르고 팔을 훨씬 걷어올리고 한 손에는 비를 또 한 손에는 물을 가득 따라 담은 바께쓰를 들고 온 것이었다. 그러고 보니 도로 보내고 어쩌고 할 여지가 없다.

향심이는 쓰키소이 일에는 경험이 많은 듯 익숙한 솜씨로 보고 있는 동안에 방 안을 치워 나갔다. 어수선하게 종잇조각 등속이 흩어져 있던 방바닥을 말갛게 쓸어내고 테이블 위에 약병이며, 컵, 탕기 등속을 가지런하게 정돈해 놓은 다음에 물걸레로 구석구석 깨끗하게 훔친다. 불과 10분이 못 되어 방 안은 몰라볼 만큼 깨끗해졌다.

"괜찮군그래."

"글쎄, 생김생김허군 딴판인데요."

우리는 문제없이 그 쓰키소이를 두기로 했다.

쓰키소이까지 정하고 나니까 나는 마음이 더욱 누그러져서, 그 길로 집으로 돌아와 한종일 식모에게 맡겨 버렸던 다른 어린애들을 보고 저녁까지 집에서 먹은 후에 병원으로 갔다. 현류는 침대에 누운 채로 조그만 불란서 인형을 가지고 놀고 있었다.

"너 거 웬 거냐?"

붉은 발반 내솟은 현류의 얼굴을 들여다보며 물었더니,

"나카하라상이 갖다 주었어요."

아내가 대답한다. 그러자 침대머리 마룻바닥에 포대기 같은 요를 펴고 앉았던 쓰키소이가 부스스 일어나 문을 열고 피해 나간다. 아내는 그 뒷모습을 바라보다가,

"몇 살이나 돼 보이죠?"

한다.

"글쎄, 한 서른 됐나?"

"서른다섯 살이래요. 젊어 뵈지요."

"서른다섯? 거 참 젊어 뵈는데."

"그러게 말이어요. 집은 수표다리꼔데, 남편은 죽고 시부모와 열여섯 살 먹은 아들뿐이래요. 볼상보다는 사람은 괜찮은가 봐요."

그러다가,

"곱지요, 꽃?"

하며 테이블 위로 눈을 향한다. 테이블 위 사이다 병에 탐스럽게 핀 개나리꽃이 한 가지 꽂혀 있다.

"꺾다가 들키면 혼이 난다는데 쓰키소이가 글쎄, 극성스럽게 몰래 꺾어 왔구먼요"

그리고 또 한참 있다가,

"이 옆엣방에 말이에요."

하고서,

"아까 저녁때 똑도도 똑도도 하고 자꾸 벽을 두드리는 소리가 나길래 무슨 소린가 했더니, 옆엣방 여자가 그러는 거라겠지요. 스물한 살 먹은 폐병 환잔데, 병실에 불이 나서 이리로 옮겨온 거래요. 한종일 가도 문병 오는 사람도 없구 해서 심심해 벽을 두드리는 거라나요."

박명의 미인이 병석에 누워 무료를 참지 못하면 벽을 두드린다는 말은 남의 책에서 읽은 일은 있어도 실지로 본 일은 없는지라, 나의 아내의 이야기에 얼마쯤은 감동되어 있는데 마침 그때 정말 똑도도 똑도도 하고 벽을 두드리는 소리가 고요한 초저녁 공기를 흔들고 이웃 방에서 들려왔다.

"정말……."

하니까 아내는,

"헌데 원 기분이 나빠서. 병이 심해서 기침할 때는 물론이구 말만 해두 입으로 균이 쏟아져 나온대요, 원 세상에."

하며 상을 찌푸린다.

나도 따라서 얼굴을 찌푸렸다. 역시 우리는 무서운 전염병실에 있는 것이로구나, 하는 생각이 새삼스레 머리를 내리누른다.

"복도 문 잘 닫도록 하우."

"아이구, 머리맡 문도 못 열어놓겠어요. 이웃방에서 사시장철 마당으로 난 문을 열어놓고 있는걸요. 폐병엔 문을 열어놓아야 한다지요."

그러나 그 후 이틀 동인 현류의 병세도 훨씬 감하고 날도 포근포근 따뜻하고 해서 우리들의 마음은 또 얼마쯤 풀어졌다. 밤이면 야앵 시작된 창경궁에서 울려오는 음악 소리를 들으며 새로 사온 번역 소설을 읽기도 했다.

사흘째 되던 날, 며칠을 연달아 날이 따뜻했던 탓일까, 병실 앞 벚꽃이 활짝 피었다. 오후가 되니까 조용한 뜰 안이 아련한 그림 속 풍경 같았다. 그러고 보니 방마다 마당으로 향한 문을 열어젖혀 놓는 빛이다. 우리도 참다못해 문을 열었다. 향기를 실은 훈훈한 바람이 소리없이 방으로 흘러 들어온다. 현류도 꽃 구경을 하겠다고 자꾸 보채서 창 앞으로 안고 가서 바깥 구경을 시켜 주고 하였다. 그러나 그렇게 바람을 쐰 것이 해로웠음지 그날 저녁때 갑자기 현류는 몸이 뜨거웠다. 당황해 의사를 불러댔으나, 의사도 까닭을 몰라 고개를 기웃거릴 뿐이다. 밤이 접어들자 현류의 열은 더욱 올라 약간 시치기 시작했던 발반이 입가에만 하얗게 남겨놓고 온몸에 새빨갛게 내솟았다. 머리는 불덩이같이 뜨겁고 눈은 열에 떠 수리수리하다. 가빠서 씨근거리는 숨소리. 반쯤 벌린 입. 발랑발랑하는 가슴. 이마에 대어 준 얼음주머니가 쉽사리 녹곤 한다.

"물, 물."

현류는 자꾸 물만 찾는다. 능금즙을 좀 떠넣어 주면 주린 사람같이 꿀꺽 하고 삼킨다.

낮에 바람을 쐬어 준 것을 후회했으나 후회가 지금 무슨 소용 있으랴. 들여다보는 어미나 아비의 욕심 같아서는 어린애 괴롬만 좀 덜 수 있다면 무슨 고초라도 달게 받으리라 하는 것이나, 그런 욕심이 무엇에 쓸데 있으랴.

말 한 마디 없이 침대 옆에 붙어 앉아서 어린애 앓는 꼴만 들여다보고 있는데 별안간 복도에서 수선스런 발자취 소리가 들려왔다. 철덕철덕 하는 것은 간호사의 슬리퍼 소리요, 쿵쿵 하는 것은 의사의 구두 소리다. 어느 다른 방에서도 누구의 병세가 위급해진 것이다.

그 소동이 한 차례 지난 후로는 온 병실 안은 도로 사람 하나 없는 듯이 고요해졌다. 고요해지니까 창경궁에서 울려오는 재즈 소리가 한창 요란스럽다. 갑자기 꽃이 만발한 바람에 수만 명 관중이 모여든 것이었다. 웅대한 벌의 떼같이 웅성웅성하는 사람들의 소음. 그 사람들의 흥을 돋우느라고 다음다음 미친 듯이 울리는 환희의 재즈. 그들의 환락이 짙어가면 짙어갈수록 이곳 전염병실은 점점 더 깊은 침울 속으로 가라앉아 간다.

그러자 조용하던 복도에 또 수선수선 사람들의 소리가 난다. 언뜻 들으니, 흑흑 느껴 우는 여자의 목소리도 들리는 듯하다.

무엇일까?

나와 아내는 서로 얼굴을 마주보았다. 가장 불길한 생각이 각각 머리를 지나갔으나 서로 그것을 입 밖에 내려 하지는 않았다.

그러는데 저녁 설거지를 하러 나갔던 쓰키소이가 문을 화닥닥 열고 들어오며,

"아이구 혼이야, 삼 호실 뇌막염 앓던 아이가 그예 죽었구먼요. 지금 마악 이 문 앞으로 시체를 내갔어요."

무슨 신기한 소식이나 전하듯 떠든다.

"듣기 싫소!"

아내는 날카롭게 핀잔을 주며,

"빌어먹을 놈들, 야앵은 무슨 야앵을 헌다구 그렇게들 지랄야."

중얼중얼한다.

나는 일어나 창 앞으로 가서 침침한 병원 마당을 내다보았다. 그러나 그것으로는 속이 시원치 않다.

"거기 좀 앉았소."

무안해 서 있는 쓰키소이더러 나 앉았던 자리에 앉아 있으라고 말해 놓고 복도로 나갔다.

복도에서는 야앵의 소음이 한층 뚜렷하게 들린다. 그 소리가 들려오는 서편 문 쪽으로 나는 발을 옮겼다. 소리는 출렁거리는 물결같이 금시로 우렁차게 들리다가는 금세 가늘어지곤 한다. 복도 맨 끝 문설주에는 간호사 두 사람이 어깨를 겯고 기대 서서 정신없이 창경궁 안을 내려다보고 있었다. 열을 지어 늘어선 꽃등. 수천 촉 조명등에 비쳐 화려한 구름을 이룬 벚꽃. 밑에 무리를 지어 이 봄의 한저녁을 누리는 사람들의 떼. 노래 노래, 그리고 환희의 절정에서 흥을 못 이겨 외치는 소리.

그때였다. 문득 내 귀에는 마치 멀리서 울려오는 것같이 노래를 읊는 여자의 가는 소리가 들렸다.

창문을 열면
항구가 보이네
비 내리는 부두의

불이 보이네

그것은 그러나 멀리서 들려오는 것이 아니라, 바로 내 눈앞에 선 간호사들이 가만히 입 속으로 부르는 노래였다.

그러나 이것은 또 어찌 된 서글픈 노래인가. 나는 미안하다고 생각하면서도

"거 꽃 잘 피었구먼요."

등뒤에서 말을 걸었다.

나카하라와 그의 동무는 고개를 획 돌리며,

"아라!"

하고 놀란 후에,

"어느 틈에 오신 거예요."

하면서 킬킬 웃는다. 웃고 나는

"참 얘기 열 좀 어때요?"

한다.

"그저 그 꼴이에요."

나는 대답하고 이편 문설주에 기대 서서 창경궁 야앵을 내려다보기 시작하였다. 여자들도 더 말없이 도로 꽃구경을 한다. 얼마 되지 않아 여자들은 금방 아까 노래하다가 들켜 부끄러워하던 것을 잊어버린 듯이, 아니 내가 그곳에 있는 것도 잊어버린 듯이 다시 가늘게 노래를 시작하였다.

밤바람 바닷바람
임 생각 싣고서
오늘 밤 떠나는 배
어디로 가나

그리고…… 야앵의 환희는 지금이 한창이었다.

4

10시가 지나고 11시가 가까워 오니까 야앵에 모여들었던 사람들도 흩어져 창경궁 일대는 도로 잠잠해졌다. 웅성거리던 끝이라 병실에 앉았노라면 그 잠잠한 것이 한층 뼛속으로 스며 들어오는 것 같다.

자정이 가까웠을 때 전염병실에서는 디프테리아로 저녁때 입원했던 어린아이가 또 하나 죽어 나갔다. 고요하던 복도에 갑자기 사람들의 발자취 소리가 요란해졌다가 곧 도로 아까와 같이 고요해지고 말았다. 그것으로써 한 생명이 세상에서 사라진 것이었다.

바로 우리 방문 앞 복도에서 북편 쪽 유리창으로 불과 40미터밖에 안 떨어진 곳에 시체실이 보인다. 나무 그늘에 무슨 광이나 무엇같이 호젓이 있는 시체실 문간에는 흐릿한 전등이 밤새도록 빛나고 있다. 오늘녘으로 전염병실에서 그곳으로 나간 사람만 해도 두 명—지금 우리가 앉아 있는 곳으로부터 멀지 않은 곳에 눈을 감고, 입을 다물고, 사지가 꼿꼿한 시체가 주루룩 누워 있거니 생각하니 등골이 다 시리다. 아내는 변소에 가는 데도 무서워 혼자 가지 못하고 쓰키소이를 잡아 세운다.

1시가 가깝도록 나는 병실에 앉았다가 현류가 겨우 어찌어찌 잠드는 것을 보고 집으로 돌아왔다. 집에 와서도 현류의 일이 마음에 걸려 잠자리까지 편치 않았다. 그러나 이튿날 일찍이 내가 다시 병실에 들렀을 때에는 현류도 아내도 곤한 잠에 떨어져 있었다. 따끈따끈하던 현류의 머리도 제법 싸늘하게 식었다. 전날 밤 잠든 것이 밤새도록 내리 잔 것이라 한다.

그것이 고개였던 것일까? 현류의 병은 밀물이 빠지듯이 나아갔다. 39도가 38도가 되고, 7도 5부가 되고 7도가 된다. 아직 입맛은 그렇게 돌아서지 않아서 음식을 정말 갖다 대면 먹지는 않으면서도 이것저것 먹고 싶은 것을 찾기는 한다. 현류가 이렇게 경과가 좋으니까 아내도 차차 기운을 회복해 갔다. 전염병실에 들어와 꺼림칙하던 느낌도 이제는 적이 줄어들어서 쓰키소이를 시켜 병원 앞 식당에서 먹고 싶은 음식을 사오기도 한다. 아내와 현류가 그러니까 자연 내 마음도 편안해졌다. 이제는 병실문을 들어서는 길로 코밑에 물큰, 하는 그 소독약 냄새도 과히 섬뜩은 하지 않고 대체로 전염병실을 찾아가는 것조차 차차로 사무화해 갔다.

그러나 그 동안에도 병실에서는 거의 하루도 거르지 않고 사람이 죽어나갔다. 병실 앞마당 벚꽃은 어느 결엔가 벌써 반이나 넘어 낙화가 졌으나, 사람이 앓고 죽고 하는 병실의 생활은 그런 것에는 아무 상관도 없는 듯 묵묵히 진행되어 가는 것이었다.

어느 날 오후 마당을 하얗게 덮은 꽃잎을 밟으며 병실엘 들렀더니 아내가 자지러지게 웃으며,

"아이구, 원 벨 이야길 다 들어……."

한다.

"뭬 그렇게 우스어."

하는 나에게,

"좀 들어 봐요. 웬 그 골덴 바지 입고 다니는 얼굴 시커먼 사람 당신두 봤죠. 그 녀석이 말이오……."

하고 말을 꺼낸다. 골덴 바지 입고 다니는 사내는 나도 두서너 번 복도와 사무실에서 본 일이 있는, 언뜻 보기에 무슨 토목청부업자 같아 보이는 중년의 사내였다.

"……글쎄 그 녀석이 자식은 목구멍에 구멍을 뚫어놓아 다 죽어 가는데 제 방 쓰키소이한텐 저녁마다 대든다는구려. 그러니 배겨날 사람이 있어야지. 하룻밤 자고는 모두들 뺑소니를 치건만 그래두 제 버릇 개 못 주구 새 사람이 오는 쪽쪽 여전히 달려든대. 쓰키소이회에서까지 그 말을 듣고 그저께 새 쓰키소이를 보내면서 이번에 또 좇아 보내면 다시는 안 보내 준다고 단단히 말을 했건만 그래두 여전히 그 짓이라는구려……."

"허기루 그런 말이 어디서 나."

"아이구, 당한 당자들이 무슨 자랑거리나 되는 듯이 이야기들을 허는걸."

사흘 전에 골덴 바지 입은 사내의 방으로 온 쓰키소이는 사십을 하

나둘 넘어 보이는 고석같이 얽은 추한 여자였다. 그러나 기운은 좋아서 살피듬은 아직도 삼십 줄 여자나 다른 바 없었다. 다른 쓰키소이들이 공연히 어쩔 작정으로 그 방에를 가느냐, 보나마나 또 대들 텐데 어쩔 작정이냐고들 놀려댔으나,

"제미, 이 얼굴을 보구 대들어. 그 놈 다신 사내 행세를 못 허게 맨들어 버리지."

하고 자신이 있게 말하고는 허리춤을 단단히 고쳐 매고 그 방으로 간 것이었다. 이튿날 아침 쓰키소이들이 첫날밤을 치르고 나온 색시나 다루듯이 곰보 쓰키소이에게 대들자, 그는 남이 묻기도 전에,

"뭘 그 놈 넓적다리를 한 대 살점이 떨어져라구 꼬집어 주었지."

하고 너털댄다. 그러나 골덴 바지의 용기에는 탄복한 듯,

"딴은 그 놈 뻔뻔스럽긴 해. 아이구 어쩜 그렇게……."

라고 묻지도 않는 말까지 털어놓기 시작하였다. 자기 전에 미리 대들면 안 된다고 까놓고 말했건만 그 자는 쓰키소이가 자리에 눕자마자 옆으로 와서 지근거리기 시작했다는 것이다. 안 된다고 했더니 안 되긴 뭬 안 되느냐 이 방에 올 적에는 벌써 다 알고 온 것이 아니냐고 뻔뻔스레 너불거리더라는 것이다.

"아이구, 그 놈의 흐리터분헌 눈깔 넙데데한 코백이 꼴에다가 씨근거리는……."

하고 곰보 쓰키소이는 깔깔거려 웃으며 그 자의 일거일동을 샅샅이 이야기한다. 손짓 팔짓을 해가며 풍과 넉살을 섞어 이야기하는 바람에 다른 쓰키소이들도 깔깔거려 웃으며,

"그래서 그래서."
하면서 대든다. 이야기가 너무 자세하고 눈에 보이는 듯해서 배선실 사내 코크가 듣다못해,
"아이구, 마나님두 입두 걸어라. 작작 좀 허슈."
했으나,
"제기 말두 못 해. 우리네가 제기 봄이 되나 꽃이 피나 언제 무슨 실속이 있나, 말이나 실컷 해 봉을 빼야지."
하며 여전히 너실거린다.

그게 바로 어저께였다. 그 때문에 어제는 하루 종일 배선실 안에 쓰키소이들이 모여 앉아 그런 이야기로 판을 쳤다는 것이다. 밤에 곰보 쓰키소이는 또 다른 여자들한테 격려를 받으며 즐거운 탐험의 길에 오르듯이 골덴 바지의 방으로 들어갔다. 대망의 하룻밤이 지나고 아침에 곰보가 나와서 한 이야기에 의하면 엊저녁에는 하다못해 그 놈의 팔뚝을 깨물어 주었다는 것이었다. 요사쿠라 시간도 끝나지 않은 초저녁에 또 지분거리는 것을 되게 밀치고 잠이 들었더니 밤중에 잠이 좀 포근히 들었다가 무엇이 자꾸 몸에 와 닿는 것 같아서 눈을 떠보니까 아니나다를까 그 자가 이불 속으로 기어 들어왔더라는 것이다. 그러나 이번에는 여자가 잠이 든 새에 벌써 그 자가 여러 가지로 준비공작을 한 끝이라서 그대로는 도저히 항거를 할 수 없어서 하는 수 없이 팔뚝을 깨물었다는 것이다. 이만저만 깨문 것이 아니라 이빨자국이 팔뚝에 둥그렇게 패고 하마터면 그대로 살점을 떼어낼 뻔했다는 것이다.

"그래 놓군 그 쓰키소이두 좀 미안한지 오늘은 덜 너슬거립디다. 허지만 그게 미친놈이지 뭐유. 원 별놈을 다 봐. 그런데다가 쓰키소이들이 막 놀려대두 창피하지두 않은지 디리 싱글벙글 웃기만 하는구려."

말하는 아내의 얼굴에는 이 며칠 동안 악몽같이 씌워져 있던 침울한 그림자가 기적과 같이 걷히고 새싹 같은 신선한 생기가 돈다.

"놈두 놈이지만 계집두 우습구먼그래."

이야기를 들은 뒤 한참 있다가 간호사에게 부탁할 말이 있어 사무실에를 들렀더니 마침 그 골덴 바지의 주인이 와서 간호사와 무슨 이야기를 하고 있었다. 이야기를 들은 끝이라 눈여겨보았으나 그저 얼굴빛이 보통사람보다 좀 검을 뿐 그 외에는 별로 다를 것 없는 평범한 사내였다. 딴은 힐끗힐끗 간호사의 얼굴을 들여다보는 눈이 좀 다른 듯도 하나 그것도 내가 그렇게 생각하며 보기 때문인 성싶었다. 나를 보더니 몇 번 만났대서 그러는지 저편에서 먼저 고개를 끄떡해 인사를 하는데, 그런 태도는 차라리 여지없이 단순해 보이기도 한다. 고개를 끄떡한 다음에는 내 얼굴을 똑바로 쳐다볼 용기도 없는 듯이 창 밖으로 고개를 돌려버리는 것이었다.

'이 사람이 그런 짓을.'

하고 생각하니 금방 들은 이야기가 쓰키소이들이 심심파적으로 지어낸 거짓말 같기도 하다.

그러나 그 사내의 방 쓰키소이는 사흘 저녁 모험으로 그만 기운이 지쳤는지 그 이튿날 아침에는 보퉁이를 싸들고 도망질을 쳐버렸다.

곰보마저 달아나고 보니까 다시는 그 방에선 쓰키소이를 얻을 수가 없어서 사내가 손수 더운 물을 뜨러 다니고, 밥그릇을 나르고 했다. 여자들은 그 꼴이 우스워서 사내만 보기만 하면 복도에서든지 배선실에서든지 함부로 놀려댔건만 그는 말대꾸도 하는 법 없이 그저 싱글싱글 기쁜 듯이 웃을 뿐이다. 놀리느라고,

"수고하시는군요. 내가 가드릴까요?"

하는 여자가 있으면 그는 대번에 기뻐하며,

"와주시려우? 정말? 엊저녁부터 애가 축 늘어져 아주 송장이 다 된 걸요. 송장이 다 됐어요."

한다. 그러면 그것이 또 우스워 깔깔거려들 웃는데 한두 번이 아니라 세 번 네 번을 똑같은 식으로 놀려도 그는 번번이 속는 것인지,

"정말? 정말 와주시려우?"

하고 대든다.

우리 방 쓰키소이도 그를 놀려대는 데는 남에게 지지 않아서 시시덕거리고 그를 놀리고 나서는 방으로 와서 이야기를 하고 했다. 이향심의 이야기를 들으면 그는 황금정 어느 재목점에서 일하는 이상이라는 사람인데, 데리고 살던 여편네는 두 달 전에 도망을 가고 남기고 간 자식 둘이 몽땅 디프테리아에 걸려 하나는 집에서 벌써 죽었고 그 통에 놀라 하나 남은 아이를 대학병원으로 데리고 와서 목구멍을 뚫어 겨우 질식사는 면했으나 쇠약이 심해 거의거의 죽어가고 있는 중이라는 것이었다. 그 후 나는 '이상'을 만날 때마다 무슨 특색을 발견하려고 주의해 보았으나 아무것도 발견할 수 없었다. 나를 보면 으레

먼저 고개를 끄떡하고, 그러고 나서는 곧 부끄러운 듯이 외면을 하는 양이 억지로 특색을 찾는다면 차라리 유달리 수줍어하는 것이라고나 할까. 그러나 그것도 특색이라 할 만큼 심한 것은 아니었다.

5

야앵도 시작한 지 여러 날이 되니까 꽃 떨어진 가지가 엉성하게 더럽게 보이고 찾아드는 사람 수효도 훨씬 줄어들었다. 더구나 올해는 꽃이 갑자기 피어 낙화도 보통 때보다 훨씬 빨랐기 때문에 끝날 무렵이 되니까 사람 드문 창경궁 속에는 불만 헛되이 밝고, 울리는 재즈 소리도 어딘가 속이 빈 것 같았다.

날씨는 나날이 따뜻해진다. 낮에는 날마다 병실문을 열어놓게 되고 열어놓고 내다보면 앞마당 나뭇가지에는 벌써 파릇파릇 새싹이 돋기 시작이다.

온몸에 솟았던 발반 자리는 거뭇거뭇 시그러져 보기에 더러우나 열은 거의 평온으로 돌아가서 현류는 하루종일 침대 위에 일어나 앉아 간호사가 사다 준 인형을 놓고 소꿉장난이다.

전염병실 속일 망정 안정되고 화창한 봄날이 계속되었다.

어느 날 오후, 점심시간을 타서 또 병실에 들렀더니 아내는 눈물이 나오도록 긴 하품을 하고 나서,

"인제 그 쓰키소이 보냅시다."

한다.

"왜, 인제두 얼말 더 있어야 할 텐데 혼자 어떻게 할려구?"

되묻기는 했으나 아내가 쓰키소이에 대해 불만을 말하기는 그날이 처음은 아니었다. 당초에 이향심이를 보던 즉석에서 '얌의가 없어 보인다.' 고 하던 말이 들어맞아서 그는 말하자면 좀 소견이 좁은 여자였다. 사과를 몇 개 사오라 해도 번연히 한 개에 7전씩 하는 것을 10전씩 주었다 한다. 게다가 입을 꺼는 버릇이 있어서 아내가 변소를 가든가 어쩌든가 하느라고 방을 잠깐 맡기고 나갔다 오면 으레 찬장 속에 넣어 둔 과일, 과자, 통조림 등속이 문턱문턱 줄어드는 것이었다. 한번은 본관 회계계로 돈 치르러 가서 한참 방을 비웠더니, 그 동안에 열 개나 되던 서양과자가 자그마치 세 개로 줄어든 것이었다.

그렇다고 아내가 잔소리를 했더니, 아이구 애기가 그렇게 먹은 걸요 하면서 뚝 잡아뗀다. 마침 그때 병실에 들렀던 나도 어이가 없어서,

"웬걸 그렇게 많이 멕였수. 배탈나라구…… 너 웬 과자를 그렇게 먹었니?"

하고 한류를 나무랐더니, 어린애는 남의 눈치를 모르는 법이라,

"내가 먹었나, 저이가 먹었는데."

현류가 눈을 까막까막하며 정통으로 쏘았다. 보통사람이면 쥐구멍이라도 찾을 판이나 향심은 낯도 붉히지 않고,

"아이구, 저것 봐. 큰일나겠네."

하고 헤헤 웃어버리는 것이었다.

"그러니까 아마 오통통하게 살이 붙나 봐."

아내는 이렇게 두덜거렸다. 좀 야박한 말이기도 하지만 사실 향심의 생김생김은 그런 소리를 들을 만도 했다. 다 같이 살이 쪄도 너글너글 찔 수도 있고, 둥글둥글 찔 수도 있는 것이지만, 향심은 이를테면 목 짧은 잉크병같이 앙바틈한 게 포동포동 살이 쪘다. 하는 짓도 짓이려니와 그 생김생김 때문에 한층 남에게 얌의 없게 보여지는 것도 사실이었다.

그러나 그런 것보다도 더 질색할 것은 다른 병자들 방에 하루에도 몇 번씩 풀럭거려 드나드는 것이었다. 그것은 하필 우리 방 쓰키소이뿐 아니라, 다른 쓰키소이들도 그런 것이지만 티푸스 환자고, 디프테리아 환자고, 뇌막염 환자고 간에 음식이라도 내놓으며 좀 후하게 대해 주는 방 안에 한 시가 멀다 하고 드나드는 것이다. 들어가서는 과자나 과일 부스러기는 물론이요, 병자가 먹다 남은 것까지 모두 쓸어먹으며 자기 방 사람 흉을 시시거려 보곤 한다. 흉잡히는 것쯤은 그리 무서울 것 없으나, 혹시 무슨 균이나 묻혀 들일까 봐 그것이 염려여서 제발 남의 방에 가지 말라고 여러 번 말했으나 도무지 들은 체 만 체다. 나중에는,

"그러다가 병이나 묻혀 들이면 어떻게 허우, 당신두 병나면 무섭지 않소."

하였으나, 향심은 해해 웃으며,

"원 묻혀 들이긴 무얼 묻혀 들여요. 병드는 것두 다 사주팔자죠. 난 인 다섯 해째 여기를 댕겨두 감기 한 번 걸린 일 없어요."

하는 대답이다.

"게다가 말이오."
하며 아내는 약간 흥분된 얼굴로,
"사내라면……."
배선실 코크건 빨래 찌는 영감이건 할 것 없이 수염난 사람만 보면 장난이 난당이라는 것이다. 엊저녁에도 귤을 몇 개 사오라고 하려고 암만 찾아도 어디로 갔는지 알 수 없더니 어쩌다 유리창으로 내다보니까 침침한 병실 앞 꽃나무 밑에서 웬 흰 예방의 입은 사람하고 떠다 밀고 잡아당기며 장난을 치고 있더라는 것이다.
"그 꼴에다 글쎄……."
하고 아내는 불쾌한 빛까지 띠며,
"그 골덴 바지 입은 사람을 어떻게 또 얕잡아보는지 막 개나 원숭이 놀리듯 허는구려. 쓰키소이들 중에도 그중 우심해요. 예쁜 기집 하나 얻어 주랴 어쩌랴 하면서도 말로 놀리다 못해 막 주먹으로 때리구 그러는구려. 그러니 나까지 원 체면을 차릴 수 있어야지. 그 녀석은 또 그게 무슨 창자 빠진 자식이람. 계집들이 놀리면 놀릴수록 좋아서 히히히 웃는 꼴이라니. 세상에 그런 개가죽을 쓴 놈두 있나. 남의 놀림감 되는 게 그렇게 좋담. 아이 자식 기모치 나빠."
"왜 당신을 보구 뭐라구 헙디까?"
무심코 쑥 나온 말이 아내의 말하려는 바를 들어맞힌 것이었다. 아내는 약간 낯을 붉히며,
"어저께까지두 만나면 기모치 나쁘게 싱글싱글 웃고 그러더니 아까 아침에는 오하요고자이마스(안녕하세요) 허며 말을 걸겠지, 원 기

모치 나빠서. 것두 쓰키소이 까닭이지. 하두 난잡하게 구니까 그 녀석이……."

아내는 골덴 바지에게 인사를 받는 것까지 쓰키소이의 죄로 돌린다. 나는 웃으며, 그것은 하필 쓰키소이의 죄라고는 생각지 않았으나 어쨌든 비용도 비용이고 마침 또 그 전날 고모 되시는 분이 집에 올라와 계시므로 아주머니께 쓰키소이 대신 좀 와 계셔 달라고 할 작정으로 아내 말대로 쓰키소이를 내보내기로 했다.

이튿날은 토요일이라 나는 회사에서 돌아오는 길로 아주머니를 병원으로 모시고 가서 이향심을 내보냈다. 정한 요금 외엔 1원 한 장을 더 주었건만 남보다 별로 후한 폭도 못 되는 모양이라 고맙다고 한마디 하기는 했으나 눈치로는 별로 고마워하는 성싶지도 않았다.

말썽 많은 쓰키소이는 내보냈겠다, 어린애 병은 순조롭겠다, 게다가 아주머니까지 모셔다 두었겠다, 나는 마음이 푹 놓여서 병원을 나오는 길로 이발소를 들러 머리를 날씬하게 깎았다. 그리고 나서 여러 날 만에 천천히 거리를 걸어 보니 이 며칠 동안에 세상은 아주 딴 세상인 것같이 느껴졌다. 포도(鋪道)를 거니는 여자들의 하이힐도 훈훈한 봄바람에 사뿐사뿐 날리는 것 같다. 사내들은 봄 외투까지 벗어버린 사람이 태반이었다. 구중중한 중절모자까지 더러운 것 치우듯 집어치운 사람도 적지 않아 보인다. 쇼윈도에 장식해 놓은 벚꽃들도 이제는 텁터분해 보이고 군데군데 보이는 산뜻한 신록(新綠)의 장식이 벌써 눈에 시원하다.

오래간만에 미쓰꼬시를 들러 모카 향기를 맡고, 책사를 들러 5월달

치 잡지를 몇 권 사고 해서 반나절을 보낸 뒤 저녁 후에도 한참이나 아이들하고 장난을 하다가 9시가 가까워서야 겨우 나는 집을 나섰다. 꽃도 벌써 볼품없이 흩어지고 시간도 늦고 한 것이었건만 야앵 끝날이자 반공일이라 길에는 그래도 꽃구경 가는 사람이 복작복작 한다. 버스도 타지 않고 그 사람들 틈에 끼여 나는 천천히 대학병원으로 걸어갔다.

사무실, 눈이 부시게 밝은 전등 밑에 간호부장과 나카하라 두 사람이 마주앉아서 부장은 잡지를 읽고, 나카하라는 언제나 일반으로 편물을 하고 있었다.

그 광경이 하도 신선스러워 문득 나는 그들과 잠깐 이야기하고 싶은 충동을 느끼고,

"곰방와(안녕하세요)."

인사를 하며 문을 열고 들어갔다.

"곰방와."

마주 인사를 하며 나카하라가,

"오늘 저녁에는 늦으셨구먼요."

한다. 9시가 조금 지났었다.

"네, 좀 천천히 오느라구요. 무어 별일 없지요?"

"네, 아무 일 없에요. 참 댁 애기는 경과가 좋아서 기쁘시겠어요. 오늘도 종일 잘 놀던걸요."

"고맙습니다. 여러분 덕택이지요."

그러나 그 이상 더 할 말도 없고 해서 나는 테이블 위에 놓인 환자

일지를 손에 들었다. 붉은 줄 푸른 줄로 환자들의 체온과 호흡과 맥박이 그래프로 그려진 환자일지. 한 장 한 장 쳐들어 보니 어떤 것은 사뭇 험준한 산맥같이 높이 올라갔다가는 깊이 떨어지고, 다시 불끈 솟았다가는 도로 뚝 떨어지고 해서 불규칙하기가 짝이 없다. 샛붉은 생명을 무지스레 꺾어버리려는 무서운 죽음의 손, 안 꺾이려고 앙바틈하는 생명의 약한 듯하나 그러나 끈기진 그 힘, 환자의 애끊는 신음소리가 종잇조각에서 올려나오는 듯하다. 일주일을 넘어 두고 열이 40도의 높은 선에서 오르락내리락하는 사람도 있다. 수혈을 한 날에는 붉은 잉크로 수혈이란 두 글자를 적어 넣는다. 개중에는 그 악착한 붉은 글자가 하루 걸러 한 번씩 한 달을 두고 주루룩 연한 것도 있다. 현류의 것을 찾아내 보니, 입원하던 처음에는 몹시 험상궂으나 요 이 2, 3일째는 잔잔한 물결과 같다. 체온은 37도를 가늘게 오르내릴 뿐이다.

"꽃 구경허셨에요?"

나카하라의 목소리다.

"못 했는걸요."

"저도 올해도 또 못 허구 말었에요."

웅성웅성 울려오는 야앵의 소음.

나는 싱겁게 사무실을 나와 내 방으로 갔다.

현류는 싸근싸근 자고 있고 침침한 전등 밑에서 고향 아주머니 혼자 침대 기둥을 붙들고 조시다가 문 여는 소리에 눈을 뜨신다.

"애 에민 어디 갔에요?"

"모르겠다. 벌써 아까 나갔는데."

그뿐으로 아주머니는 도로 끄떡끄떡 조신다. 쥐 소리 하나 없이 조용한 병실.

나는 봄 외투를 벗어놓고 도로 병실 밖으로 나갔다.

큰길로 향한 언덕 위에는 오늘 저녁에도 간호사랑 쓰키소이랑 적지 않은 사람이 웅기중기 모여 서서 야앵의 혼잡을 구경하고 있었다. 꽃은 없어도 사람은 많고 조명은 여전히 휘황하다. 요란한 음악 그리고 사람들의 아우성. 나는 둔덕 위 사람들 등뒤로 다니며 기웃기웃 아내를 찾았으나 아무 데도 보이지 않는다.

'어디 간 것인가?'

약간 궁금히 생각하며 도로 병실로 돌아오는데 오른편 본관으로 가는 침침한 길 위에 이편으로 오는 하얀 그림자가 보였다. 아내였다. 내 옆에 가까이 오자,

"아이 원."

무엇이 그리 우스운 것인지 아내는 빙글빙글 웃는다. 심상하게 웃기만 하는 것이 아니라 이상스레 흥분된 얼굴이었다.

"무얼?"

그랬더니,

"저것 좀 봐요."

하며 아내는 오른손 편 소나무 밑을 턱으로 가리킨다. 고개를 돌리니 소나무 밑에는 쓰키소이 같아 보이는 여자들이 삼사 인 뭉쳐 서 있는 것이 보인다.

"무얼?"

다시 묻자,

"그게 말이우, 우리 방 쓰키소이 말이우. 후후후, 그게 글쎄 골덴 바지 입은 녀석 방으로 갔다우."

그리고도 또 한참 킬킬 웃고 나서,

"아까 우리 방에서 나가선 집으루 안 가구 종일 하이젱실에서 시시덕거리겠지. 그 이상인가 허는 사람이, 자식이 금방 죽어 넘어간다나 어쩐다나 헌다구 집으루 그냥 가느니 제 방으로 좀 와 달라구 종일 졸라두 당신 겉은 나쁜 사람 방에 누가 가느냐구 허면서두 그래두 집으루 가지두 않구 종일 장난만 치더니 글쎄 조금 아까 별안간 보따릴 들구 그 놈을 따라갔다우. 다른 쓰키소이들이, 흥 제기 봄바람에 뭐 어쩌구어쩌구 하면서 막 놀려대니까, 그럼 사람이 죽는다는데 쓰키소이가 안 가주면 어떻게 허느냐구 쫑쫑거리면서 따라가는 뒷모양이라니. 놈팽인 또 좋아서 싱글벙글하며 계집을 앞세우구 연해 뒤를 돌려다보겠지."

이야기를 들으며 고개를 들어 보니 지금 여자들 모여 섰는 곳이 바로 그 이상의 방 바깥 같다.

"에이, 그래 그걸 엿들으러 갔더란 말이야?"

"후후후, 글쎄 어쩜 사람이 그렇게 뻔뻔해. 그리군 방으루 들어간 지 10분두 못 돼 불이 꺼지는구려. 지금 막 불이 꺼지길래 창피해 난 내빼오는 길이어요."

딴은 주루룩 연한 병실 유리창이 모두 밝은데 그 방 유리창만은 캄캄하다.

우리들이 전염병실 현관에 이르렀을 때 오른편 소나무 밑에서는 무슨 우스운 일이 있었던 것인지 킬킬 하는 여자들의 숨죽인 웃음소리가 들려왔다. 나는 잠깐 발을 멈추고 그편을 바라보고 그리고 문을 열었다. 순간 그 골덴 바지와 한 지붕 밑으로 지금 들어가는 것이거니 하는 생각이 머리를 지나며, 일상 물큰하고 코를 찌르던 소독약 내도 무엇도 나에게는 맡아지지 않는 것이었다.

작품 해설 · 작가 연보

/ 나도향 편 / 유진오 편 /

작품 해설

감정의 노출과 환상적 세계로의 도피

나도향(羅稻香;1902-1926)의 본명은 나경손(慶孫)으로 1902년 서울에서 태어났다. 그의 조부는 재산을 많이 모은 한의사였고, 아버지 역시 경성의전을 나온 의사였다. 나도향은 할아버지의 뜻에 따라 가업을 잇기 위해 경성의전에 입학하지만 그는 처음부터 의과 공부에는 흥미가 없었다. 나도향이 문학에 관심을 갖기 시작한 것은 배재고보에 입학하고 교지 편집에 관계하면서부터이다.

그 후 문학 공부를 하기 위해 일본으로 건너가 와세다 대학 영문과에 입학을 하려고 하지만, 조부의 반대로 포기할 수밖에 없었다. 집안의 반대로 유학을 가지는 못했지만 그가 문학을 포기한 것은 아니었다. 나도향은 1922년 홍사용, 이상화, 박종화 등과 함께 《백조》를 창간하며 보다 본격적으로 글쓰기에 매진한다.

그리고 19살 나던 이 해에 처녀작인 단편 「젊은이의 시절」을 비롯해 「별을 안거든 울지나 말 걸」, 「옛날 꿈은 창백하더이다」를 비롯해

《동아일보》에 장편 「환희」를 연재함으로써 이름을 떨치게 된다. 그러나 조부가 죽고 《백조》가 폐간되면서 심한 경제적 곤란을 겪게 되며, 무절제한 떠돌이 생활로 건강까지 악화돼 폐결핵을 앓게 된다. 그는 5, 6년 동안 두 편의 장편과 20편의 단편을 남기고 25세의 짧은 생을 마쳤다. 나도향은 작품 활동 초기에 감상적이고 영탄적인 어조의 낭만성을 보였다. 하지만 후기에는 이를 극복하게 되며 요절하기 직전에는 「물레방아」, 「뽕」, 「벙어리 삼룡이」 등의 객관적 사실주의 경향의 작품을 선보인다.

낭만성과 객관적 사실주의

우선 그의 대표 작품을 간단히 살펴보자. 「물레방아」에서는 부부간의 정리를 배신하면서까지 물질을 쫓는 방원의 아내를 통해, 가난한 떠돌이 생활의 고됨과 그로 인해 성과 물질을 향한 본능의 욕구를 숨기지 않고 드러내게 되는 과정을 여실히 보여주고 있다.

「뽕」은 안협집이라는 여자 주인공을 통해 무능력한 남편을 둔 여자가 먹고살기 위해 육체를 이용하는 모습이 사실적으로 그려져 있다. 이때 몸을 파는 행위는 돈을 구하는 것과 성적 욕구를 충족하고자 하는 두 가지 욕구에서 비롯한다고 볼 수 있다. 또 이것은 뽕잎을 도둑질하여서라도 누에를 먹여 돈을 만드는 일, 그러니까 수단을 가리지 않고 어떻게든 물질을 취하려는 황금만능주의와도 맥을 같이 하는 욕구이기도 하다.

「벙어리 삼룡이」에서는 삼룡이라는 개성적인 인물을 통해 인간이 본능에 눈뜨는 과정과, 봉건적인 체제 안에서도 계급 혁명이 서서히 제기되고 있던 과정을 확인할 수 있다.

나도향이 서구 문예사조의 집중적인 유입 속에서 근대소설의 형성을 위한 여러 가지 모색을 취한 시기가 이 무렵부터이다. 감상적 낭만주의에서 출발하여 현실의 객관적 묘사단계를 넘어 낭만성과 현실성의 조화를 향해 나아간 나도향 소설의 변모과정은 근대적 문학양식으로서의 단편소설이 우리 소설사에 정립되어 가는 흔적을 여실히 보여주고 있다.

다시 말해서 나도향은 초기 낭만주의 경향에서 후기 사실주의 경향으로 크게 방향 전환을 보인 작가이다. 이러한 작품 경향의 변화는 1920년대 초반 우리의 소설문학이 형성, 발전되어 가는 과정과도 밀접한 연관이 있다. 개화기 문학은 근대화를 향한 열망과 좌절을 동시에 보여 주고 육당과 춘원으로 대표되는 계몽적 이상주의는 3 · 1운동을 거치면서 그 한계를 드러내게 되는데 그 시기가 바로 나도향이 활동하게 되는 1920년대 초반이었다.

나도향은 《백조》 동인으로 문단에 나왔다. 《백조》가 탄생했을 당시 우리 문학의 분위기는 개인과 예술을 중시하려는 태도를 다분히 노출하고 있었다. 이 시기 대부분의 작가들이 감정을 자유로이 드러내며 개성적인 자아의 모습을 그리려고 했다. 그리고 그런 것을 생의 중요한 측면으로 강조하려 했다.

나도향의 초기 소설들은 사건의 전개에서 우연적인 계기에 의존하는 부분이 많고, 우울이나 비분, 고통, 원망 등의 상투적인 영탄조의 표현이 두드러진다는 점, 그리고 등장 인물의 성격이 명료하지 않다는 점 등을 공통적인 특징으로 지니고 있다. 그런데 이런 점을 단순히 기교의 미숙성이라고만 치부해 버릴 수 없다. 그 이유는 나도향이 보여준 감정의 중시가 한 개인에게만 속하는 문제가 아니라 시대적인 성격을 띠고 있기 때문이다.

이는 소설의 근대성이 개성의 자각과 근대적 자아의 탐구를 거쳐 이루어진다는 점과 관련이 있다. 나도향의 초기 소설은 인습으로 가득한 현실에 대해 근대적 자아의식을 대응시킴으로써, 근대성을 인식하고 실천하려 했던 소설적 노력의 결과라고 할 수 있다. 또 한편으로는 어느 정도 작가의 고유한 특성이 작용했기 때문으로 볼 수도 있다.

나도향은 가업인 의술을 팽개치고, 가난과 병에 시달리면서도 문학에 매달린 작가였다. 그러한 모습을 떠올릴 때 예술에 대한 그의 강렬한 동경과 찬양이 이해하지 못할 것은 아니다. 그럼에도 불구하고 이런 감상이 형상화되는 과정에서 소설의 기술적인 측면은 제대로 고려되지 않았다는 사실을 인정하지 않을 수 없다.

환상적 세계로의 도피

여기서 나도향의 초기 소설 두 편을 좀더 구체적으로 살펴보자.

「젊은이의 시절」은 《백조》 창간호(1922. 1)에 발표된 나도향의 처녀작이다. 이 작품은 음악을 공부하고 싶어하는 철하라는 청년이 주인공이다. 그러나 아버지는 음악 공부하는 것을 반대한다. 이 반대 때문에 감상적인 청년인 조철하는 밤이고 낮이고 눈물로 세월을 보낸다. 철하의 누이이며 철하에게는 아름다움의 상징인 경애는 그런 철하를 안쓰러워하며 도와주려 하지만 정신적인 조력자일뿐 현실적으로 도울 수 있는 방안을 가지고 있지는 못한 인물이다.

경애에게는 영빈이라는 예술가를 사칭하는 애인이 있다. 경애는 그를 사랑해 그에게 육체를 허락하지만 결국에 배신당한다. 그러자 경애는 예술 자체를 부정하며 철하의 음악 하고자 하는 소망도 인정치 않으려 한다. 철하는 영빈에 대한 분노와 누이가 예술을 함부로 이야기하는 것에 대한 분개로 영빈을 쫓아가 어찌해 보려 하지만 경애의 만류로 주저앉고 꿈속의 길로 떠난다.

이 꿈속에서 철하는 마왕을 만나게 되고 마왕이 주는 액체에 취하여 모든 근심, 모든 괴로움을 잊어버리고 마왕과 춤을 추며 정욕에 이끌리는 것을 느낀다. 그러다 한순간 밤이 되고 이번에는 음악의 여신이 나타나 철하를 보며 눈물을 흘리는 상상을 하는데 깨어보니 누이 경애가 자신의 손을 붙잡고 울고 있더라는 것이 이 작품의 전체적인 내용이다.

이 작품은 단순한 구성을 취하고 있으며 표현 면에서는 수식어를 남발하는 경향을 보인다. 또한 인물 묘사의 경우에 있어서도 지나치게 감정적인 인물들 일색으로 처리되어 있다. 여기서의 인물들은 대책 없는 발언만 일삼고 있는데, 특히 철하의 말 속에서 두드러지고 있다. 철하는 음악을 목숨과 같이 여기면서도 음악 공부를 반대하는 아버지와 정면 대결하기 보다 중간의 누이가 어찌해 주기를 바라고 있다. 보다 중요한 건 왜 이처럼 음악을 목숨과 같이 여기게 되었는지의 해명이 없다는 것이다.

뚜렷한 이유 없이 막연하게 저녁 종소리를 듣고 눈물을 씻게 되었다거나, 동요를 부르며 지나가는 어린 계집아이를 좋아하는 것이 음악을 하고자 하는 이유의 전부이다. 이러한 이유는 격정적인 표현에 비해 설득력이 떨어지는 것이라 하지 않을 수 없다. 나도향은 초기 작품에서 유난히 사랑과 예술을 강조하며 특히 참 인생, 참 사랑 등의 용어를 자주 사용한다. 이러한 단어의 의미에 최대 가치를 두고자 했기 때문일 것이다.

"이 세상 모든 것으로부터 떠나는 것과 같이 경우를 생각하고 시기를 생각하는 것은 참 사랑이 아니다."와 같은 표현이 작가의 의도를 반증하는 부분이다. 이러한 작가 인식은 앞에서 이야기한 것과 같이 문학사적 흐름과 관련이 있다. 음악이라든가 문학 등 이른바 예술이란 신비하고 성스러운 것이라는 생각은 나도향뿐만 아니라 '백조파'의 본질이기도 했다.

또 이 작품은 현실에서의 문제가 해결될 기미를 보이지 않을 때 잠, 그리고 꿈으로 도피하는 작위적인 방법을 사용하여 작품의 필연성을 떨어뜨리고 있다. 현실은 감상과 낭만으로 해결할 수 있는 문제가 지극히 적은 세계이다. 그러므로 현실에서 도피해 환상적 세계로 내달리는 것은 감상적 낭만주의적 성향의 단점으로 작용할 뿐이다. 그러므로 이 소설에 대해서 '치졸한 감상적 표현으로 가득찬 천박한 작품' 이라든지 '애상적인 감상문으로서 감각적 특성을 보여준 소설', 그리고 '소설 자체보다도 문학사적 의미에서의 가치가 앞서고 있다'는 등의 평가는 일정 부분 타당성을 지니고 있다고 하겠다.

이는 이 소설에 대한 평가가 대체로 부정적이라는 사실을 의미하는 것이기도 하지만 앞에서도 언급했듯이 이 소설이 나도향의 처녀작이라는 점을 감안해 본다면 소설의 완성도를 기준으로 평가하는 것은 적절하지 않다고 생각된다. 오히려 소설 작법의 미성숙함이 엿보이기는 하지만 처녀작으로서 가지는 한계 자체를 나름대로 의미있는 것으로 받아들이는 것도 필요한 자세라고 할 수 있다.

세계인식 태도의 부정성

「별을 안거든 울지나 말 걸」은 《백조》 2호(1922. 5)에 발표된 작품이다. 이 소설은 사랑의 감정을 표현한 점 때문에 많은 젊은 독자들의 관심을 불러일으켰다고 한다. 또한 주인공의 이니셜에서 나타나듯이 나도향의 신변에 관한 이야기가 다분히 섞여 있는 것으로 추측해 볼 수도 있다.

어릴 때부터 가족 간의 정, 특히 윗사람에게서의 정을 받지 못했던 주인공 DH는 누이나 형, 혹은 형제나 남매라는 관계에 큰 의의를 두는 감상적인 인물이다. 이 작품에서 그는 R과 누이, 설영과 그러한 정을 주고받고 싶어한다. 하지만 R과는 MP라는 여성과의 삼각관계로 인해 친구 혹은 형과 아우 사이의 관계가 깨져버린다. 그리고 설영이는 본래 기생인데 DH와는 친분이 생기고, 오라비와 누이동생 사이로 지내기를 약속한 의남매 사이이다. 하지만 DH가 앞서 말한 정이 그리워 찾아갔을 때 그녀는 출타 중이고 그 어머니가 냉대하는 것을 겪고, 결국 자신도 설영에게 다른 손님과 다를 바 없는 관계라는 기분을 느끼며 서글퍼 한다. DH에게는 이런 가족적인 정과는 달리 이성적으로 사랑하고 싶은 여자가 있다.

그녀가 바로 MP이다. DH는 누이가 자신에게 MP를 소개하고 또 그녀에게 자신의 소설을 몰래 보여주고, MP가 그것에 칭찬을 했다는 것을 알고 기쁨에 넘친다. 그리고 이러저러한 계기로 잠깐씩 MP를 마주칠 때마다 온갖 사랑의 감정을 느끼며 설레어 한다. 하지만 MP와의 관계도 MP가 DH의 신앙이 적다는 단서를 달면서 소원해진다.

그리고 어느 날 MP가 어느 신사와 길거리를 가는 것을 목격하고 MP와의 관계를 완전히 정리하기에 이른다. 결국 이 작품은 정과 사랑에 굶주려 있는 주인공이 R, MP, 설영 등과의 관계를 통해서 정과 사랑을 채워 보려 하지만 끝내 좌절하게 된다는 이야기이다.

이 소설 역시 작가의 감정이 걸러지지 않은 채 표현되고 있는데, "사랑보다 더 큰 신앙이 이 세상에 또 어디 있을까요. 자기의 생명까지 희생하는 것은 사랑이 있을 뿐이지요. 사람이 사랑으로 나고 사랑으로 죽고 사랑으로 살기만 하면 그 사람의 생은 참 생이 되겠지요."

라는 부분이라든지, "아아, 누님. 저는 일개 참 사람이 되려 할 뿐이외다. 저는 문학가 문사라는 칭호를 원치 않아요. 다만 참사람이 되기 위하여 글을 봅니다. 그리고 느끼는 바를 견딜 수 없었습니다. 그리고 나와 같은 느낌과 깨달음이 우리 인생을 위하여 조금이라도 보탬이 될까 하였습니다."라는 부분에서 작가의 걸러지지 않은 감정의 편린(片鱗)들을 확인해 볼 수 있다.

특히 두 번째 인용에서는 나도향이 문학을 하고자 하는 나름대로의 의도를 엿볼 수 있다. 개인의 감정이 타인과 동감하고 그러한 이야기를 통해 인생에 보탬이 되게 하려 한다는 것이 그것이다. 그리고 그러한 감정의 최우선에 해당하는 것이 사랑인 것이다.

이 소설은 기대에서 좌절로, 희망에서 낙망으로 비극적 결말을 바탕으로 하고 있다. 비극적 결말은 나도향의 다른 여러 작품에서도 자주 볼 수 있는 특징이다. 현실 도피나 죽음으로 귀결되는 결말은 나도향 개인의 가정적 환경에서도 찾을 수 있겠고, 일제치하라는 시대 배경에서 찾아 볼 수도 있을 것이다.

마지막으로 「별을 안거든 울지나 말 걸」에서 주목해 볼 만한 것으로 문체를 들 수 있다. 이 작품은 서간문(書簡文) 형식으로 되어 있다. 그러므로 서간체의 맛을 느낄 수 있는데, 일면 일기와도 같은 느낌을 주기도 한다. 자신의 신변 고백이라는 측면이 강하므로 이러한 문체는 적절하다고 평가되며 일인칭 주인공 시점을 사용한 것도 같은 맥락에서 긍정적으로 생각해 볼 수 있는 점이다.

하지만 결국 이 작품도 「젊은이의 시절」과 같이 지나친 감정의 노출과 영탄적 표현을 난무하고 있다는 점에서 높은 평가를 받기는 어려워 보인다.

도향 문학의 변모

한편 1920년대 중반부터 문학계에는 신경향파 혹은 프롤레타리아라 불리는 문학이 성행하기 시작했다. 소외되고 빈궁한 민중에 관심이 모아지면서 이러한 경향은 현실의 불합리하고 부조리한 면을 고발하고 그에 저항하는 것이 목적이었다. 이러한 시대의 흐름과 더불어 나도향의 문학도 감상주의에서 벗어나 사실주의 경향으로 옮겨오게 된다. 그러나 대부분의 프롤레타리아 작가들이 자신들의 생각을 선전하는 도구로 문학을 이용해 거침없는 외침만 담았다면 나도향의 경우는 그러한 경향을 인지하고도 문학의 본래적 기능을 버리지 않았다.

나도향은 현실 문제에만 치중하기보다 본능의 문제를 함께 다룸으로써 생명력을 확보하고 더불어 미학적 성과도 함께 성취하고 있다. 가난에서 비롯하는 성의 상품화 경향과 무조건적인 물질의 추구는 후기 나도향의 소설이 근본이라고 할 수 있는데, 이것은 인간의 야수성과 추악상을 환경적인 것과 관련시켜 파악하려는 자연주의적 태도와 유사한 것으로 보인다.

자연주의적 성향을 띠는 소설에서는 성과 돈의 문제를 다루고 현실의 어두운 면과 야수적인 인간상을 강조하는 본능적 인생관을 드러내고 있고, 신경향파적 성향으로 신분이나 계층의 문제를 나타내고 사회 구조의 모순을 담음으로써 부정적 세계관을 소설로 형상화하고 있음을 알 수 있다. 하지만 자연주의적 성향과 신경향파적 성향은 나도향의 소설 안에서 각각의 특징으로 드러나고 있다기보다는 혼합되어 나타나는 경우가 대부분이다.

후기의 작품인 「이발사」, 「행랑 자식」, 「계집 하인」, 「꿈」, 「뽕」, 「물레방아」, 「벙어리 삼룡이」 등이 여기에 해당한다. 이들 작품에서는 초기 작품과 다르게 하층민을 그 대상으로 다루고 있으며 이상적인 세계보다 현실의 세계로 시선을 돌렸다는 점이 우선적인 변화이다. 이 부류의 소설들은 앞서 지적한 바와 같이 현실 문제와 본능의 문제를 함께 다루면서도 예술적 상징성을 획득했기 때문에 높은 문학적 성취를 이룰 수 있었음을 알 수 있다.

☙ 생각하는 갈대

- 나도향의 초기 작품과 후기 작품의 두드러진 차이점을 생각해 보자.
- 「젊은이의 시절」에서 예술의 의미와 그것이 주제와 어떤 상관관계를 갖는지 생각해 보자.
- 「별을 안거든 울지나 말 걸」은 서간체로 되어 있다. 서간체의 특징과 효과에 대해 생각해 보자.
- 나도향의 소설은 대부분의 작품이 비극적 결말로 처리되어 있다. 소설 속의 상황이 비극적 결말로 치달을 수밖에 없었던 이유와 그 당시 시대적 상황을 연관지어 생각해 보자.
- 나도향의 문학을 경향문학으로 보는 관점에 대해 이야기해 보자.

작가 연보

1902(1세) 음력 3월 30일 서울 청파동 1가 156번지에서 부 나성연과 모 김성녀 사이에서 6남매 가운데 장남으로 출생. 본명은 경손(慶孫), 호는 도향(稻香), 필명은 빈(彬). 평북 성천 출신인 조부 나병규는 상당한 재산을 모은 한의사였고, 부 나성연도 경성의전을 나왔지만 개업을 하지 않고 은둔자로 자처하며 독서를 즐긴 무능한 가장이었음.

1909(8세) 기독교 청년회관 부설의 공옥보통학교에 입학.

1914(13세) 배재학당에 입학. 상급반 시절부터 교지의 편집에 관계하며 문학청년의 자질을 보임.

1918(17세) 배재고보 졸업과 동시에 조부의 뜻에 따라 경성의전에 입학. 조부가 고종의 장례에 참례하러 외출한 사이 돈을 훔쳐 일본으로 감. 와세다 대학 영문과에 입학을 시도했으나 조부로부터의 송금이 끊기자 몇 달 만에 귀국.

1921(20세) 《배재학보》 2호에 「출학」 발표.

1922(21세) 홍사용, 이상화, 박종화 등과 함께 동인지 《백조》 창간. 단편 「젊은이의 시절」(《백조》, 1922. 1), 「별을 안거든 울지나 말걸」(《백조》, 1922. 5), 「옛날 꿈은 창백하더이다」(《개벽》, 1922. 12) 발표. 경북 안동에서 보통학교 교사로 1년간 근무. 중편 「청춘」 탈고. 이 작품은 작가의

사후인 1927년 조선도서사에서 단행본으로 간행됨. 장편소설 「환희」(《동아일보》), 1922. 11. 21-1923. 3. 21) 연재.

1923(22세) 출판사 조선도서에 입사하여 근무. 조부가 독립운동에 연루, 수감되면서 가세가 점점 기울어짐. 단편 「십칠 원 오십 전」(《개벽》, 1923. 1), 「춘성」(《개벽》, 1923. 7), 「여 이발사(《백조》, 1923. 9), 「행랑자식」(《개벽》, 1923. 10) 등 발표.

1924(23세) 4월부터 약 1년간 『시대일보』 사회부 기자로 활약. 출감한 조부가 병석에 누웠다가 곧 사망. 동인지 《백조》가 폐간된 이후 일정한 거처 없이 여관과 친구 집 등을 전전하며 무절제한 생활을 함. 단편 「자기를 찾기 전」(《개벽》, 1924. 3), 「전차 차장의 일기 몇 절」(《개벽》, 1924. 12) 발표.

1925(24세) 잡지 《여명》의 편집 동인으로 참가. 문학수업을 위해 재차 일본으로 가지만, 가난과 폐병에 겹친 위장병, 짝사랑 등에 시달리다 이듬해인 1926년 4월 귀국. 장편 「어머니」(『시대일보』, 1925. 1 · 4)연재. 단편 「정의사의 고백」(《조선문단》, 1925. 3 · 4), 「계집하인」(《조선문단》, 1925. 5), 「벙어리 삼룡이」(《여명》, 1925. 7), 「물레방아」(《조선문단》, 1925. 9), 「꿈」(《조선문단》, 1925. 11), 「뽕」(《개벽》, 1925. 12) 등 발표 수필. 「그믐달」(《조선문

단》, 1925. 1) 발표. 평론 「부르니 푸로니 할 수는 없지만」(《개벽》, 1925. 2) 발표.

1926(25세) 단편 「지형근」(《조선문단), 1926. 3 · 5), 「화염에 싸인 원한」(《신민》, 1926. 7 · 8) 발표. 일본에서 귀국한 뒤 병석에 누워 있다가 8월 26일 사망.

작품 해설

사회에의 참여

현민 유진오는 1906년 서울에서 태어났다. 경성제일고보를 거쳐 1924년 경성제국대학 법문학부 법학과에 입학한다. 학창시절에 최용달이나 이희승, 이효석과 같은 친구들과 어울리며 문우회를 만들어 《문우》를 발간하고, 대학 예과의 학생회 잡지 《청량》을 창간하며 이재학 등과는 시집 『십자가』를 출간한다.

유진오는 1927년 등단하는데 프롤레타리아 문학관에 동조하여 이효석과 더불어 동반작가로 활동한다. 해방 후에는 문단을 떠나 법학자로 대한민국 헌법을 기초했고 초대 법제처장, 고려대학 총장, 신민당 당수 등을 역임한 바 있다. 그가 활동하였던 1930년대 초 일본의 탄압이 더욱 가혹해지면서 문화 전반에 큰 타격을 입는다.

문학에 있어서도 큰 변화를 보이는데 대부분의 문인들이 현실에 직접 대응하지 못하고 도피하는 현상이 두드러지게 된다. 많은 작가들이 과거로 회귀해 역사에 몰두하고 아름다운 문장에만 관심을 두며

에로스적 충동을 작품의 주요한 소재로 삼음으로써 현실과 멀어져 갔다. 또 식민지 통치라는 현실의 문제보다 일상의 사소한 문제나 가벼운 흥미 위주의 문제를 주로 다루는 소설이 유행하기도 했다.

작품세계의 변모

유진오의 작품 세계도 1932년을 기점으로 확연한 차이를 보이게 된다. 우선 그는 그 이전까지 동반자 작가라는 이름으로 「오월의 구직자」, 「여직공」, 「밤중에 거니는 자」 등의 단편을 발표한다. 그리고 그의 대표작으로 알려진 「김 강사와 T교수」에서는 현실과 타협할 수 없는 한 지식인의 고뇌를 리얼리즘에 입각하여 심도 깊게 표현하고 있다.

그러나 카프(KAPF)가 제2차 검거 선풍에 휘말리자 신변의 위협을 느끼고 2년의 휴면기를 가진 후 작품의 방향을 전환한다. 이 방향전환 직후의 작품이 「행로」인데, 이 작품 이후로 유진오는 신변잡기적인 내용의 시정문학을 발표한다. 소설로 「나비」, 「봄」, 「창랑정기」 등이 있다.

유진오라는 작가를 거론하면 자연스럽게 따라오는 것이 「김 강사와 T교수」라는 소설이다. 「김 강사와 T교수」는 지식인 소설, 그리고 사회소설로 분류할 수 있다. 일제시대 S전문학교에 강사로 나가게 된 김만필은 과거에 좌익 활동을 한 경험이 있는데 그 사실에 자부심을 느끼면서도 어렵게 구한 현재의 강사 자리를 잃게 될까 전전긍긍하는 소시민이다. 그런 김만필과 대조되는 인물인 T교수는 김만필의 과거를 알고 겉으로는 호의적으로 대하며 도움을 주는 척하지만 속으로는 김만필의 경험을 약점으로 삼을 생각을 하는 세상일에 닳고닳은 사람이다.

작가는 T라는 인물을 통해 당대 현실의 부조리한 면과 속물적인 인간의 속성을 드러내면서 동시에 김만필과 같이, 자신의 안전을 도모하기에 급급한 지식인의 모순된 삶을 통해 식민지 현실에서 지식인 계층이 취한 무기력한 패배주의를 고발하고 있다.

그러나 유진오의 작품 세계가 「김 강사와 T교수」라는 소설 하나로 모두 설명될 수 있는 것은 아니다. 앞서 유진오는 동반자 작가로서 뛰어난 작품들을 발표했고, 후기에는 방향을 선회해 시정의 세태를 풍자하는 시정 문학을 발표했다고 했다. 여기에서는 「김 강사와 T교수」라는 유진오에 대한 선입견에서 벗어나 몇몇 소설들을 살펴보기로 하겠다.

동반작가 시절

「여직공」은 동반작가 시절의 유진오 대표 소설이다. 유진오의 문학이 프롤레타리아 문학과 동질성을 가지고 있으면서도 프롤레타리아 작가가 아닌 동반작가인 이유는 현실 인식에 있다. 대부분의 프로 문학은 계급의식이 뚜렷한 한 인물을 통해 일방적으로 대중을 선동하려 했다면, 유진오의 경우는 계급의식이 정당화되도록 하는 근본적인 이해를 이끌어낸다는 점에 그 차이점이 있다.

「여직공」의 배경은 어느 방적회사의 ××제사(製絲) 공장이다. 이 공장에서 여직공들은 기계와 같이 반복적인 동작의 작업을 11시간 반 동안 교대 없이 근무한다. 노동자 계급, 무산 계급은 최소한 인간으로서의 권리를 얻고 싶어 하나 지주계급, 유산자 계급은 노동력을 가능한 한 착취하려 한다. 이것은 자본주의의 속성으로 시대와 관계없이 통용되는 논리이다.

하지만 정부 세력의 지지를 받는 일본인 유한 계급은 우리 민족의 노동자본을 불합리한 방법을 동원해 사정없이 이용하였다. 이로써 그들이 식민치하의 우리 민족을 인간이하로 다루었음을 미루어 짐작해 볼 수 있고, 이러한 현실적 상황을 유진오는 「여직공」에서 사실적으로 그려내고 있다. 가령 다음과 같은 부분을 보자.

> 첫여름 공장 안은 새벽부터 끓는 가마 속같이 더웠다. 이곳에서 만들어 내는 비단실은 조선 사람이 입는 것이 아니고 미국으로 실어 내가는 것이라 하여 광채가 나게 하느라고 특별히 공장 안의 온도를 높게 한다. 사시를 통해 120도의 온도를 유지해야 하는 이 공장은 따라서 삼복중이라도 절대로 바깥 바람을 들이지 아니한다. 300명 젊은 여자의 땀내와 고치 삶는 내음새가 끈적끈적하게 공장 안에서 용두리쳤다. (중략) 일을 할 때면 아무 생각도 없었다. 왼 공장 안에서 덜거

덕거리고 돌아가는 기계의 한 부분이나 다름없이 옥순이의 눈, 손가락, 온몸은 기계적으로 돌아간다.

'빼액' 하고 점심 기적이 울렸다. 직공들은 손을 딱 떼고 식당으로 내몰렸다. 식당에도 먼저 들어가지 않으면 마당에서 점심을 먹게 된다. 어름어름하다가는 30분 동안의 점심시간을 잃어버리고 목이 메이게 찬밥덩이를 긁어 넣어야 된다.

일제시대 직공의 생활은 인간이기보다 기계에 가까운 것이었다. 그러므로 한편에서 그러한 현실을 타개해 보려는 세력이 일어난 것은 당연하다. 그것이 바로 계급 운동이었던 것이다. 「여직공」의 인물은 세 가지 부류로 분류할 수 있다.

우선은 악덕 지주로 횡포를 일삼는 김 감시나 전중 감독, 그에 대항하는 세력으로 무산자 계급인 근주와 근주의 남편인 강훈, 그리고 김경옥 등 마지막으로 그 사이에서 지주의 전횡을 몸소 느끼고 혁명 세력으로부터 깨달음을 얻게 되면서 현실의 부조리를 자각하는 인물인 옥순이가 자리한다. 「여직공」은 이러한 인물들의 상호 관련성과 갈등을 통해 당시 현실상황을 사실적으로 묘파하고 있다.

기존의 많은 프롤레타리아 문학이 선동적이고 선전적인 반면, 「여직공」은 이러한 한계를 뛰어 넘어 필연성을 부여한다는 점을 주목해야 한다. 예를 들어, "인제 생각해 보면 모든 것의 책임은 결국 자기 혼자 지고, 반대로 자기는 처녀를 잃어버리고 동무에게 낯을 못 들게 되고 그 끝에는 그 잘난 공장까지 쫓겨났다. 분하다. 원통하다. 그러나 자기는 누구를 미워해야 할 것이냐?"와 같은 물음에 옥순이 스스로의 인식을 보여줌으로써 그 해답을 찾고 있다.

특히 옥순이가 "나는 이틀 전, 아니 어제의 내가 아니다."라는 자각을 보여주는 대목은 이 소설의 절정이다. 이렇게 옥순이의 깨달음에는 물론 근주나 강훈 등의 교육받은 인물의 영향력을 무시할 수는 없다. 하지만 보다 직접적인 계기는 직접 겪은 사건을 통해서다.

이 사건으로 옥순이는 공장에서 쫓겨나지만 한 치의 미련을 가지지 않는다. 이제는 대의를 향해 힘을 쏟을 준비가 되어 있기 때문이다. 유진오의 동반자 작품이 설득력을 얻는 것은 이처럼 무조건적인 구호나 외침이 아니라 필연성을 획득하고 있기 때문이며 문학 작품으로서의 완결성을 두루 갖추고 있기 때문이다. 이러한 측면에서 「여직공」은 높은 가치를 지니고 있는 소설로 평가되는 것이다.

역사 지향, 세태 풍자

「행로」의 주된 사건은 숙희의 종혁에 대한 사랑이다. 그러나 이 사랑은 사회 참여라는 보다 넓은 범위의 사건을 포함하고 있다. 그렇다면 숙희의 운동에 시각변화를 다음의 인용문을 통해 그 근거를 찾아보기로 하자.

① 사회에 나서서 일하는 게 무언지 모릅니다만 아니 그 서울 길거리에서 머리를 송낙같이 깎고 사람을 사람으로 안 여기는 듯이 돌아다니는 여자들은 나는 제일 싫어요.

② 한반에 있는 정순이라는 애가 여성동우회 원순이라는 이의 동생이었기 때문에 원순 씨를 통해 가까워진 것이에요.

③ 그러다가 끝끝내는 그해 가을에 여자고보 4학년 때 가을에 동맹 휴학사건에 걸려 퇴학을 맞고 만 것이에요.

④ 첫사랑을 잃은 내 마음의 상처는 컸으나 그러나 소냐만은 미워할 수 없었어요. 소냐는 그의 힘으로 종혁 씨를 빼아간 것이니까요. 내가 그때까지 좇아다니던 모든 운동으로부터 아주 발을 끊은 것도 그때부터예요.

①에서 ④의 과정은 사랑 때문에 운동에 관심을 갖게 되고 또 사랑 때문에 운동과 멀어지는 숙희의 행로를 보여준다. 이 소설이 중요한 것은 그가 이후 완전히 과거 역사 지향적, 세태 풍자적인 것으로 관심의 방향을 튼다는 데 있다. 말하자면 이 소설은 숙희의 행로이자 유진오의 행로이기도 하다. 일제의 식민통치가 강화되면서 1932년 유진오가 가담하던 조선사회사정연구소는 체포소동에 휘말린다.

유진오는 이 사건 이후 2년 동안 작품을 발표하지 않는다. 문단에 뛰어든 이래 최초의 침묵기간이었다. 그 이후 처음 발표한 작품이 「행로」이다. 유진오가 이 소설에서 "무엇 때문에 나와 종혁 씨와의 사건을 이렇게 길게 이야기하느냐고요? 들어주세요. 이것도 한 인생의 행로(行路)가 기구한 것을 말하는 게 아니겠습니까. 지금 이렇게 평범한 일개 여학교 교원으로 있는 처녀에게도 그러한 한때의 꽃답다면 꽃다운 기억이 있었던 것이지요."라고 말하는 부분은 바로 카프의 제2차 검거 후 동반자의 길을 포기하게 되고 절필하면서 느낀 바를 이야기하고자 한 것에 다름 아닌 것이다.

유진오에게 있어 이제 동반의 길은 지난 시절의 꽃다운 행로일 뿐이다. 「행로」가 보여준 또 다른 특징은 여성화자의 자연스러운 이야기 투의 전달 방식이다. 마치 직접 숙희를 앞에 두고 이야기를 듣는 듯한 느낌을 받게 되는데 이러한 방법을 통해 여성화자가 느끼는 좋고 나쁨, 부끄러움과 노여움과 같은 감정 전달이 보다 효과적일 수 있다.

또 하나 현재 여선생이 된 숙희가 옥살이로 약해질 대로 약해진 종혁을 맞아 과거를 회상하는 구성도 탁월하다. 지난날의 젊음과 화려함이 쇠진한 모습이 어떤지를 우리는 종혁의 모습을 통해 알 수 있으며, 이것은 다시 「행로」 발표 당시 프롤레타리아 문학의 퇴조기 모습을 간접적으로 시사하는 것으로 생각해 볼 수 있다.

생활의 세계로의 귀환

시정편력이라는 방식을 취한 소설들이 정점에 놓인 「나비」는 남편의 실직으로 아내가 유부녀임을 속이고 카페 여급으로 나가는 줄거리를 취하고 있다. 유진오가 1930년대 후반부터 주장했던 시정편력이란 생활의 세계로의 귀환을 의미한다. 그는 오늘의 정세 하에서 선불리 미숙한 철학을 내두르니보다는 편편한 시정의 사실 속으로 자신을 침체시키는 것이 훨씬 위대에의 첩경(「조선 문학에 주어진 새 길」, 《동아일보》 1939. 1. 13)이라고 하였다. 여기에서 시정편력이라 함은 이상형의 세계를 탈출하여 넓은 속물의 세계로 산보를 나서는 일이라고 그는 주장하고 있다.

「나비」가 세태 풍자적인 소설임을 알 수 있는 것은 프로라의 남편 모습을 통해 보다 선명히 파악되어진다. 그녀의 남편은 '전문학교를 졸업했다면서 어디 가 취직자리 하나 구하지 못하고 밤낮 거리로 비실비실 돌아다니기나 하는 그가 생활 무능력자' 였는데, '지금 있는 가게로 처음 나올 때에도 (중략) 따져 보면 그것도 남편이 시킨 것이나 다름없는 것이다. (중략) 남편 된 사람으로서는 도리어 그런 것을 말렸어야 할 것인데 그는 프로라의 말을 듣고도 못 들은 척, 글쎄 그래? 그럼 그것두 좋지 하는 식으로 우물쭈물 태도를 분명히 하지 않았다. 그런 것도 가만히 생각해 보면 변변치 못해서뿐 아니라 결과가 어떨 것쯤 뻔히 알면서 짐짓 모르는 체' 하고 있다.

이러한 그녀의 인식으로 미루어 볼 때, 프로라가 술집 여급으로 나가게 된 원인은 남편 김대진의 무능력이 가장 큰 이유라고 할 수 있다. 하지만 프로라의 여급 생활이 꼭 남편에 기인하는 문제라고 단정할 수는 없다. 프로라가 최형태나 오금동에게 매력을 느끼는 부분을 보면 그녀가 원초적이고 본능적인 감정에도 어느 정도 휘둘리는 여자라는 것을 알 수 있다. 그러나 프로라는 본능대로 행동하지 않는 절제력을 가지고 있다. 그녀가 매번 남편에게 미안함을 느끼며 위기에서 벗어나는 것은 제도의 힘에서 연유한 본능절제의 다른 형태이다.

김대진은 정식으로 결혼식을 올리고 호적상에도 남편이며 현재 동거인이기 때문에, 프로라는 그에게 매여 있다. 그 보이지 않는 끈을 떨쳐버리는 것이 프로라에게는 본능을 따르는 것보다 힘든 일이다.

프로라는 결국 유부녀라는 자신의 처지를 거스르지 못한다. 이 작품은 그러한 프로라의 모습을 통해 어찌됐든 그 사회 속에 존재해야 하며 그 사회의 제도를 따를 수밖에 없는 인물의 상황을 그리고 있는 것이다. 전통적인 관습과 사회적 제약이 물질과 본능적 충동을 향한 감정을 지배하고 다스리는 것이 보편적임을 의미한다.

「봄」은 부모가 성홍열에 걸린 아이와 함께 얼마간 전염병동에서 지내면서 벌어지는 일이다. 뼈대 굵은 이야기보다는 사소한 사건의 나열로 아이의 병이 악화되었다가 호전되는 과정과 함께 이 소설에서도 「나비」에서와 같이 성의 문제를 함께 다루고 있는 점이 주목된다.

쓰키소이의 욕망은 돈과도 관련이 있지만 육체 그 자체와도 관련이 있다. 이 소설은 인물과 사건이 단순하다. 인물로는 나와 아내, 쓰키소이, 골덴 바지 입은 사내 정도가 전부인데 이들은 작품 안에서 모두 큰 의미를 가지지는 않는다. 사건 또한 주인공이 들인 쓰키소이가 골덴 바지의 사내와 어울리게 된다는 것, 아이의 병세에 관한 것이 전부이다. 하지만 이 소설에서 주목할 만한 것은 인물이나 사건보다 오히려 배경이다.

봄이라는 계절과 야앵이라는 행사는 여러 모로 주제와 밀접한 연관이 있다. 우선 봄은 아이의 병이 나빠지지 않을 것임을 시사하기도 하고 쓰키소이의 성적 욕망을 나타내기도 한다. 생명력의 다른 이름이 곧 봄이기 때문이다. 또 야앵도 홍에 겨운 축제의 의미와 약동하며 살아나는 봄의 이미지를 살리는 배경이라고 할 수 있다.

이러한 배경의 영향은 주인공에게 무섭고도 불쾌하기만 하던 전염병동에서 더 이상 소독약 냄새가 맡아지지 않게 하는 데까지 이르게 한다. 그러므로 「봄」이 상징하는 바를 그 배경에서 찾아본다면 작품이 이야기하고자 하는 바에 보다 쉽게 접근할 수 있을 것이다.

❧ 생각하는 갈대

- 동반작가의 의미를 생각해 보자.
- 유진오의 「여직공」과 「김 강사와 T교수」의 소재상의 특징을 비교해 보자.
- 시정문학의 의미를 생각해 보자.
- 유진오는 「나비」에서 인간의 본능적 욕구에 대해 언급하고 있다. 유진오의 작품이 이효석의 에로스적 충동과 어떤 차이가 있는지 생각해 보자.
- 「봄」이라는 제목의 의미를 생명력이라는 관점에서 풀이해 보자.

작가 연보

1906(1세) 서울 가회방 제동계 맹현 출생.

1919(14세) 경성제일고보 입학. 성진순과 결혼.

1924(19세) 재학중 이재학 등과 詩誌《십자가》 발행. 경성제대 예과 문과에 입학. 예과 조선인 학생들과 문우회 조직.

1925(20세) 「뮤즈를 찾아서」《청량》, 「S와 빠사회」《문우》 발표.

1926(21세) 경성제대 법문학부 법학과 입학. 학우들과 경제연구회 및 낙산문학회 조직. 처 사망.

1927(22세) 단편 「여름밤」《문우》, 「복수」·「스리」·「파악」 및 희곡 「피로연」《조선지광》 발표.

1928(23세) 박복례와 결혼. 단편 「삼면경」·「넥타이의 침전」《조선지광》, 「여름 밤 일경」《신문춘추》 발표.

1929(24세) 졸업 후 같은 학교 형법연구실 조수가 됨. 경성제대 조선인 졸업생들로 낙산구락부를 조직하고 학술잡지 《신흥》 간행. 김계숙, 이종수 등과 조선사회사정연구소 설립. 단편 「오월의 구직자」《조선지광》, 「여직공」《조선일보》, 희곡 「빌딩과 여명」《조선문예》 발표.

1930(25세) 장녀 효숙 출생. 단편 「가정교사」 발표. 「우편국에서」·「마적」《조선지광》, 「귀향」《별건곤》, 「송군 남매와 나」《조선일보》, 희곡 「니그로를 죽여라」《중성》 발표.

1931(26세) 경성제대 예과 강사. 단편 「형」《조광》, 「밤중에 거니는 자」《동광》, 「상해의 기억」《문예월간》 발표.

1932(27세) 장남 광 출생. 보성전문 강사. 단편 「전별」《삼천리》 발표.

1933(28세) 이녀 충숙 출생. 평론 「창작의 위기」 발표.

1934(29세) 단편 「행로」《개벽》 발표.

1935(30세) 삼녀 인숙 출생. 단편 「오월이제」《조선문단》, 「김강사와 T교수」·「간호부장」《신동아》, 수필 「유태인에의 길」《예술》 발표.

1936(31세) 단편 「황율」《삼천리》, 「사령장」《문학》 발표.

1938(33세) 단편 「창랑정기」《동아일보》, 「어떤 부처」《조선지광》, 「치정」《조광》, 「수술」《야담》 발표.

1939(34세) 사녀 경숙 출생. 보전 법과 과장. 장편 「화상보」《동아일보》에 연재. 단편 「이혼」·「나비」《문장》, 평론 「순수에의 지향」《문장》, 「조선문학에 주어진 새 길」(《동아일보》) 발표. 『유진오단편집』(학예사) 간행.

1940(35세) 단편 「봄」《인문평론》에, 「주붕」《문장》, 「여른」《문예》에, 그리고 수필 「해바라기」 등을 발표. 소설집 『봄』 간행.

1941(36세) 이남 완 출생. 단편 「마차」《문장》, 「산울림」《인문평론》, 「젊은 이네」《춘추》 발표. 『화상보』 간행.

1942(37세) 단편 「정선달」《춘추》, 「남곡선생」과 평론 「작가 이효석

론」《국민문학》 발표.

1943(38세) 단편 「식모난」《방송지우》, 「가마」《춘추》, 「입학전후」《방송》 발표.

1944(39세) 단편 「김포 아주머니」《방송지우》 발표.

1945(40세) 경성제대 법문학부 교수 겸직. 교육심의회 위원.

1946(41세) 고려대 정법대학장 취임. 변호사 시험 위원.

1948(43세) 대한민국 헌법 기초위원.

1951(46세) 한일회담 대표. 수필 「서울을 다녀와서」『한국일보』 발표.

1952(47세) 고려대 총장 취임. 미 국무성 초청으로 1년 간 하버드 대학에 연구원으로 체류.

1953(48세) 유럽 각국 시찰. 대한 국제법학회 회장.

1954(49세) 처 박복례 사망. 학술원 회원. 『헌법의 이론과 실제』(일조각) 간행.

1955(50세) 명예법학박사(연세대) 학위 받음. 대학조사위원회 위원.

1956(51세) 이용재와 결혼.

1957(52세) 삼남 종 출생. 영국 정부 초청으로 영국 시찰.

1959(54세) 학술원 공로상 받음.

1960(55세) 한일회담 수석대표.

1961(56세) 국가재건국민운동본부장.

1962(57세) 문화훈장(대한민국장) 받음.

1965(60세) 고려대 총장 사임.

1966(61세) 명예문학박사(경희대) 학위. 민중당 대통령후보 지명. 수상집 『구름위의 만상』 간행.

1967(62세) 신민당 대표위원. 7대 국회의원.

1968(63세) 신민당 총재.

1969(64세) 뇌졸중으로 와병. 치료차 도일.

1970(65세) 신민당 총재 사임.

1971(66세) 고려대 명예 교수. 「양호기」《고우회보》게재.

1976(71세) 소설집 『김 강사와 T교수』 및 수필집 『젊은날의 자화상』 간행.

1977(72세) 「나라를 사랑한다는 것」《신동아》 발표.

1978(73세) 『미래를 향한 창』(일조각) 간행.

1980(75세) 『젊은 지성인들에게』(신암문화사) 간행.

1986(81세) 병원에 입원 가료.

1987(82세) 별세.